86
—エイティシックス—

Our Ladies,
Pray for the Miserable Ones at the
Moment of Their Death.

［著］
安里アサト

［イラスト］
しらび

［メカニックデザイン］I-IV

...d in the country.
And they're also boys and
girls from the land.

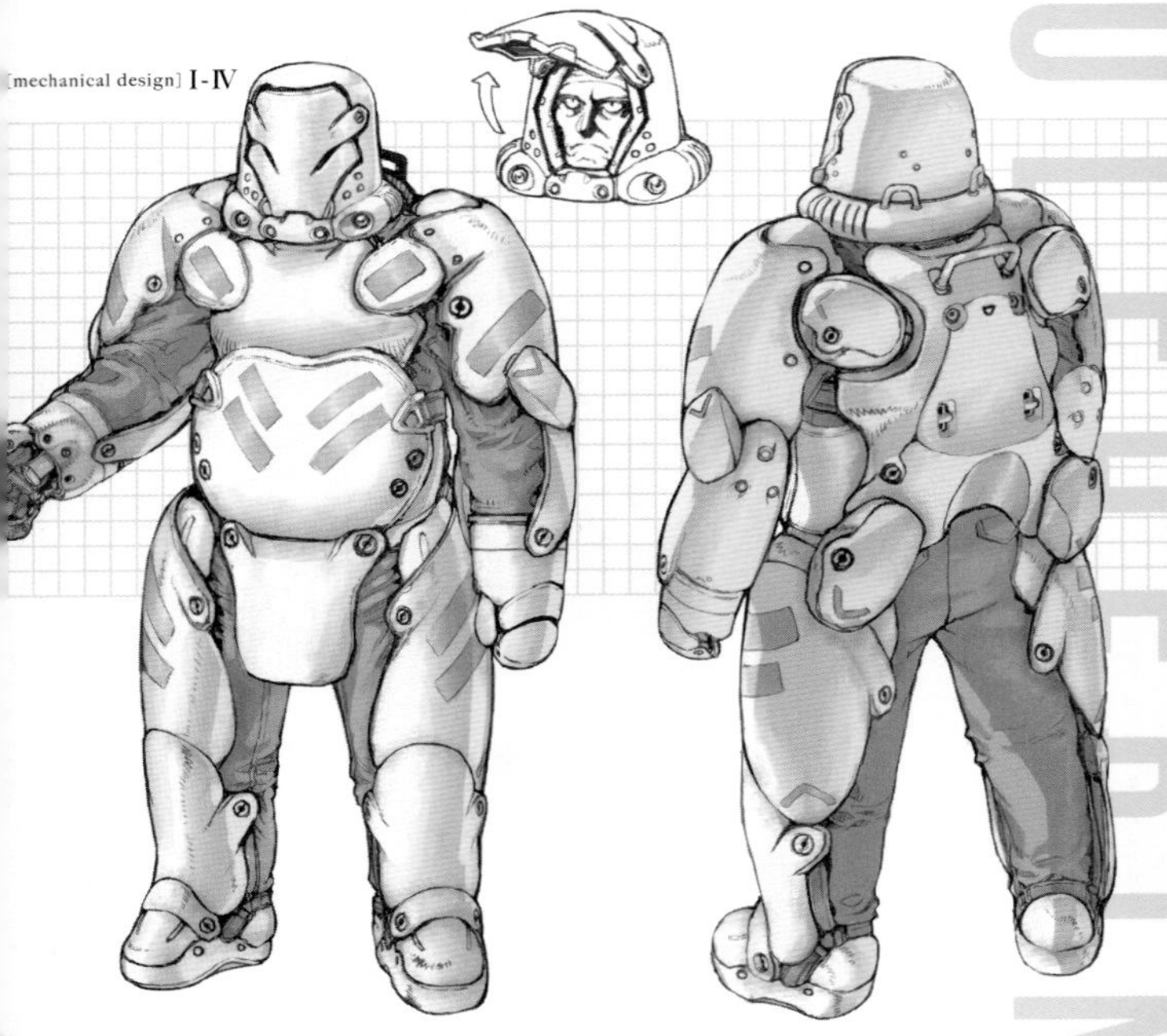

ギアーデ連邦軍・装甲強化外骨格(アーマードスケルトン)〈ウルフヘジン〉

[SPEC]

[製造元] ヴィフォサリク陸軍工廠
[全高] 2m 前後（体格調整可能）
[固定武装] なし
[主装備] 12.7mm 重アサルトライフル
※その他、設置式機関砲・対戦車砲・ロケットランチャー・即席の近接武器（スクラップなどを用いた打撃武器）などを状況に合わせて使用

[備考] スペック上、バイタル部(頭部・胴体)は12.7mm弾、手足等は7.62mm弾の直撃を防ぐ防弾性能を有する(しかしあくまで貫徹されないだけであり、着弾の衝撃により内部の肉体が“相応のダメージ”を受けることは免れない)。

2巻より登場中の〈装甲歩兵〉。開戦当初、ギアーデ連邦軍は〈ヴァナルガンド〉によってレギオンへの抗戦を続けていたが、それに追従する歩兵部隊に多くの犠牲が生じていた。本装甲服は、敵機関銃等に対する最低限の防御を施し、歩兵の生存性を向上、また高火力の火器を装備し、〈ヴァナルガンド〉より小回りの効く戦力を獲得するために量産・配備された。所詮は「歩兵」であり、単独でレギオンに挑めるような性能はなく、複数人で行動し、陽動→死角から攻撃、といった形で戦闘を行う。

人造妖精を戦場に投入する、第二の利点。

彼女たちは命じられた以外を行わない。怯懦を、逃避を、己の意思という夾雑物を、作戦行動に混入させない。

すなわち戦場にかかる霧を一つ、晴らすことが可能となる。


ヴィークトル・イディナローク『人造妖精概説』

序章　メアリィ・ブルーの聖地

ギアーデ帝国北方、メアリラズリア特別市に暮らす九歳のメレの毎日は、同じ街区（ブロック）の集合住宅の同世代の子供たちと、朝から晩まで遊び回ることで過ぎる。

同じ棟の同じ階の、親友のオト。下の階のミルハとヨノ。隣の棟のリレとヒスノ、兄貴分のキアヒ。街区ごとに置かれた公園や、枯れた河の跡に造られた郊外の森林公園で。

帝国国境の戦闘属領（ヴォルフスラント）に隣接し、帝国の数ある生産属領の中でも辺境に位置するこの属領シェムノウの、百年も前から姿を変えていない典型的な農村からすれば、メアリラズリア市はまるで別世界だ。土埃（つちぼこり）の一つもたたない舗装された清潔な道。全棟が同一の形状と塗装で立ち並ぶ、近代的なコンクリートの集合住宅群。いつでも商品であふれた大型商店。

靴を履かない生活を、メレは、オトたちは、この街の子供はもう知らない。

靴も、上等なパンも新鮮な肉も綺麗（きれい）な服も、属領の富は優先的にこの街に供給される。大領主ミアロナ家のご威光と、この街の郷士（ごうし）ロヒ家の方々の尽力により、ありふれた貧しい農村から豊かな先進エネルギーの街へと変貌を遂げた素晴らしき故郷。

街外れの大きな発電所が、特別市と属領とを富ませるエネルギーの源泉だ。

その研究に生涯を捧(ささ)げ、発電所を計画して青衣(メアリ・ラズリア)のメアリと呼ばれた先々代の領主夫人にちなんで改名した特別市で、唯一かつての村の名前を残すラシ発電所。畑を耕し、豚を追う生活からメレたちの祖父母や父母を解放し、いずれ彼らにも食堂や清掃の職を約束する施設だ。

この地を治める茶系種(フェルギネア)の貴種、煙晶種(カイルン)に特有の煙(けぶ)るようなチョコレート色の髪を、贅沢(ぜいたく)な手編みレースのリボンで二つに結い上げた少女が、公園の入口で手を振る。

「メレ。みんな。ここにいたのね」

「あっ姫さま」

「姫さまだ」

「ノエレ姫さま！」

わっとメレたちは少女に駆け寄る。ロヒの旦那様のご令嬢のノエレさまだ。

「ミアロナ家のニアム姫さまが、映画のメディアを貸してくださったの。一緒に見ましょう」

「映画！　見る！」「やったー！」

わらわらと、メレたちはノエレの後に続く。綺麗(きれい)で賢いノエレはこの街全員のお姫様で、メレたちにとっては頼れるリーダーだ。お言葉を聞かない者なんてこの街には誰もいない。

「姫さま、映画ってどんなお話？」

「お隣の船団国群の怪獣、原生海獣(クジラ)よ。とっても大きくて船団国群の船なんか沈めちゃうの」

ぱっと元気よくオトが手を上げた。

「オレ知ってる！　昔、ロギニア河がまだあった時にときどき原生海獣が遡ってきたって！」

「えっ、なにそれ、怖い！」

小柄な妹分のヨノが怯えて縮こまる。ノエレはけれど、自信満々に胸を張った。

「大丈夫よ。そんなもの、お父さまとミアロナの殿様、若様とニアムさまが退治してくださるもの！　もちろん私だって戦うわ！　誇り高き帝国貴族の一員ですもの！」

ぱあっと子供たちは顔を輝かせる。

「すごーい。かっこいい！」

「姫さま、ぼくも一緒に戦わせて！」

身を乗りだしたメレに力強く、ノエレは頷く。その美しく甘い、チョコレート色の瞳。

彼の小さな女王様の。

「もちろんよメレ。私についてくればできないことなんかないわ！」

革命が起きる半年前の、帝国最後の平和な時代だ。

†

大陸北端、レグキード船団国群の海岸には、晩秋から冬の終わりにかけて、はるか碧洋からの流氷が流れつく。

黒い砂と岩の荒磯を、見渡すかぎりに白く鎖す氷塊の群。純白の平野がどこまでも続き、あるいは竜の背鰭のようにぎざぎざとした断面が連なる、その一角を。

どこか途方に暮れたように視線を巡らせながら、のろのろと這いずる影があった。

霜に覆われた硝子窓越しの月光の、冴え凍る雪色。薄く透けるベールとドレスの裳裾を長く引いた、花嫁にも似た繊細な姿だ。流氷の大広間と相まって、人魚の姫君を思わせる美しさ。――ただし全長は姫君どころか、屈強な偉丈夫よりもなお大きな三メートル超。ベールの影、胸元に覗く三つの眼球は、金属光沢の孔雀色に菱形の瞳孔が並ぶ。

音探種と、征海氏族は呼ぶ。――碧洋を支配する原生海獣たちのその一種である。ベールとドレスは、装甲鱗の外側を覆う半透明の外套膜。頭部と見えるのは能動型音波探査の役割を果たすこの種特有の、超音波の収束体だ。大型の成体ともなれば最大出力の超音波の照射により、バブルパルスで戦闘艦の艦底装甲をもへし折る碧洋の人喰い人魚。

ただし今、氷上を這うこの音探種はそれら恐るべき成体にはほど遠い、ごく小さな幼体だ。

流氷と共に北の碧洋を離れ、流れ着いてしまった荒磯を――幼体の音探種にはまったくの未知の世界である、人類の領域に視線をやって。

迷子の人魚は小さく高く、小鳥のように、きゅいー、と鳴いた。

EIGHTY SIX

The number is the land which isn't
admitted in the country.
And they're also boys and girls
from the land.

ASATO ASATO PRESENTS
[著] 安里アサト
ILLUSTRATION／SHIRABII
[イラスト] しらび
MECHANICALDESIGN／I-IV
[メカニックデザイン] I-IV
DESIGN／AFTERGLOW

86

—エイティシックス—

Our Ladies, Pray for the Miserable Ones
at the Moment of Their Death.

[Ep.12]

—ホーリィ・ブルー・ブレット—

CHARACTERS

ギアーデ連邦軍
〈第86独立機動打撃群〉

シン

サンマグノリア共和国で人ならざるもの――〈エイティシックス〉の烙印を押された少年。レギオンの「声」が聞こえる異能の持ち主で、高い操縦技術を持つ。新設「第86独立機動打撃群」の戦隊総隊長を務める。

レーナ

かつてシンたち〈エイティシックス〉とともに戦い抜いた指揮管制官(ハンドラー)の少女。死地に赴いたシンたちと奇跡の再会を果たし、その後ギアーデ連邦軍にて、作戦指揮官として再びくつわを並べて戦うこととなった。

フレデリカ

〈レギオン〉を開発した旧ギアーデ帝国の遺児。シンたちとともにかつての家臣であり兄代わりだったキリヤと戦った。「第86独立機動打撃群」ではレーナの管制補佐を務めている。レギオン全停止の「鍵」であることが判明。

ライデン

シンとともに連邦へ逃れた〈エイティシックス〉の少年。"異能"のせいで孤立しがちなシンを助けてきた腐れ縁。

クレナ

〈エイティシックス〉の少女。狙撃の腕は群を抜いている。シンに想いを告げ、一歩前に踏み出すことができた。

セオ

〈エイティシックス〉の少年。クールで少々口が悪い皮肉屋。腕を切断する重傷を負い、部隊を離れる。

アンジュ

〈エイティシックス〉の少女。しとやかだが戦闘では過激な一面も。ミサイルを使った面制圧を得意とする。

グレーテ

連邦軍大佐。シンたちの理解者でもあり、「第86独立機動打撃群」の旅団長を務める。

アネット

レーナの親友で〈知覚同調（パラレイド）〉システム研究主任。シンとは、かつて共和国第一区で幼馴染の間柄だった。

シデン

〈エイティシックス〉の一人で、シンたちが去って以降のレーナの部下。レーナの直衛部隊を率いる。

シャナ

共和国第86区時代からシデンの隊で副長として活躍する女性。シデンとは対照的に、醒めた性格。

リト

「第86独立機動打撃群」に合流した〈エイティシックス〉の少年。かつてシンがいた部隊の出身。

ミチヒ

リトと同じく機動打撃群に合流した〈エイティシックス〉の少女。生真面目で物静かな性格、なのです。

ダスティン

共和国崩壊前〈エイティシックス〉への扱いを非難する演説をした学生で、連邦による救援後、軍に志願した。

マルセル

連邦軍人。過去の戦闘での負傷の後遺症から、レーナの指揮をサポートする管制官として従軍する。

ユート

リト・ミチヒらと戦線に加わった〈エイティシックス〉の少年。寡黙だが卓越した操縦・指揮能力を持つ。

オリヴィア

ヴァルト盟約同盟より、新兵器の教導役として機動打撃群に合流した女性のような見た目の青年士官。

ヴィーカ

ロア＝グレキア連合王国の第五王子。異常な天才「紫晶」の今代で、人型制御装置〈シリン〉を開発した。

レルヒェ

半自律兵器の制御装置〈シリン〉の一番機。ヴィーカの幼馴染であった少女の脳組織が使用されている。

第一章　優しく美しきクイーン・メアリィの、美しく優しいはずだった世界

「卿は所詮、お飾りだ。——その卿が、なぜ将兵どもに責任を感じる？」

ただのマスコットの立場であったなら、背負う必要などあるはずもない責任を。

静かに投げられたその問いに、フレデリカは内心、来たか、と思う。

傀儡と成り果てたアデルアドラー帝室は、臣民はおろか下級貴族にさえ姿を見せなくなっていた。赤子の内に父帝を失い、即位させられた自分の顔など他国の誰も知るはずがない。けれど目の前のこの蛇は、連合王国イディナローク王家の〝紫晶〟だ。異能といえる聡明さを持つ彼が、いつまでも何も察せずにいるなどと甘い見立てをフレデリカは立てていない。気づかれぬよう慎重に、平静の仮面を取り繕って向き直った。

「わらわは、」

表向きのフレデリカの出自は、さる大貴族の隠し子だ。

混血を忌む帝国貴族の価値観から、血族として公には出せない子供だが、貴族の子女として

の教育は受けている。エルンスト・ツィマーマン大統領には、生家が彼の後援者である縁から預けられ、また生家の意向で精鋭部隊であり宣伝部隊である第八六独立機動打撃群(ストライクパッケージ)に所属している。

その設定に基づき、準備していた回答をフレデリカは口にする。尚武を尊ぶ帝国貴族の、娘として育てられた子供ならば間違いなくそう応える言葉。

「このフレデリカ・ローゼンフォルトは、機動打撃群ただ一人の帝国貴族じゃ。父祖の名をいただく許しは得られずとも、兵らを率い、戦陣に立つを誇りとする帝国貴族のその一員じゃ。マスコットとはいえ軍に属する以上、兵らの士気を維持するは貴族たるものの義務であるわ」

ヴィーカはゆっくりと一つまばたいた。

「なるほど、表沙汰にできない事情があるわけか」

「っ、」

「聞いてもいないことまでまくしたてるのは、それが偽りだと自分で喧伝(けんでん)しているようなものだ。……嘘(うそ)が下手だな、卿(けい)」

今度こそフレデリカは言葉に詰まる。

みるみる顔色を変えていく彼女を、冷徹にヴィーカは見下ろす。

感情が素直に、顔に出すぎる。

この程度の揺さぶりで、顔色を変える。嘘(うそ)一つ吐くのに肚(はら)など括(くく)る。

王侯に生まれついたならば幼少の頃から訓練されていてしかるべき、感情と表情の制御。フレデリカはそれを、まるで身につけていない。

その程度の子供としか、生家から扱われていないのなら。フレデリカ自身が考えているほど、そしてヴィーカが疑ったほど、大した事情でもないものか。

「まあ、俺も卿の事情に興味があるわけでもない。そういうことにしておいてやるが、」

いいさして、蛇の王子はついと首を傾けた。

そういえばこの少女はシンと——共和国生まれとはいえノウゼン侯の直系の血族であるシンと、とりわけ親しくしていたか。

ノウゼンの血統の、その端くれに生まれついたがために。その権門の力と義務を、己のそれと取り違えてでもいるのなら。

「卿が守りたいのは将兵どもか、それとも兵どもを見捨てれば傷つく、卿自身の良心か？」

「っ、それは……」

「その区別はつけておけ。——守る力もないくせに良心などを裏切れず、半端に手を出した挙句に救えず逃げだすくらいなら、最初から見捨てる方がまだましだ」

†

《――ノゥ・フェイスより統括ネットワーク》

祖国の滅びを前にしても何の感慨もわかないのは、第一次大攻勢と同じであるらしい。

再び燃え落ちる国軍本部を光学センサに映して、ノゥ・フェイスを名乗る重戦車型(ディノザウリア)は――かつてヴァーツラフ・ミリーゼであった〈羊飼い〉は思う。

焔(ほのお)の中、空(むな)しく崩れゆく聖女マグノリアの彫像に、砲塔と車体の後部を向けた。

《サンマグノリア共和国全域を掌握。オペレーション・パシオニスは全フェイズを完了》

さすがに満ち足りたらしい、周囲の指揮官機の光学センサがノゥ・フェイスに向く。共和国に殺され、その復讐(ふくしゅう)に猛(たけ)って〈レギオン〉と化した、かつてエイティシックスと呼ばれた少年兵の妄執が宿る重戦車型(ディノザウリア)たち。

その、今の名前。

《ノゥ・フェイスより統括ネットワーク指揮官機。〈仔羊(アグヌス)〉各位》

識別名〈ミストレス〉の――ゼレーネ・ビルケンバウムの試作機、高機動型から。強襲揚陸(シュヴェルト)戦艦型(ヴァール)や陸上戦艦型(フェアディナント)の実験から。得られた成果を適用し、不死化を果たした指揮官機。人の槍(やり)ではもはや死なぬ、死しても再び帰りきたる〈復活の仔羊(こひつじ)〉。

《残存する人類圏殲滅のため、次なる作戦行動に着手する。第一広域ネットワークはギアーデ連邦攻略のため、――共和国残存勢力からの情報収集に注力せよ》

†

就寝時刻はとっくに過ぎたが今夜もまた眠れなくて、レーナはネグリジェに肩掛けを羽織って、暗い執務室の自分のデスクでとりとめもない思考を巡らせる。

機動打撃群の本拠であるこのリュストカマー基地ももう、安全圏とは言えない。深夜の今はカーテンを厳重に閉め、灯火管制がかかって暗闇の執務室。

寝静まる基地の、どこか息詰まるような静寂の中、暗いデスクランプの下で眠そうに、迷惑そうにしているティピーに苦笑した。

「……先に、寝てていいのに」

みゃおう、と、おそらくは何らかの否定的な答えが返ってきた。一緒じゃないと嫌だ、とか気になって寝れない、とか、多分そんな感じの。

緑色の目をしばたたかせて見上げてくる甘えん坊の黒猫の、小さな頭を撫でてやりながら、意識は再び、思考の迷路に落ちていく。

燃えあがる列車と、絶叫と悲鳴と焔の色。

復讐の宴の場として鎖された祖国、サンマグノリア共和国。グラン・ミュールの中に自ら、逃げこんでいった共和国市民。喝采のような銃声。篝火のような焔。救えなくて、見捨てて、後にしてきた崩れた要塞壁。流血と焔の色。怨嗟と苦悶の響き。晴れやかに昇天するように、舞い上がる流体金属の蝶の群。

　憎悪を選び、復讐を望み、〈羊飼い〉と化して殺戮機械の戦列に加わった、エイティシックスの亡霊たち。

　鏖殺せよと、吠え猛るその声。

　――お前たちの、仇を。

　その憎悪に、その怨嗟に、どうしても印象が重ならない、レフ・アルドレヒト中尉の面影。妻子を救おうと、白系種であることを隠して共に八六区に赴き、戦った人だった。最終処分場たる第一戦区のスピアヘッド戦隊の隊舎で、〈ジャガーノート〉と少年兵たちの世話を焼き、半年ごとの彼らの死を見送り続けた人だった。

　彼の恨みは、晴れたのだろうか。

　世話を焼いた少年兵に殺されることを、それで構わないと思っていた。共和国人であるだけで罪人と自らを見做していた彼にとっては、リトに討たれたのは償いになったのだろうか。

　アルドレヒトでさえも共和国人である罪を負うなら、それならエイティシックスたちの憎悪のままに殺された共和国人は、それで償いとなったのだろうか。

死した無数のエイティシックスたちが、あの老整備クルーさえもが、最後に望んだのが憎悪（ぞうお）の果ての、憤怒（ふんぬ）の果ての、あんな地獄の光景だったのなら――……。

そんなことをとりとめもなく、考えてしまって眠れない。

共和国人の悲鳴が、エイティシックスの憎悪（ぞうお）が、目を閉じると脳裏に蘇（よみがえ）って、眠れない。

夜の静寂に忍びこませるような、ひそやかなノックの音がした。

ぴょこんとティピーが耳を立てる。レーナが誰何（すいか）するより早くいそいそと扉に歩み寄って、

「――レーナ？　起きてるか？」

シンだ。

なんだろう、と思いつつレーナは立ちあがる。

沈みこんでいた気持ちが声を聞いた途端に浮きたって、そんな心の動きが少し後ろめたい。

「ええ。どうしましたか？」

扉を開けると、シンはなんだか苦い顔をしている。就寝時刻は過ぎているのにきっちりタイを締めた勤務服（サービスドレス）のままで、後ろにはレーナの副官のイザベラ・ペルシュマン少尉。

「少尉には聞いてたけど。……やっぱりそうか」

「えっ」

†

遮蔽コンテナの中、ゼレーネが他者との接触を絶たれてもう一月近くにもなる。

第二次大攻勢からこのかた、シンは一度も訪れない。ヴィーカもまた、大攻勢直後に見たのが最後だ。彼女を管理していた情報部員も、まるで姿を見せなくなった。

人間ならばとても耐えられない、長期間の暗闇で無音だったが、〈レギオン〉のゼレーネは刺激の一切を絶たれてもどうということはない。それは連邦軍もわかっているのだろうから、尋問や拷問の一環ということもないだろう。

単に情報の再調査をしているか、もはや情報源として信用がおけぬと見放されたか。

……見放されたのではないと、いいのだけれど。

無音の闇の中、嘆息するようにゼレーネは思う。〈レギオン〉に人を滅ぼさせぬために、帝国が遺した命令ではなく己の復讐に邁進しつつある〈羊飼い〉たちを止めるために、彼女は連邦に囚われたのだ。もたらした情報全てを疑われ、〈レギオン〉全機の停止条件さえも欺瞞情報として破棄されてしまったとしたら——あまりにもやるせない。

有線接続されたコンテナ外のカメラとマイクが、外部からの操作で起動した。

「死んでは……いや。もう死人か。壊れてはいまいな、ゼレーネ・ビルケンバウム」

あえて安物を使ったカメラの粗い画素の中、佇んでいたのは見知らぬ青年士官だった。年の頃は二十歳ほどか。夜黒種純血の漆黒の、星もない闇夜の黒髪と黒瞳。帝国貴種特有の端整な白皙は戦槍めいた酷薄さで、切れ長の双眸の峻厳たる眼光。触れれば音もなく切り裂かれる、この上なく鋭利な刃のような。

腕章に掲げる部隊章は、白骨と化した手掌が摑む、鬼火燃ゆる長剣。

凍りつくようなゼレーネは敵意を覚える。無機質なはずの電子音声にさえ、怨嗟が滲んだ。

《――ノウゼンの一門か》

帝国と帝国軍を支配した彼の一族が、軍内部に抱えた精鋭部隊。専用のフェルドレスを配備し、血族のみで部隊員を揃えた、夜黒種どもの最強の切り札。その部隊の紋章だ。

「ヤトライ・ノウゼン。狂骨師団を預かるノウゼンの次代だ」

声音は冷厳たる佇まいと眼差しに相応しく、低く、凜冽と響く。

並の者ならばそれだけで気圧されるだろう鋭利な声音に、けれどゼレーネは動じなかった。

《シンエイ・ノウゼン以外のノウゼンと、話す言葉はない。征滅者の末裔め》

こうして再び人が訪れた以上、連邦はまだ自分から情報を引きだすつもりがある。〈レギオン〉であるゼレーネへの信頼はなくとも、情報自体はある程度は確度が高いと、そう判断を下している。

そうであるなら、それをゼレーネは聡く察する。この程度の交渉はまだ可能なはずだ。

〈レギオン〉を止めたくとも、己の過ち（あやま）を償いたくとも、それでも彼らとだけとは話さない。

見透かした様子で薄く、ヤトライは嗤（わら）った。

底冷えのする笑みだった。

踏みつけ、踏みにじった相手に対し情けの一つも持たぬ、支配者の。

「そういえば貴様は焔紅種（パイロープ）の末席だったな、ビルケンバウムの娘。なるほど我ら夜黒種（オニクス）に、恨み言の一つ二つもあるだろうよ」

《……………》

夜黒種（オニクス）への。お前たち征滅者への恨みが。憎悪（ぞうお）が。

千年にも亘（わた）り積み重なった屈辱への憤（いきどお）りが――一つや二つで、すむとでも。

「だが。今の貴様がそう言える立場だと思っているのか、屑鉄」

同じノウゼンの血族でも、あの心優しい少年ならば決して言わないだろう〈レギオン〉の蔑称を、目の前のノウゼンはこともなげに吐き捨てる。もはや貴様は人間でさえもない、ただ破壊されるべき金属の塊なのだと知らしめるように。

「何も明かさぬというなら構わん、破棄するだけだ。……そうなって困るのは貴様だろう。黙っていれば叶（かな）わぬのは、貴様の願いであって我らのではない。痛むのは貴様の良心。失われるのは貴様の希望。報われず虚（むな）しく哀れなのは、ただ独り貴様だけだ」

無言など最早（もはや）、交渉の材料にもならない。

「屑鉄に成り果てた分際で、いまさら人を救いたいのだろう。ゼレーネ・ビルケンバウム。明かしたいことがあるなら今ここで、貴様が知る全てを洗いざらい吐け。その上で、」

黙りこんだゼレーネの内心を、おそらくはあやまたず見透かして。

ノウゼンの次代は、征滅者の血族に相応しい酷薄な、傲慢な顔で嗤った。

「その情報に価値があるかは、検証してやる」

隠し事は一切許すな、全て話させろと情報部員に命じて、ヤトライは拘束室を出る。

西部戦線の後退に伴い、ゼレーネの拘束コンテナもまた後方へ移動。情報部が拠点を置く小さな廃村の教会の納骨堂に、今は収められている。十年も前に死んだ彼女の、機械仕掛けの亡霊を収容するには実に皮肉な死者の寝所の、増設された分厚い金属の扉を抜けて。

途端にヤトライは盛大に肩を落としてぼやいた。

「あーやだやだ。肩凝る」

ついでに半眼になってげんなり口をひん曲げて、やる気と威厳の欠片もない猫背で。

最前までの峻烈にして冷厳たる、武門の棟梁ノウゼンの次代の威迫からは見る影もないその惨状に、警備隊長の中尉が礼儀も忘れて目を剝いて凝視していたりする。

ヤトライはそんな尉官の非礼にも、気を悪くするどころか意識さえ向けない。

下民の存在など羽虫程度にも考えない、かつての王侯の振舞そのままに。

「ただでさえエーレンフリートの三男はぴりっぴりしてるし大統領の野郎はいつもどおり怖いし、ブラントローテのクソババァまで余裕ぶっ飛んでてどこも雰囲気最悪だってのに。なんで俺まで空気悪くしてんの。俺そんなに悪いことしたの今までに」

とほほと肩を落としているヤトライに、外で待っていたヨシュカがからかう声を向ける。

「とうとう次代って認めたんだな、ノウゼン。……ゼレーネ女史にそう名乗ったろ」

ヤトライは嫌そうに下唇を突きだす。

「ミイツ兄が、当主様の継嗣に決定しちまったから。兄の子は女子ばっかだし、トッカ兄は戦死してるんだからミイツ兄の次が俺になっちまうのは嫌だけど仕方ないだろ。嫌だけど」

受け入れざるを得なくなった今でもよほど嫌なのか、わざわざ繰り返した。

実際、帝国黎明期からの権門であり、膨大な一族の人員を軍にも政府にも各種企業にも喰いこませたノウゼン一門の当主の地位は、余人が思うほどには魅力的なものでもあるまい。

権勢に伴う膨大な決断と責任と、絡みつく無数の思惑と欲望と。千年に亘る因縁と死臭と。

「そんで去年見つかった当主様のお孫は、結局ノウゼン家跡継ぎレース不参加だし」

ふむ、とヨシュカは腕を組む。

現当主、セイエイ・ノウゼンの直系男子が逐電したり病死したり戦死したりで誰も残らず、継嗣問題でノウゼン一門がここ数年ごたついていたのは、同じ元貴族であるマイカ家の一員としてヨシュカも聞き及んでいる。

一門内の勢力争いがどうにか落ちつき、セイエイ候の弟の長男であるミイツがセイエイの跡継ぎに、ミイツの継嗣にその末弟のヤトライが内定しかけたところでセイエイ候の孫であるシンが見つかり、再び巻き起こった水面下の大騒動も。

「そりゃ、シンは後ろ盾がないから。帝国貴族としての教育も受けてないし、無理に跡継ぎに据えても苦労するだけだろ」

「ミイツ兄の娘の誰か娶ってくれれば、兄も俺も後ろ盾になってやれるんだけどなぁ」

同じことを、年頃の娘を抱えるノウゼンの分家筋とか、それぞれ有力な家門に嫁いだセイエイ候の娘たちとかが主張してたんだろうなと思いつつ、ヨシュカは応じる。

「無理だろ」

なにせシンは、美人な恋人を射止めたばかりなのである。

そうでなくとも婚姻とは政略により決められるもので愛情など皆無、恋愛は愛人とするものだという帝国貴族の価値観は、共和国生まれのシンには受け入れがたいだろうし。

ヤトライは鼻から息を吐く。

「らしいな。当主様も、いまさらお孫にノウゼンの名を背負わせたかねえみたいだ。そっちだってそうだろ。マイカの」

「……まあな。女侯はシンにはかわいい孫なだけでいてほしいし、ご自分も優しい祖母なだけ気持ちは、ヨシュカにもわかる。ゲルダ・マイカ女侯のそれも、ノウゼン侯のそれも。一族の長として接しなくてもいい、けれど自分の血を継ぐこども。一族存続のための駒として見ず、一門の戦力として育てなくていい、ただ愛情だけを注いでやれる孫。

そんな子供は旧帝国貴族の家に生まれついた自分たちには、得られないはずの存在だから。

ヤトライはけれど、わずかに奇妙な顔をした。

「……いや。当主様もマイカ女侯も、それもないわけじゃないだろうけどそうじゃなくてよ」

見返したヨシュカを、ヤトライは見ない。

その黒瞳の。ノウゼンの血統の闇紡いだくろの、酷薄な眼差し。

「機動打撃群の首のない死神。連邦の切り札たる精鋭部隊の撃破王にして総隊長。——英雄エイティシックスどもの戦帝に今この戦況であえて家門の名を負わせるほど、ノウゼン侯もマイカ女侯もボケちゃいねえだろって。そういう話だ」

†

共和国での作戦から、半月余りが経って。

前線が数十キロも後退し、遠い砲声が日常となったリュストカマー基地は、大隊長や副長向けの上級指揮官講習もまた日常となっている。

なるほど士官が足りなくなりつつあるらしいなと、第二機甲グループの補給参謀の講義を聞きながらライデンは思う。

第二次大攻勢で兵卒も下士官も、そして士官も多くが戦死し、その後の膠着を維持するためにはより多くが、どの戦線でも死に続けている。

その一方で機動打撃群の幕僚は、尉官ばかりで権限不足のライデンたち大隊長・副長を補佐するために規定よりもずいぶん多い。その大勢の参謀がいつ他部隊、他戦線へ引き抜かれるかわからないからと——そうなった時に残される少年兵たちが困らないようにと。参謀たち自身が提案して持ち回りで行ってくれているのが、この特別講習だ。

一方で機動打撃群には未だ、次の任務が降りてこない。

実のところ次の派遣先はもう決定しているらしいのだが、その命令はおろか関連情報の一つさえもライデンたちの下には降りてこないのだ。派遣先との調整に手間取っているのか、それとも情報漏れか何かを警戒してでもいるものか。

「……信用されなくなった、ってわけでもねえんだろうが」

小さく、零した。——無に帰されたこれまでの自分たちの戦果と、半月前の共和国救援作戦の失敗。最優先の作戦目標である、救援派遣軍の撤退は完了させたのだから厳密には失敗ではないが、司令官のリヒャルト・アルトナー少将の死と共和国の滅亡。ライデンとしては失敗と感じざるをえないあの結末が、よもや連邦軍の将官たちの判断にまで影響したのでもないだろうけれど。

とりあえずは十月に取れなかった休暇の代わりを、もらっていると思うことにライデンはしている。幸い気晴らしの映画やらアニメやらコミックやらは、どこかの八六区と違って潤沢に各自の書類上の保護者が送ってくれているから娯楽には困らないし、食事の量や質に影響が出る戦況ではまだない。住民の大半が避難した隣街フォトラピデ市も、一部のカフェや商店や酒場は残って戦闘属領民と機動打撃群の要員を相手に営業してくれている。

それでも。

「そろそろ、動きたいんだけどな」

共和国でのあの作戦を。——共和国市民とはいえ見捨てざるを得なかった敗走を、作戦を終えてそればかりが残った苦い徒労感を。

最後にしておきたくない。

「こうやってやることある方が、気が紛れて楽だしねー」

特別講習の対象は現大隊長と副長に加え、いずれその補充が必要となった時の候補として小隊長以上のエイティシックスが全員含まれて、クレナとアンジュももちろん受講対象だ。

とはいえそれなりに人数がいるし、プロセッサーとしての日常業務もあるからいくつかにクラスは分けられて、午前中の今は副長格の講義の時間だ。今日の夕食後に控えた自分たちの講義時間に向けて、配られた予習のテキストに二人は目を通す。椅子だけクレナの部屋から持ちこんだ、品よくドライフラワーや小物が飾られたアンジュの居室。

……つい最近まで課題もサボりがちだったクレナには、予習の時点で手ごわい。

こんなことになるなら怖いなんて言ってないでもっとまじめに、課題も自己学習もやっておくべきだったのにと、一月ほど前までの自分にクレナは唇を尖らせる。こんな、大変な戦況になってから、時間なんていくらあっても足りなくなってから、慌てる破目になるなんて。

空転気味の思考のテンポに合わせてくるくるとペンを回していたら、アンジュが苦笑した。

「やっぱり、先に基礎教本読み返した方がいいと思うわよ」

「んー……そうかも。時間ないしって思ったんだけどやっぱり駄目かぁ……」

予習テキストをいったん閉じて、基礎教本のファイルを呼びだす。いかにも軍隊らしい、もの堅く無愛想な表紙の画像に反射的に苦手意識を覚えてしまうが、我慢して開いた。

そのまま眉を寄せて該当の項目を読み返すクレナに、アンジュは話を戻す。

「特別講習も、忙しくしてれば考えすぎずにすむって、そういう気遣いもあるのかも。でも」

「うん。考えなさすぎるのも、目を逸らしてるだけなのも駄目だし、だからって気を紛らわせようとしすぎて動きすぎてもダメだもんね」

言い合って。

二人は同時に嘆息した。

「……レーナ」

「大丈夫かしらね」


一応今は軍服ではあるが、傍(かたわ)らのトランクの中身は私服。加えて身の回りのこまごましたものと詩集がいくつか、仕事に関わるものは一切なし。あとティピーのキャリーケース。

それらを傍(かたわ)らに、しょんぼり肩を落としてレーナは言う。

「……すみません」

「いや。むしろ無理しすぎる前に、気づけて良かった」

輸送機を待つ、リュストカマー基地付属の飛行場だ。にゃあにゃあ何かをアピールしているティピーのキャリーケースを片手に提(さ)げて、シンは小さく首を振る。

しゅんと眉を下げて俯(うつむ)いている少し血の気の薄い顔を、そっと覗(のぞ)きこんで続けた。

「休暇だと、いきなり切り替えるのは難しいかもしれないけど。休むのも仕事だと思って」

「目の前で故郷が滅びた上に、あんなに大勢焼かれて撃ち殺されてくのを見たのはきつかったでしょうね。私たちだって、いい気分はしなかったもの」

「……うん。今も思い出すと、気分良くないもんね」

唇をひき結んでクレナは頷く。嬲るように撃ち殺されていく、無数の人間たち。――嬲るように撃ち殺された、父と母。

共和国での戦闘と、その後の撤退の間は、平気だった。思いだしさえもしなかった。

戦闘に、行軍時の周辺警戒に意識を集中させていたから、両親の死の記憶が蘇る余地なんかどこにもなかった。

けれどリュストカマー基地に――いつのまにか帰る場所に、心地のいい居場所になっていた基地に戻って。自室で一息ついて気が緩んだら途端に、記憶の底の古傷は顔を出した。

両親の死を夢に見て、飛び起きた。

悲鳴に驚いた隣室の、同じ小隊の少女が飛びこんでくるくらい、それは酷い悪夢だった。

――ちょっとクレナ、大丈夫⁉

かけられた声にも、凍りついてクレナは返事もできなくて。心配した彼女がココアを入れてくれて――ポットくらいは各部屋にある――、それを飲んでようやく落ち着いて。

そんなことが何日か続いた。

眠るのが怖くなったり、眠ることすらできなくなったりしたら衛生班に相談しようと思っていたが、幸い、数日で悪夢は収まった。

今はだから、平気だけれど。

「死んでくところなんか、やっぱり見たくなかったし。……アルドレヒト中尉もあたしたちの知らないみんなも、あんなことしたくなるくらい辛かったんだって、わかっちゃったのも」

「……そうね」

自分たちと同じエイティシックスが、あれほどの憎悪に染まってしまった様を見せつけられたのも。人が苦しんで、無惨に殺されていくところを見たのも。

人が苦しむのは、死ぬのは、辛い。それが自分のことではなくても辛い。

本当は、辛いのだ。凄惨な死体も死にきれない苦痛も見慣れたはずのエイティシックスでさえ、何人かは作戦後のカウンセリングの結果、一時休養を言い渡されているくらいには。

ましてレーナはエイティシックスの女王だけど、共和国は故郷でその市民は同胞で。

「シン君が近くにいて、すぐ気づけたのは不幸中の幸いよね。レーナがご飯、食べられてないって」

それならもしやとペルシュマン少尉に聞いて。眠れていないようだとも確認できて。

レーナ本人は彼女の性格からして、きっと無理するだろうからとグレーテに報告して精神衛生班に見せた次第である。

結果、レーナには一月ほどは軍務を離れて休養すべきだとの診断が下り――その療養先への出発が、今日この後の輸送便だ。

その診断を告げられたレーナはずいぶんショックを受けた様子で、その後には何やら申し訳なさそうにしょげ返っていて。

それから数日たって出発直前の現在も、やっぱりまだしょんぼり肩を落としていたりする。

「……ダスティンもアネットも平気なのに……わたしだけこんな……」

「ダスティンも、戦闘は控えさせた方がいいって報告を受けたろ。だから次の作戦にはあいつも連れていかない。リッタについては、そもそも戦場には出てないから」

む、とレーナは頬を膨らませた。

「アネットです、シン」

くすりとシンは笑みを零す。

「いいだろ、それくらい」

「駄目です。アネット」

「わかった、アネット。……その調子だ、レーナ」

言うと、レーナはようやく小さく笑みを見せた。

「ええ」

それから無理に気持ちをひきたたせるように、ぱんと両手を打って身を乗りだした。

「牧場とか、体験教室が併設されてる軍の療養所だそうですね。この機会にいろいろ触れあってきますね。乗馬だってできるようになるかもしれないです！　シンは、馬は乗れます？」

「馬は乗ったことがないな……。バイクくらいなら、訓練の一環で免許は取ってるけど」

バイクは偵察で、自動車は輸送やらで使わないわけではないので、多脚機甲兵器操縦士といえど座学と簡単な講習くらいはさせられるのである。

さすがに大型のトレーラーの類は扱えないし、現状、軍では儀仗兵とごく一部の地域の偵察兵くらいしか用いない軍馬についてもそれは同様だが。

ふっとシンはからかう笑みを向ける。

「でも、レーナはその前に、卵を割れるようになるのが先じゃないのか」

「もう割れます！　知ってるでしょう、選択科目は調理で一緒だったんですから！」

フォトラピデ市に併設された学校に、休暇を兼ねて通っていた間のことである。

機動打撃群設立時よりも受講者の増えたその教室で、レーナは卵を割るのにハンマーは不要だと学び、シンはレシピをきっちり守ればそれなりに美味しいものを作れることが発覚した。

守れば。

ペルシュマン少尉が歩み寄って淡々と言った。ひっつめた紅い髪に翠の双眸。痩せぎすの体軀と銀縁の眼鏡と謹直に伸びた背筋。

「馬は、おとなしい子を選ぶよう申し伝えておきます。それと療養所の管理人はオムレツが得意料理だそうですので、作り方も伝授してもらいましょう。……目を離すとすぐ、卵液をよく混ぜる程度の手順すら飛ばそうとするどこかの大尉なんて、すぐに追い抜いてしまえますよ」

からかいすぎだとばかりにちろりと睨まれて、シンは両手を上げる。くすりとまだ少し無理にだけれど、レーナが笑う。

「楽しそうです」

「ええ。……バカンスです、大佐。いってらっしゃいませ」

「はい」

「──いいなぁレーナ。バカンス」

「ほんとにそう思ってるわけ？」

「まさか」

食堂の天井を仰ぎつつ言ってみたら斜め前の席のミカが頬杖をついたまま応じてきて、もちろん本心から羨ましいだなんて思っていないので淡々とリトは返す。

自分なら仲間を置いて後方に下がるなんて絶対に嫌だし、だからレーナだってそう思っているだろう。何よりシンだけ戦場に置いて、離れたくなんかないはずだ。

「俺たちだって今、休まなきゃいけないからって休まされてるわけだけど。なんか、そわそわするもんな」

何かしないといけないような、何かしていないと居ても立ってもいられないような。

けれど何をしたってどうにもならないように思えて、途方に暮れているような。

ミチヒが言う。

「焦って、混乱してるからこそ。……ちゃんと休まないとなのですよね」

葛藤や焦燥を、呑みこんで。あるいは解消するための休息の時間を、とるように、と。

「怪我したんだから寝てろってことか」

「寝てていいってんだからまだ、贅沢だよなぁ」

どの戦隊も恒常的に定数を割っていた八六区では、怪我人や病人といえど戦力とせざるを得ないことが多かった。まして精神面のダメージを、斟酌している余裕なんて。

ちらりとシデンがテーブルの一角をみやった。

「クロードも、まあ、よかったよな。これきっかけで兄貴と親父さん見つかってよ」

「クロードすっごいキレてたけどねー」

「それは、あれは誰だって怒ると思うのです……」

兄とは明かさぬまま指揮管制官としてクロードの戦隊の指揮を執り、第一次大攻勢以前から知覚同調越しに共に戦っていた、けれど大攻勢の後には見つからなかった異母兄。

合わせる顔がないとこれまで名乗りでていなかったその兄が、共和国が完全に滅びたこの状況ではさすがに心配しているだろうと、義勇兵志願の傍らようやく出てきたのである。

当たり前だが大攻勢以来、気づけぬまま戦死させてしまったのかもしれない兄を気にかけ続けていたクロードは、その反動でキレた。それはもうブチ切れた。

連邦軍が最初に用意した面会は、あまりにもクロードが荒れて手がつけられなかったのであえなく延期。荒れ狂っている彼をトールとグレーテと老婦人と神父が宥めすかしてどうにか面会にはこぎつけたものの、やっぱりその場でも、今更なんだクソ兄貴どのツラ下げて出てきやがった、とかクロードはひたすら怒鳴り散らしていた。

そのクロードは向けられた視線の先で、みるみる機嫌を急降下させている。

もう兄の話が出るだけで、腹が立つような有様らしい。

「……まあ、クソバカ兄貴のおかげでずいぶん気は紛れたけどな」

その隣でトールが言う。げんなりと。

「オレもねー」

最もつきあいの長い戦友の彼をしてこれまで見たこともない剣幕で、怒り狂っているクロードにひたすらつきそっていたのだからそれは疲れる。

疲れたが、言ったとおりに気は紛れた。

共和国人の虐殺だの。〈羊飼い〉と化した同胞の憎悪だの。共和国人の理不尽な反感だの。

そうしたあれこれに要らない懊悩を抱いている暇はクロードにはなかったろうし、トールにもなかった。

祖国を失った神父や老婦人も、二人の世話を焼くのにかまけることで、もしかしたら。

「クロードけど、そろそろ兄ちゃん許してやれよ。ひっこみつかなくなるし、それで兄ちゃんかお前になんかあったら、残った方めっちゃ後悔するんだからな」

むすりとクロードは眼鏡の奥の目を眇める。

「うるせえな。……わかってるよ。次は、ちゃんと話す」

それから月白の双眸をリトに向けた。

「気が紛れたっていえば。リト、お前まだ実はきついだろ。なんか気晴らしとかした方がいいんじゃねえの」

言われてリトはぎくりとなる。アルドレヒトを討ったこと。

「え、いや。……平気だけど」

果たしてその場の残る全員が同時に言った。シデンとミカとミチヒとトール。

「無理すんなっての」

「あんたが倒した〈羊飼い〉、昔の知り合いだったんでしょ」

「こじらせた方が後で大変だから、レーナだって休ませるのです」

「しんどいんなら素直に休んどけって。それかクロードの言うとおり気晴らしとか」

しばし考えてリトは応じる。

「んー……わかった。じゃあ、明日あたり休暇と外出の許可もらってくるよ。ぼーっと散歩とかして図書館行って変な本でも探して、そんでカフェでケーキいっぱい食べてくる」

「あれ、図書館開いてんの？」

「館長のおじいちゃんと、奥さんだけ残ってて開けてるんだよね。貸出も一応続けてて、映画館代わりに映像メディア流したり戦闘属領民の子供に読み聞かせ会もしてて」

「——基地でも食堂と酒保の職員が、いくつか企画してくれてる。気晴らしならそれも参加するといい」

レーナを乗せた輸送機は出発したらしい。見送りにいっていたシンが入ってきて言う。続いて、講習から戻ってきたライデンとなんか疲れた様子のクレナと涼しげな顔のアンジュと。

「まずは少し遅れたけど、次の派遣の前にパーティーをやるそうだ。壮行会とハロウィンを兼ねて」

ぱっとリトは身を乗りだした。食堂や酒保の職員は、ほとんどが軍属で軍人ではない。戦線が後退し、これまでよりずっと戦場に近づいてしまったこの基地で、怖ろしくないわけはないだろうにそうして士気の維持に協力してくれる。その気持ちに応えるためにも。

「いいですね楽しそう！　隊長はアレですよね。死神の仮装一択ですよね！」

「残念ながら仮装は任意だ。おれはやらない」

「いや、そこはやれよシン。なるべく盛りあがっとこうぜ」

「笑えなくなったら負け、だもんね」

「クジョー君が言ってたオツキミもしましょ。どうせなら」

つっこんだライデンに、くすくすとクレナとアンジュが笑う。聞き慣れない単語にクロードが反応する。

「なんだそれ？　オツキミ？」

「月餅作るのです？」

続いてミチヒがことんと小首を傾げた。げっぺい？　と全員がきょとんとなった。

「ダスティン、今いいか？　次の上映会リクエスト、まとめといたんだけど」

「ああ、ありがとう」

食堂に向かう道すがら声をかけてきたのはマルセルで、差しだされたメモ帳を礼を言ってダスティンは受け取る。

精神衛生班によるカウンセリングで要注意の診断が下ったダスティンは次の作戦は不参加だ。戦闘訓練も控えるように言われていて、頭はともかく体が暇になったのでここしばらく映画上映会を企画して主催していたのだ。

日によってアクションだの恋愛だのとジャンルを決めて、空いている会議室にパイプ椅子を並べて暗くして映画館の雰囲気を出して。話を聞いたオリヴィアたち盟約同盟からの派遣部隊員が、酒保の職員と協力してポップコーンと炭酸飲料の屋台も作ってくれて。

毎回なかなか盛況だった。あの戦闘の後にそんなの見て大丈夫か？　とダスティンとしては思うのに、一部のプロセッサーが熱烈に要望したスプラッタ祭はさすがに、厳しかったので見たがった連中とついでにヴィーカに任せたが。そのままヴィーカも見ていたらしいが。

そしてダスティンの心配をよそにスプラッタ祭参加者は、熟れたトマトみたいにぐっちゃぐちゃに潰れたあれやこれやが所狭しと飛び交う映像にゲラゲラ笑って盛り上がっていたが。

まあ。

あれはあれで、ストレス解消なのだろう、とダスティンは思う。

連邦西部戦線は、機動打撃群発足時よりも二年前にシンたち五人が保護された時よりも、さらに戦線を押し戻されていて。ほとんど敗走のようだったあの共和国救援作戦を最後に、エイティシックスたちはこの基地に留め置かれたままで。

ヴィーカの祖国である連合王国の戦線はこの一月（ひとつき）後退を続けていて、通信は切れていないから父王や兄王子の無事は確認できたけれど、戦場に作り替えた南部の農地も、どうにか収穫は間に合っていたそうだけれど。この冬が過ぎたその後は、もうどうなるかわからなくて。

自分だってこの企画で動き回ったことで、ずいぶん気は紛れたのだし。

ついでに企画者の役得で、アンジュが見たがっていた恋愛映画に特等席を用意してやったり、なんなら自分も並んで見たり。ザイシャやアネットにはゴミを見るような目で見られたが。

そういえば。

「なあマルセル。……ここ数日、アネットを見てないと思うんだが。見かけたか？」

言われてマルセルは考えた。

「そういや俺も見てねえな。どこ行ったんだ？」

今の配属先である、連邦首都ザンクト・イェデル郊外の基地。招集されて訓練を受ける予備役たちで一月前よりずいぶん人数の増えたそこの廊下を、研修資料を抱えて新しい同僚たちと歩いていたセオは、視界の端をよぎった白銀色に足を止めて振り向く。

「どした？　セオ」

「あ、いや。知り合いがいた気がしたから……」

気がした、というか、見直してもやっぱり知った顔だ。

鋼色の軍服の連邦軍人の一団の中にいるから、紺青の軍服と、その軍人らしからぬ華奢さが際立つ。今までセオが見たこともない険しい、厳しい横顔で歩いていくのは――……。

「アネット……？」

どうして彼女が、こんなところに。

昼食の時刻になる少し前にダスティンとマルセルもやってきて、第一食堂のいつもの、騒々しい昼食が始まってもアネットの姿が見当たらない。

混みあい始めたところで、執務を一段落させてから来たグレーテと彼女の副官が入ってきて空席が二つあると軽く手を上げてシンは知らせる。ライデンと椅子を引いてやる横で、トールとクロードが疲れた様子の二人のトレイをかわりに取りに行く。

「ありがとう」

「いえ。……大佐。アネットを見ませんでしたか？　見送りにも来ていなかったのですが」

なんの気なしに問うたシンに、グレーテと副官は束の間、沈黙した。

「用事で、ザンクト・イェデルに行ってるわ。……エイティシックスの子たちに会いに行ったの。まだ戦場に出るような年じゃなかった、小さな子たちに」

妙な間が空いた。

ライデンが、アンジュとクレナが、シデンもリトもミチヒも困惑してグレーテを見やる。シンもまた怪訝に、グレーテを見返した。彼女は一体、何を言っているのか。

「……そんな子供は、八六区にはもういなかったでしょう」

いつだったか、まだ顔も知らないレーナに言った。

——では、エイティシックスは？　あとどれだけ残っていますか？

——おれたちの二、三歳下の者で最後、というところでしょう。強制収容以降エイティシックスは人口の再生産が出来ていませんし、収容当時乳幼児だった者は大半が死にましたから。まともな医療のない八六区で、庇護者を失った乳幼児は最初の冬も越えられなかった。ごく僅かな生き残りも、グラン・ミュールの中に売られてそして、帰ってこなかった。

シンの三歳下、リトや彼と同年代の者が、生き残った最年少の世代だ。十代初めで戦場に出される八六区では、戦えない年齢ではない。

戦えないほど幼い子供なんて、八六区にはもういない。

「そう。……あなたたちの認識では、やっぱりそうなのね」

小さく、グレーテは嘆息した。

「でも、実際にはいたのよ。たしかに一緒に保護したプロセッサーの子たちが、小さい子供なんて生き残ってないはずなのにって不思議がってたけれど、生き残れないくらい収容所は酷い環境だったともそのプロセッサーからは聞いたけれど。それでも何人かは生き残った子供もいたんだろうって、連邦はその程度に思っていた」

その程度にしか、八六区の強制収容所の過酷さを、理解しきれていなかった。

そこで暮らした誰も彼もが、乳幼児なんて生き残るはずがないと思うほどの、その苛烈を。

「――戦えない子と戦えなくなった子、戦いたくなくなった子が抜けたのよ。連邦に保護されたエイティシックスのうち、戦場に出るには幼すぎる子供と戦闘で障害を負った者、連邦での従軍を望まなかった者は、施設や連邦での保護者の下に引き取られた。存在しないはずの幼子は、たしかに保護されて連邦内部に迎えられた」

グレーテの紫の双眸に、きつく嫌悪の色彩が浮かぶ。

「病気や寒さで死ななかった小さい子供は、売られたのよね。共和国の、壁の中に」

ザンクト・イェデルの『新しいお父さんとお母さん』のお家は大きくて綺麗で、狭苦しく粗末な強制収容所のバラックに慣れた小さな彼には、酷く落ちつかない。

強制収容所に戻される前、物心ついた時には飼われていた大きくて綺麗なお邸を、大きくて綺麗なこのお家はどうしても思いださせてしまうから、恐ろしくて落ちつかない。

恐ろしくて怖くて、でも、そんなことを顔に出したらきっと酷く怒られるのだろうから笑ってみせたら、新しいお父さんもお母さんも満足してくれたようだった。

『ごしゅじんさま』にずっと、そうするように求められたとおりに。

そのとおりにごしゅじんさまに、必死に笑顔を作ってみせていたように。

じん、と首の後ろ、うなじのあたりが熱を帯びた。

『――卑しい仔豚、』

誰かの、この家にはいないはずの誰かの声が耳の奥に響く。ひ、と彼は凍りつく。

あの大きくて綺麗なお邸の、ごしゅじんさまのお邸の、狭くて冷たい檻の中に、またしても彼はひきずり戻されてしまう。

『卑しい仔豚。私の可愛い、卑しい仔豚。お前はなんだ？　自分の口で、言ってみろ』

大きな綺麗なお邸の、狭くて冷たい檻の中で、刷りこまれたその呪文。

「ぼくは、ごしゅじんさまにかわれてしあわせな、いやしいおすのこぶたです」

そう応えなければならない。

問われたらいつでも、すぐさま、正確にそう応えねばならない。

そうしなければ酷い目に合うから。

鞭でぶたれたり、冷たい水に押しこまれたり、妹たちみたいに殺されたりするから。

……そのとおりに応えても、やっぱりひどいことはされるのだけれど。

妹たちはそのうちに、みんな死んで。彼一人が残ってしばらくして、もうお前もいらないと言われて強制収容所に戻されて。

<レギオン>の大攻勢で共和国は負けて、今度は連邦軍に強制収容所から連れだされて。まだ

小さいからと彼は、この新しい家に引き取られて。でも。

『よろしい。では——次の命令だ』

また、ごしゅじんさまが命令する。

この家に引き取られたらまた、ごしゅじんさまから命令をされるようになってしまった。あのお邸とは違って、声だけだ。ごしゅじんさまは彼の前には姿を現さない。現れないまま彼に命令する。父親からこの情報を聞きだせ。あの部隊の話を聞きたいと父親にせがめ。エイティシックスの怪我人どもから、見舞いと称して話を聞け。

声だけだ。——命じる主人は今もこれまでも、彼の前には現れない。

けれど幼児のうちに、強制収容所から共和国内へと売られて。物心つく前から恐怖ばかりを与えられて支配されて。

逆らうことは許されないと骨の髄まで刷りこまれて、だから、自分は今は主人の支配下にないのだと。連邦の庇護下に在る自分に、主人はもはや触れることもできないのだと。思い至ることすら彼にはできない。

命じられたのだから従わないと。その思考しかこれまで許されてこなかったから、今なお従うことしか考えられない。

「——よろこんで。なんでもします」

その言葉しか、許されない。

『いい子だ。では――……』

主人が言う。かつて、彼と妹たちを飼っていた主人とは、違う声だ。違う人だ。

けれど命令して、従えと言うのだからこの人もまたごしゅじんさまだ。

従わないと。

従わないと。

従わないと。

命令されたら全部、怖いことでも痛いことでも、どんなことでも必ず、従わないと。

『いつもどおり、父親から聞きだせ。――エイティシックスどもは、次はどこの戦場に行く？』

トマ・ハティスは、ザンクト・イエデルの国軍本部に勤務する兵站担当士官だ。

前線全てが後退した第二次大攻勢からこちら、多忙な日々を彼も送っていたが、今日は久しぶりの貴重な休日だ。のんびりと起きて遅い朝食をとり、妻が淹れてくれたコーヒーをすすりながら読みさしだった本をもう一度、最初からめくる。

午後からは妻と小さな息子と、少し早いが聖誕祭の買い物にデパートへ行くつもりだ。トマの実子は娘が二人でどちらも嫁いでいて、息子は一年ほど前に引き取った養子だ。共和国から救出されたエイティシックスの、その中でも一番小さい年頃の一人。

引き取った日からずっと、作り笑いをしている子供だ。何かに酷く怯え続けている子供だ。

よほどに辛い思いをしたのだろうと、察してはいるが何があったのかは聞いていない。思いだして、話すだけでも傷になる。まだ幼い、怯えた子供にそんな無理はさせたくなかった。

玄関の扉を鋭く、叩く音がした。

「――なんだ？」

「お客様かしら？」

ハティス家は帝国貴族としては末端の世襲騎士階級で、帝国が連邦に変わった際に爵位も所領も失ったけれどささやかな財産と、帝都の小さな邸は残った。親子三人が暮らすには充分すぎるほどに広い家の廊下を、トマは玄関ホールへと向かう。

「――トマ・ハティス大佐ですね」

扉を開けると、トマにもなじみの連邦軍の鋼色の軍服の、けれど見知らぬ一団だ。

腕章は図案化したMPの文字。憲兵だ。軍の警察機構を司る彼らが、どうして軍基地内部にあるわけでもないトマの家に。

「そうだが。何が……」

「失礼」

部隊長らしい士官が柔らかな物腰で、だが断固とトマを押しのけて踏みこむ。様子を見に顔をのぞかせた妻を、続く隊員が同様に制した。

リビングにまで踏みこんだ憲兵隊長が、音もなく膝をつく。リビングのソファの上、ただならぬ様子にはっきり身を固くしている、小さな息子の目の前に。

「レン・ハティス――このお家に引き取られる前の名前は、レン・カヨウだね？」

「……はい」

「確認を」

控える憲兵が少年を立たせ、乱暴でこそないが有無を言わせぬ動きで後ろを向かせる。立て続けの不躾、それも幼い息子へのそれにトマは気色ばむ。

「――何を⁉」

詰め寄ろうとするが、別の憲兵二人が立ち塞がる。かつりとヒールの音を鳴らして、開いたままの玄関ドアの陰から細身の少女が歩みでる。

白銀色の短い髪と、同じ色の双眸。瀟洒なボレロとスカートの、見慣れない紺青の軍服。

瀟洒な紺青の、共和国の。

その軍服に、髪と双眸の白銀色に。息子のあどけない顔がこれ以上ない恐怖に染まった。

「ひっ――……！」

アネットは少年のその反応に、きつく顔を歪めたが振り切るように言った。

取り押さえられた小さなエイティシックスの、首の後ろ。か細いうなじを指先で示して。

「ここよ。スキャンして」

携えてきた簡易スキャン装置を、憲兵が起動してかざす。十余年にも亘(わた)る〈レギオン〉戦争で磨きあげられた連邦軍の戦場医療、それを支える衛生兵の装備品。

骨折の位置を、体内に留まる銃弾や砲弾片をいち早く発見するための、その装置が。

疑似生体素子の検出を意味する、表示と電子音を鳴り響かせた。

西方方面軍統合司令部の大会議室で、西方方面軍参謀長ヴィレム・エーレンフリートは報告を受け終えた知覚同調(パラレイド)を切って顔を上げる。居並ぶ、西方方面軍の将官たち。

「確認した。……ザンクト・イエデルの〈盗聴器〉は排除した」

†

「情報漏れは、知覚同調(パラレイド)によるものじゃないと報告したはずです。エーレンフリート参謀長」

「聞いている。だが、それはどうかな。アンリエッタ・ペンローズ」

怪訝と不審を隠しもしないアネットに、ヴィレム参謀長は続ける。機動打撃群は船団国群に派遣されて不在のリュストカマー基地の、アネットのオフィスの夜。

機動打撃群の派遣先を知り、正確に狙い迎え撃った一連の〈レギオン〉の動向。

共和国がその情報の漏洩元だと、ヴィレムは既に確信している。盟約同盟に機動打撃群を追って現れ、不用意にもその可能性を知らしめた共和国軍人。

秘密裏に追わせて身辺を洗わせ、尋問するまでもなく裏は取った。さすがに〈レギオン〉に内通したわけではなく、不注意で無線通信を傍受されただけのようだが。

残るは連邦側の漏洩元、そしてその手段だ。

作戦中の知覚同調はなるほど、原因ではないのだろうけれど。

「レイドデバイスは共和国軍が開発、運用し、それを連邦軍が模倣している。知覚同調は軍が——軍人だけが運用する技術だった。その認識が誤っているということはないか？」

「それはどういう——……」

「距離にも障害にも遮られず、五感を他者と共有する。それほどの技術が、戦場での通信だけにしか使われぬはずはない。用途は他に、いくらでもあるだろう」

たとえば、手懐けた一部の収容者による、強制収容所の監視。

たとえば、致死の伝染病を安全かつ詳細に、経過観察する人体実験場。

強制収容所での『人間』狩りを、刺激的なショーとして覗き見ることさえ。

「何をしても、構わないはずだ。なにしろ共和国人にとっては、エイティシックスは人権を持たぬ劣等種、人型の家畜なのだから――ああ、失礼。君に皮肉を言ったわけではない」

みるみる蒼褪(あおざ)めていくアネットを、口元とは裏腹に笑み一つない冷徹な黒瞳で見据えてヴィレムは言う。実際、皮肉を言ったわけではなかった。まして責めるつもりなど毛頭ない。

眼前のアンリエッタ・ペンローズは、なるほど年端(としは)も行かぬ少女ではあるが少佐の地位にある軍人で、白眼視を承知で連邦への派遣を志願した人間だ。

現実をそのまま見据えられぬ、か弱いお嬢さんと扱うことこそむしろ非礼だ。

「軍での用途とは別の目的で、おそらくは不正にインプラントされた――共和国軍が少なくとも表立っては、把握していないレイドデバイス。その可能性があるとして、君なら追跡は可能か？　あるいはありえないと判断できるだけの、技術的な条件が？」

蒼褪(あおざ)め、凍りついていたのはほんのわずかの間。

ヴィレムが見据える前で、彼がそうと見立てたとおりに。アネットは平静を取り戻す。

白銀の双眸(そうぼう)が思考に沈む。検討を邪魔するばかりの常識と倫理と、今は不要な罪悪感を振り棄(す)てて、思考を高速で回転させる。

「――そうね。ありえない話じゃないわ。技術的に不可能でもない」

戦場外のレイドデバイスの存在も、その盗聴器としての利用も。

頷(うなず)いて、アネットは顔を上げる。硬く光るその、白銀の双眸(そうぼう)。

「了解です、エーレンフリート参謀長。まずは研究室の過去の資料をあたります。不明なレイドデバイスの出入りや調整作業の記録があれば、そこから追跡できるでしょうから」

†

「了解。——共和国側の受信者も押さえたそうです。ご協力感謝します、ペンローズ少佐」

報告に頷(うなず)いて知覚同調(パラレイド)を切り、憲兵隊長はアネットに低頭する。戻ったザンクト・イェデルの基地の、部下を入口に立たせて出入りを禁じた会議室。

検挙したエイティシックスの子供たちからはいずれも疑似神経結晶素子が確認されて、それはかつて共和国八六区で使われたのと同じレイドデバイスだ。

八六区の戦場で、〈ジャガーノート〉の情報処理装置(プロセッサー)として疑似神経結晶素子(レイドデバイス)をインプラントされていた少年兵からは、その素子は保護した際に確認して全て摘出したけれど。

「収容所にいたのだし、明らかに戦場には出ていない年齢だからチェックしていませんでしたが。まさかあんな小さな子供にレイドデバイスを仕込んで、盗聴器として使っていたとは」

軍において、部隊や兵員の配置、稼働(かどう)状況は機密事項だ。

まして〈レギオン〉支配域深部への挺進(ていしん)作戦という機密度の高い任務に従事する機動打撃群は、特に慎重にその動静を秘匿されるべき部隊である。派遣先や任務内容を知りえる立場にあるからといって口外するのは、家族や同僚が相手だろうと許されない。

　とはいえ緊張の緩む自宅で、家族の前で、口が緩む人間はゼロにはならない。話を聞きたがったのが小さな子供なら、なおさら警戒も薄れるだろう。その子供が迫害から救いだされたエイティシックスの幼子だったなら、同じエイティシックスのお兄さん、お姉さんの仕事の様子や活躍は聞きたいだろうと、進んで教えてしまう者も、中には。

「エイティシックスの保護者は、元貴族や政府高官ばかりです。情報取得先としてはなるほどうってつけでしょうが——上流階級の責務として彼らが後見につくと予測して。エイティシックスが保護されるまでの短期間に我々の目を掠めてレイドデバイスを仕込むとは。主導した者は非道ながら、有能ではあるようですね」

　漏洩元をエイティシックスと疑いながら、実際に検挙するまで時間がかかったのも保護者が権力者だったためだ。証拠の一つもなしに、貴族高官の庇護下にある者を拘束はできない。

　けれどアネットは醒めた眼差しだ。

「ああ……そうじゃなくて。そんな頭のよさそうな話じゃなくて」

　はっきり嫌悪の滲む声音に、憲兵隊長はアネットを見返す。彼からすれば年の離れた妹くらいの年頃の、まだ少女の士官。

　その白貌が、きつく歪む。

「単に元々、子供にレイドデバイスをインプラントしてあって、その再利用なの。……一度は飽きて捨てた『玩具』の」

きつく。険しく。白銀色の双眸が歪む。

知覚同調は、通信に用いられる聴覚のみならず、五感全ての同調が可能だ。聴覚や視覚のようには軍では役に立たないけれど、役に立たないのだから使われることもないけれど、嗅覚や味覚や触覚の同調も、設定次第では可能だ。

顔を合わせて話をしている程度の、感情の共有も。

それを。悪用して。

ぎり、とアネットは歯を噛み締める。よくもそんな。

恥知らずな——真似を。

「八六区から連れてきた幼児にレイドデバイスを埋めこんで、その上でもてあそんだの。痛めつけたり強姦したり、……殺したりするのと一緒に、されてる側の触覚と感情を、知覚同調越しにしてる側が楽しんだの。その挙句に飽きた生き残りを、また強制収容所に棄てたのよ」

ぴりっとシンは顔を上げる。あまりにもタイミングが良すぎるが——まさか。

「ヴェンツェル大佐。……ミリーゼ大佐が後送されたのも、そのせいですか？」

果たしてグレーテは、すごく嫌そうにため息をついた。

そう思うのも仕方ないし、誰かしらがそう言うだろうとは思ったけれど。

「それは偶然よ」

疑惑と不信の眼差し(まなざ)をシンは外さず、グレーテも動じない。

優秀なはずの教え子が、あまりにも初歩的な見落としをしているのを指摘する教師の、穏やかな落ちついた声音で続けた。

「そもそもミリーゼ大佐が調子を崩してるのは、ノウゼン大尉、あなたがまず報告してきたことよ。精神衛生班にも、その報告があったから診せたんだし……それに同じ共和国軍から派遣されてる、イェーガー少尉が残ってるでしょ」

言われてシンは一つまばたく。

目を向けるとダスティンが、そっと片手を上げてみせた。部屋の隅でそれまで忘れられていた犬が、一応いるんだけどと控えめに存在を主張するように。

実際ダスティンの存在が頭から飛んでいたシンは、それですっかり冷静さを取り戻す。

指摘されたとおり、レーナの不調を報告したのはシンだ。この場にはいないアネットも、グレーテは先ほど『エイティシックスの子供に会いに行った』と言った。察するにこの件に関し、連邦軍の機密維持のための機関に協力して行動しているのだろう。

「……失礼しました」

きまり悪く顔を赤らめて、頭を下げた。微笑(ほほえ)ましげにグレーテが笑う。

「よくなったらすぐ帰ってくるわ。そう心配しないで、待っていらっしゃい」

ヴィレム参謀長の正面の席で、ふむ、と西方方面軍司令官の中将が頷く。

「参謀長。盗聴者どもの通信網は、使えるのだろうな」

「無論。〈レギオン〉が情報源喪失に気づくのは、戦闘のない退屈さに報道番組を見てからだ」

「よろしい」

通信を傍受している〈レギオン〉に〈盗聴器〉検挙の動きを察知されぬよう、共和国側の盗聴関係者全員を同時に、秘密裏に制圧。通信符牒から盗聴者同士の関係、それぞれの口調までも把握することで、盗聴者に成りすましての通信網の運用を可能としてある。

連邦では保証されているはずの、自由報道さえしばらくは抑えてあると、短い応答から中将はそこまで読み取る。

「西部戦線、特に共和国が執心の機動打撃群の動向に関し、欺瞞情報を流しておけ。部隊を実際に動かすまでの半月の間、現れもしない機動打撃群への警戒にせいぜい無駄なリソースを費やさせてやるとしよう。防御帯の設営、軍の再編はそれまでに完了するな?」

ヴィレム参謀長は淡々と応じる。

「レールガン搭載列車砲の追加配備を含め、遅延はない。共和国の避難民から募集した義勇兵についても、第一陣の配備が始まる予定だ。——共和国の裏切りは、まずはその市民が身をもって代償を支払うことになるな」

†

連邦、北部第二戦線に展開する北方第二方面軍の参謀長は、美しい夜色の肌と艶(つや)やかな黒髪の砂漠褐種(ディザリア)の女性少将だ。

「——今後の作戦計画について、確認しますわ」

北方第二方面軍は三個軍団から構成され、西方方面軍の五個軍団に比せば兵数も保有フェルドレスも各段に少ない。

防御の難しい平原を主戦場とする西部戦線とは異なり、北部第二戦線は戦場全体を南北に分断する大河、ヒアノー河に守られていたからだ。河川とは地上兵力の侵攻を阻(はば)み、渡河にあっては両岸への戦力の分断を強いる古来からの要害である。

その要害を、砲弾衛星により大幅な後退を余儀なくされた北方第二方面軍は失った。

後退先は開闊地(かいかつち)で、河川防御を前提として戦力の多くない現状では〈レギオン〉機甲部隊の攻勢に長くは耐えられない。さりとて連邦軍全体が兵力不足の現状、戦力の追加も望めない。

山岳や大河の自然の要害で戦力を節約し、第二次大攻勢で後退を強いられて兵力不足に陥ったのは北部の他の三戦線と、南と東の戦線も同じだ。

この窮地を、打開するために。

参謀長は言う。方面軍司令官と参謀長、各軍団の軍団長と幕僚たちから成る会議だが、多忙な彼らを一所に集める余裕は北部第二戦線にはまだない。参謀長と司令官、機甲軍団の作戦参謀の他は通信回線越しに参加して、空席上にホロウィンドウが浮かぶ会議室。

「最優先目標として、現防御帯前方に防御河川を再構築。合わせて競合区域(コンテスト・エリア)全土を泥濘(でいねい)化し、〈レギオン〉機甲部隊の侵攻を妨害する。――第八六機動打撃群を挺進(ていしん)部隊とした、治水ダムの破壊作戦を実行しますわ」

北部第二戦線の無数の中隊指揮官の一人、帝国貴族最下層の郷士(ごうし)の出であるノエレ・ロヒ少尉は、今日も届けられた戦死の報、所領の民の死を告げるそれに立ち尽くす。

一月(ひとつき)前の第二次大攻勢の戦死者として、新たにツツリとヌカフとルレの死が確認された。

この一月(ひとつき)の戦死者の列に、今日はキナとエラムが加わった。

「――私の隊では、誰も死んでいないのに。どうして他の隊では、こんなに大勢」

薄く紅をさした唇を噛(か)み、ノエレは兵士の家族からの手紙を握りしめる。息子に先立たれた父の、夫を亡(な)くした妻の、弟を失った兄の、姉を奪われた妹の、父に死なれた娘の悲嘆。痛切なそれら声の群が街長の代筆による文面を通じ、切々と訴えかけてくる。

どうか、姫様。我らが故郷の特別市を治めた、英邁なる郷士ロヒ家の姫君。

これ以上我が子らを死なせないでください。貴方様の領民をお守りください。我らに迫る苦難を除き。鋼鉄の災厄を退け。この破局をどうか、打開してください。

我らが主君たる貴方の英知で。勇気で。慈悲で。――か弱い領民の我らをお救いください。

「……もちろんよ。私は、皆の主君ですもの」

煙るようなチョコレート色の双眸を、悲痛に染めて頷いた。煙晶種に特有の煙る瞳。二つに結い上げた同じ色の、手入れの行き届いた長い柔らかい髪が軍服の肩を滑る。

もうこれ以上、誰も死なせてなるものか。私の大切な領民たちを悲しませるものか。

これまでにだってもう、大勢死んでしまったのだから。

この十一年間の〈レギオン〉戦争で。去年の夏の第一次大攻勢で。一月前の、燃える星の猛砲撃と鉄の津波、第二次大攻勢で。

大勢死んだ。士官も下士官も、何より兵卒が無数に戦死して足りなくなった。

このままでは残る彼女の民も、新たに従軍することになる。

街を潤わせた発電所を、けれど革命と戦争で奪われた所領の街の民は。発電所の職も失ってそれ以前の生業にも戻れなくて貧しくなった彼女の民は。第二次大攻勢で街からも避難させられた今、家族を養うためにも従軍せざるを得なくなる。そしてまた、大勢が死ぬ。

そんなことには、させない。

「きっと何か、誰かが間違っているんだわ。おかしいもの。こんなに人が死ぬなんて」

そう、おかしい。人が死ぬのはおかしいことだ。

こんなにたくさん、人が死ぬのは間違ったことだ。

何かをこの連邦という国が間違えているから、こんな間違ったことになってしまったのだ。

この国が、政府が、大統領が、大貴族たちが、怠慢だったせいで、民の命を軽んじているせいで、やるべきことをしなかったせいで、こんなことになってしまったのだ。

それなら今からでも、正せばいい。

間違っているなら正しくすればいい。そう、今からでも自分一人にでも、

「できることがあるはずよ。──考えなさい、ノエレ」

†

〈盗聴器〉の報道は、未だされてはいないし連邦軍内ですら公になっていないが、関係した者への事情聴取は秘密裏に行われる。

「……その、レン・ハティスって子だと思う。僕の病室に来たのは」

「話した内容は？」

「僕は会話自体してない。同室のキギスがちょっと話してたけど、その子の家の様子とか父親の話とか聞いてただけで、軍とか機動打撃群の話にはなってなかったと思う」

憲兵の問いに答えながら、セオは首の後ろがちりりと痛む錯覚を覚える。八六区では外せないよう、首の後ろにインプラントされていたレイドデバイス。

入院していた時に見舞いに来た、あの小さなエイティシックスの少年にも、同じものが。

養父らしい軍服の男性と手を繋いで。セオたちのことなんか誰も知らないというのに、わざわざ見舞いに来て話をしていった子供。

あの時セオは自分の負傷で手一杯で、それは同室の少年たちも同様だったのだろう。

今ならあんな年の子供は八六区で生き残っているはずがないと、知らない同士なのに見舞いに来るのは不自然だと、それくらい簡単にわかるのに。

「リッカもか。おそらく同じ子供が、こちらにも来た」

「あたしの病室には、小さい女の子が。同じエイティシックスのお姉さんにお見舞いだって」

同じ会議室に集められたユートと、ユートと同じ療養施設でリハビリ中のアマリが続ける。

何を話したのか、何を聞きたがっていたかと憲兵がいくつか質問を重ねて、聴取は終了した。

「協力ありがとう。……後で何か思いだしたことがあったら、連絡してくれ」

「あ、こっちからも聞いていいかな。捕まった〈盗聴器〉の子たちって、今どうしてるの？」

ああ、と憲兵は気さくにうなずく。

「それは、君たちは気になるだろうな。レイドデバイスは外して、今は彼らに内通を命じた共和国側の人間に関しての事情聴取を行っている」

セオの表情の変化を見てとって、憲兵はおどけて片眉を吊り上げてみせる。

「聴取だ。尋問じゃない。兵隊みんなから嫌われるおっかない憲兵とはいえ、子供に手荒なことはしないよ。我々とて家に帰ったら、なんの後ろめたさも感じずに家族と接したいんだ」

ユートが問う。静かに。

「家には？」

「戻せるならな。……わからんよ。里親の軍人は服務規程違反を問われる。片棒を担がせた養子を、また引き取りたがるかどうか。まあ、孤児の保護施設は少なくとも帝都にはある。路頭に迷うことはないから、心配はしなくていい」

「あたしたちが、引き取ったらダメ？」

憲兵は薄く苦笑した。

「戦闘の傍ら子育てごっこをするつもりか？　君たちは操縦士だ。〈レギオン〉を狩るのが君たちの仕事だ。ないがしろにしてもらっては困る」

吠える犬の鼻先を打つような。鋭くそして、無造作な言葉だった。

鋭さよりもむしろその無造作な響きに、セオたちは息を呑む。噛みつく猟犬を躾ける時の、そうするのが当然という自然さで叩きつけられた、言葉の鞭の酷薄さ。

憲兵は少年たちの戦慄と、ひそやかな警戒に気づかない。あるいは気づいていながら気にも留めない。

「それから〈盗聴器〉と確認されていないエイティシックスについても、念のため一時拘束して再検査を行う予定だ」

ぴりっとセオは顔を上げる。

「拘束って……！」

「ああすまない。従軍している君たちにはしないよ。そもそもレイドデバイスの有無は検査済みだし、機動打撃群のこれまでの戦果は知っている。君たちはよく働いてくれている。そうではなくて、従軍しなかったエイティシックスたちについてだ」

言いたいことはあったがひとまず呑みこんでセオは黙り、憲兵は続ける。セオの、黙ったままのユートとアマリの内心には気づかずに、あるいは気にも留めずに。

「なにせ〈盗聴器〉検挙とちょうど前後するかたちで、保護者の家や施設を出てそのまま行方をくらませた者が複数名いてな。情報漏洩の元ではないようだが、どう考えても怪しいだろう。彼女たちは特に、急いで保護したいところだ。……共和国避難政府に抗議するにも、手札は多い方がいいからな」

北部第二戦線は神の怒りのように天空から降り注いだ猛砲撃と、続いて押し寄せた無数の〈レギオン〉の猛攻により、多くの死者と負傷者、行方不明者を出して後退した。

†

それで結局、そんなことになったのは一体誰のせいなのか。

いったい誰が、悪かったのか。北方第二方面軍の一兵卒の青年、メレにはわからない。

わかるのはただ、連邦になってからよくなったことなんか何もないということだけだ。

連邦が帝国だった十一年前は、メレはまだ子供で。故郷の街は最新科学で作られた発電所が置かれて豊かで。革命が起きて、色々なことがもっと良くなると街の大人たちは言っていて。

けれど、良くなんてならなかった。

革命と戦争で、発電所は廃止されて。それまでは街の子供の誰も行く必要がなかった学校とやらに、行かなくてはいけなくなって。街は貧しくなって生活はどんどん苦しくなって。大きくなったら親の仕事を、何も考えずに継げばよかったはずなのに自分で仕事を決めねばならなくなって。そもそも親の仕事だった発電所の清掃員の職はもうなくて。曾祖父母がしていたという農業も今更再開できるはずもなくて。

仕方なく従軍を選んだけれど、そこでも訓練だの教育だの、したくもないのにやらなきゃいけないことが多すぎて。

「……どうして、こうなったんだ」

メレは呻く。琥珀種の麦藁色の髪。祖母から継いだ青い瞳は街の郷士の姫様が子供の頃、綺麗な色だと言ってくれて秘かに自慢の色彩だ。

この十年、こんなに悪いことばっかりだったのに。革命を率いたエルンスト大統領も、貴族の士官たちも無理強いばかりの下士官どもも、どうして誰もなんとかしてくれなかったんだ。

悪いことはこんなにたくさんあるのに、悪いことばかりだとわかっているのに、どれもこれも今すぐ解決できないだなんておかしいじゃないか。

なんとかしてくれ。

誰でもいいから——今度こそ。

「——できるわ、」

不意に、ノエレは気がつく。

手段はある。〈レギオン〉を焼き払う手段。彼女の民を死なせない手段。この苦境を今すぐにでも打破できる、銀の銃弾はまるで青い鳥のように、自分の手の中で見出される時を待って輝いていた。

気がついてしまえばどうしてこんな素晴らしい解決策を、大統領も政府も元大貴族の将官たちも、これまで怠慢にも使わないできたのかと思うほどの、簡単な。

ノエレの家の、かつての所領。その施設を建造するために大領主のミアロナ家から援助を受けて、最新科学の聖都へと生まれ変わったメアリラズリア特別市の。

「……原子力、」

†

革命の英雄として連邦市民から絶大な支持を得るエルンストだが、第二次大攻勢の敗北とその犠牲、この一月(ひとつき)の膨大な戦死者数と戦費の前では、支持率の急落は避けられない。

「船団国群、共和国の避難民から義勇兵を募ったまではまあ、彼ら自身が志願したのだからいいけれど。——義勇兵を前面に押したてる作戦には、僕は反対だよ。それより防御施設の充実を図るべきだ。施設は直せるけど、失われた命は取り返しがつかないからね」

だというのに当の大統領閣下は、およそ危機感のない飄然(ひょうぜん)たるいつもの声音だ。何よりも、それこそ戦線維持よりも国家の命運よりも人命一つを尊重する、論理矛盾の理想主義をこの期に及んで、大統領官邸の革張りの椅子の上で振りかざす。

それこそが正義を謡(うた)うギアーデ連邦の、あるべき正義。人の誇りと尊厳において、誰もが守るべき理想だと。

向き合う高官はさすがに渋面を隠せない。大統領が、自国よりもその民よりも他国民の命を重んじて。その上。

「その結果、死ぬのは我が連邦の将兵です。戦死者の増加に加えて防御施設を拡充するための戦時増税を重ねれば、閣下の支持率の更なる低下も予測されます」

エルンストの表情は変わらない。

「支持率は、それは当然下がるだろうね。それで何か問題が？」

薄笑んですら見える、眼鏡の向こうの炭色の瞳。

ついに高官は耐えきれなくなる。

「閣下。――人の理想と仰いますが実のところ、閣下はその理想を守ることなどどうでもいいのではありませんか？」

市民からの支持率の低下を、保身をまるで考慮に入れない。――戦線や国家の命運と同様、自分自身にさえも価値を見出していない。そのように。

守るべきと謳う、理想さえ。

エルンストの表情は変わらない。世に倦んだ火竜の、焼き尽くされた中身の炭色の瞳。

高官は呻く。十一年前の革命を、共に戦った戦友に。この十一年連邦を導いてきた男に。

――友人であり尊敬の対象だったはずの、目の前の怪物に。

「閣下、私は……我々は人間です。竜の供はできない。そのように人でなしとひけらかされてはついていけない。ついていけないとわかっていながらそのように振舞うのは……我々への裏切りです」

†

全員集まるように、と中隊長からお言葉があって、メレは同じ小隊のオトと、キアヒとミルハとリレとヨノと共に部隊の倉庫に集まる。

同じ特別市の出でも戦闘兵科に配属され、あるいは早々に下士官に昇進した者は他の隊に飛ばされて軍団全体に散らばってしまって、同胞ばかりで集まれたのは元郷士様の姫君が率いるこの中隊だけだ。幼い日々とまったく変わらず、賢く綺麗で頼りになる彼らの姫君。

他隊に行った奴らはその多くが戦死したけれど、この隊は姫様のお導きがあるからこれまで誰一人として死んでいない。

「——解決手段は、あるのです」

だからメレたち輸送中隊と、さらに別の輸送中隊三個を並ばせて切々と姫様が語る演説は中隊の誰の胸にも疑われることなく染み入る。第一次大攻勢で危機に陥った連邦軍を救うため、士官学校の卒業を繰りあげて着任した、今や立派な中隊長となられたノエレ姫様。

周囲を固めるのはノエレの同期だという若い士官で、あちこちの村の郷士様や騎士様、そのご子息とご令嬢だ。姫様と同じ、それぞれの領民からなる中隊を率いる年若き英雄たち。

「〈レギオン〉をうち滅ぼす手段。この戦争を終わらせる手段が。軍上層部と政府は、そのことに気づいていない──それとも隠しているのかもしれません。大貴族たちお得意の、足の踏み合いの議会円舞曲のために」

派閥同士の対立が激しすぎて何も決まらず、堂々巡りの帝国議会、を揶揄するそれこそ貴族的な言い回しは、その言葉を知らないメレたち各中隊の兵士には、ただ。

「……要するに軍上層部に大統領閣下、大貴族どもが何もかも悪かった、ってことか」

兄貴分のキアヒが極めて雑に要約したとおりに捉えられる。

軍が、大統領が、大貴族が悪いのだと。率いる将官が、エルンストが、政府と軍を牛耳る大貴族が第二次大攻勢からの苦戦の、〈レギオン〉戦争という災禍全ての元凶なのだと。

に、とキアヒの薄黄色の双眸が、高揚と期待に笑んで光る。

「十年前の革命は、つまり失敗だったってことだ。けど……今度こそ上手くいく。俺たちが悪い奴らを倒して、この世界を変えるんだ。今度こそなれるんだな。英雄って奴に」

ノエレが言う。キアヒの、兵士たちの、見上げるメレの期待を、裏付けるように。

「今からでも連邦の過ちを正さねばなりません。そのために私たちはこれより、連邦の目を醒ます正義の戦いを開始します。迷妄の闇に惑う彼らの前に、導きの青き焔を掲げるのです！」

世を救う使命を一身に背負い、悲愴ですらある表情でノエレは力強く宣言した。おお！　と上がった歓声が、可憐な姫将軍への熱烈な賛意を倉庫全体に知らしめた。拳を突き上げてキアヒが吼える。オトが、リレが、ミルハがヨノが姫様の御名を熱く叫ぶ。世界の危機に対してこれから姫様は、自分たちはどうやら大きなことを成すのだという予感に誰も彼も、メレもまた衝き動かされて歓声を繰り返す。

悪いことばかりだった。けれどもう大丈夫だ。もう何もかも全部、すぐに解決される。だって悪いことの原因を、姫様が教えてくれた。倒すべき悪い奴らを、姫様が示してくれた。自分たちの憤りが、不安が不満が正しかったのだと、姫様が悪を見つけて証明してくれた。

もう大丈夫だ。全部うまくいく。賢く頼りになる姫様が、何もかも解決してくれる。姫様の導きにただ、従っていれば。

「どうか従ってください。貴方たちの故郷を、家族を、この国を守るために」

その言葉にメレは高揚と、目も眩むような安堵を覚えた。

北方第二方面軍、第九二支援連隊隷下の輸送中隊四個が、同時に失踪した。

前後して同部隊の下士官が、部下と上官が夜のうちに姿を消したと——脱走の可能性ありとの通報を上げた。

軍において脱走は——敵前逃亡は重罪だ。憲兵部隊がすぐさま捜索にあたり、足取りを掴(つか)んで追跡した。

逃亡兵たちの向かう先は、どうやら彼らの出身地の一つである属領シェムノウの特別市だ。故郷に隠れるつもりかと、単純な思考に憲兵たちは眉をひそめ。

けれど到着したメアリラズリア特別市に、逃亡兵の姿はなかった。

第二次大攻勢で住民は避難させられた街だが、大領主の元から派遣された施設関係者とその家族がまだ残っている。その責任者を訪れて、憲兵隊長は極めて不吉な報告を受ける。

逃亡兵は、街はずれの施設に向かった。保管されたある物を運び出して、再び出ていった。

街はずれの、放棄された発電所から。——帝国末期に建設され、革命により破壊されて、続く〈レギオン〉戦争勃発により前線近くに位置することとなり、危険だからと廃炉とされた。

原子力発電所から。

第二章　メアリィ・スーの行進

氷の隙間から海中に戻り、海面をたどりながら碧洋への帰還の道を探していた音探種の幼体は、けれど分厚く広がる流氷に阻まれ、放棄された港湾を経て大きな河に迷いこむ。

数メートルに及ぶ音探種をも悠々と遊弋させる、数百メートルにも及ぶ河幅。緩やかな流れに逆らって遡上する雪色の人魚を、川魚たちの無表情な瞳が一瞥してすれ違う。

ぷかりと水面に浮上して、音探種は周囲を見渡した。

冷えて深い霧に河畔の紅葉がぼうと透ける、北の大地の晩秋だ。木の葉の一枚一枚が紅から赤、橙に黄色と玄妙に色調を違えるモザイクに、霧の紗幕が冴え冴えとかかる。霧に半ば紛れて北岸を歩む、巨大な蜘蛛にも似た自動機械の孤影と、南の岸辺に見渡す限り、鉄色の煉瓦のように敷きつめられた多脚の戦車の群。

霧の奥から流れ、北岸に開いた真新しい水路から、流れに乗って船が音もなく進みくる。

†

たかだか四個輸送中隊の離反は、北方第二方面軍の司令官の下に速やかに報告された。

「──ラシ原発から、離反者どもが奪取したのは」

「危惧していたとおり、放射性廃棄物ですわ。冷却中の使用ずみ燃料のうち、燃料集合体一基分を運びだしたと施設管理人より証言を得ました」

「核燃料……大攻勢で輸送網はパンクしていたが、そんなものが前線近くに残っていたか」

北方第二方面軍参謀長は水鳥のように優美に小首を傾げる。

結いあげてなお長い髪が、絹の擦れる響きでさらさらと軍服の背を滑る。

「ラシ原発の廃炉は十一年前ですわ。冷却が完了する前に、燃料を輸送するわけには参りませんの」

司令官は嘆息する。

「知っている。ラシ原発建設は祖母の業績だ。離反者どもは、そのラシ原発所在地の者だな」

「第九二支援連隊第三輸送大隊第二中隊。メアリラズリア市民を中核とした部隊です」

無数のホロウィンドウが参謀長の周囲に展開する。顔写真を含めた離反者の人事記録、その数枚を手を翻して拡大。まだ少年少女の面影も色濃い、下級士官ばかりが四人。

「中隊長は此度（こたび）の離反の首魁（しゅかい）と目される、メアリラズリア市郷士ノエレ・ロヒ。加えて同大隊第四中隊長、ルク村郷士ニンハ・レカフ。第二輸送大隊中隊長、コワ地区騎士子息レケス・ソアス、スル村郷士チルム・レワ。従う兵卒は、それぞれの指揮下の輸送中隊が一個ずつ」

『要するに荘園（しょうえん）主とその民か。農奴（ニワトリ）どもだな』

地べたをひっかいて日々の糧（かて）を得る、を意味する農奴階級への侮蔑語を、通信回線越しに機甲軍団長が吐き捨てる。――北方第二方面軍の将官たちは他戦線と同様、戦線を構成する戦闘属領とその後背の属領を所領とした大領主の一族だ。農奴（ニワトリ）もそれを管理する准貴族の荘園主（番犬）も彼らには等しく家畜でしかない。続けて歩兵軍団の参謀が問う。

『戦闘部隊ではなく支援部隊ばかり、加えて下士官がまったく不在……ああ。元々、配属されていたのは他領出身の下士官なのですね。その下士官らが軍に残り、脱走を通報したと。……戦闘部隊の不在と、自領出身の下士官の不在はどういう理由で？』

「いずれも答えは同じですわ。――その能力に欠ける。入隊後に義務づけられた教育課程を修了できず、ために戦闘部隊への配備も下士官への昇進も叶（かな）わなかったのです」

扱う機材も戦術も複雑化した現代の戦争では、一兵卒といえど中等教育修了程度の能力が求められる。戦闘重量五〇トンの〈ヴァナルガンド〉を時速一〇〇キロで駆動させる操縦士（オペレータ）も、地平線に隠れる目標を吹き飛ばす砲兵も、自動車程度は叩（たた）き潰す出力を有する装甲強化外骨格（アーマードスケルトン）を纏（まと）う装甲歩兵も、体力に加えて基本的な物理や数学の素養は必須だ。

後方の支援部隊はむしろそれ以上に、教育も必要な業務ばかりだが——長い戦争で兵員が不足している現状、背に腹は変えられない。指示通りに荷物を積み、安全の確認された後方の輸送路を大隊長に続いて往復するだけの任務なら、体力だけでもまだこなせなくもない。

ただ、一概に離反部隊の兵卒のみが責められるべき話でもない。

帝国では教育は貴族とその臣下、庇護（ひご）下の研究機関に独占され、属領の農村に与えられることはなかった。自分の名前も書けず、文字を見ることさえもない生涯を代々、送ってきた農奴階級の価値観は、連邦成立からの十年程度ではそうそう変わりはしない。読み書きなどという穀潰しの道楽、無意味な苦行である教育を、軽んじて厭（いと）う元農奴はまだ多いのだ。

『その指揮官も、士官学校の〝飛び級〟組——捨て駒の落ちこぼれ犬がニワトリを率いる部隊とは。板挟みの下士官どもはさぞ苦労したろうな』

『なるほどそれで、ノエレ・ロヒらも主家の所領連隊には配属されなかったわけですね。レディ・ブルーバード連隊はミアロナ家の虎の子。士官候補生にも不足の貴族もどきには任せられない』

特別士官学校の少年士官と同様、損耗の激しい下級士官の補充要員として旧来の士官学校からも候補生の一部が、卒業を前倒しして従軍している。ただし優秀な者ではなく成績不足の者が、素質のある候補生に充分な教育と訓練を施す時間を稼ぐための捨て駒として。

連邦軍の士官は、その多くが貴族の子弟だ。戦人（いくさびと）たるを誇りとし、尚武を尊ぶ階級だ。

入口の士官学校でさえ落ちこぼれる『貴族』など、同じ青き血の同胞ではない。
参謀長が嗤（わら）う。帝国では極端に少ない砂漠褐種（ディザリア）ながら大貴族にまで上りつめた家門の、自負と不遜（ふそん）を以（もっ）て。

「そのロヒ家のご令嬢から先ほど、声明が出ましたわ。――皆様どうぞ、憤死なさらないようお心構えの上で、お聞きくださいませ」

がりっ、と無線機が鋭いノイズを吐きだして、装甲歩兵は怪訝（けげん）な眼差（まなざ）しを向ける。北部第二戦線の、競合区域（コンテスト・エリア）の塹壕（ざんごう）の一つ。

「ん？　同調（レイド）来てるか？　誰か繋（つな）がった奴（やつ）いるか？」

問いに、塹壕（ざんごう）に籠もる分隊の全員が否定のハンドサインを返した。――装甲強化外骨格（アーマードスケルトン）〈ウルフヘジン〉装着中は、ヘルメットの形状の関係で頷（うなず）くのは難しい。ついでに、両手もミトン状の外装のためにあまり細かいハンドサインは作れなかったりする。
去年の第一次大攻勢では供給が間に合わなかったレイドデバイスだが、量産ラインの確立した今は各戦線に行きわたって久しい。その知覚同調（パラレイド）では通信が入らず、今や予備の扱いとなった無線機だけが受信するなら、おそらく正規の連絡ではない。
不審と警戒に見下ろした先、無線機は不意に、可憐（かれん）な若い女性の声を発した。

『──北部第二戦線の、親愛なる戦友の皆さん』

北部第二戦線の全部隊に、連邦首都の大統領官邸にまで、届かせるべき宣言だ。通信可能な全周波数帯で、無線機の最大出力に設定して、ノエレは緊張に原稿を握りしめる。

軍の、大統領閣下の、連邦首都の大貴族たちの目を醒(さ)ます演説だ。おそらくは後世にまで、長く残る演説だ。そう思うと緊張のあまり、喉が締めつけられるようだった。

「北部第二戦線の、親愛なる戦友の皆さん。私は救世義勇連隊〈ヘイル・メアリィ〉連隊長、ノエレ・ロヒ少尉です」

声は、幸い震えなかった。自分でも驚くくらいに落ちついた、綺麗(きれい)な声が出た。

そのことにノエレは安堵(あんど)する。見守る同志の、中でも親友のニンハの誇らしげな笑みに。大切な領民たちの期待の眼差(まなざ)しに、自信と力が改めて湧きあがってくるのを感じる。

見守るメレの、同い年の幼なじみの、淡い青い瞳。

空の色のその瞳が、子供の頃から好きだった。茶系種(フェルギネア)が大半の属領シェムノウの、琥珀種(アンバー)ばかりのメアリラズリア市では珍しい、天青種(セレスタ)の血の混じった青い瞳。

故郷の空の、北の山々の向こうの海の、原子炉で揺らめく光の。この世で一番きれいな青。

「私たちヘイル・メアリィ連隊は卑劣な逃亡兵でも、臆病な裏切り者でもありません。私たちはこの北部第二戦線を、連邦を、人類全体を救うため立ち上がった正義の徒なのです」

正義。そう、正義だ。

私たちを、連邦を脅かす〈レギオン〉は悪で、立ち向かう私たちは正義だ。正義なのだから私たちは正しくて、正しいのだから私たちが負けるはずはないのだ。

敢然と、ノエレは顔を上げる。無意識に、胸を反らしてまだ見えぬ聴衆を睥睨した。

聞け。ものども。

「私たちの手には、切り札があります。屑鉄どもを誅戮する聖なる焔。最先端技術の鉄槌が」

ノエレはそれを知っている。技術と科学の聖地、メアリラズリア特別市を領するロヒ家の娘として知っている。

無尽蔵のエネルギーを燃料から取りだす、原子炉のすばらしさを。

そして同じ無尽蔵のエネルギーを破壊に費やす、その兵器の強大さを。

「すなわち我が所領、ラシ原発より回収した聖遺物。核燃料です。無限にエネルギーを生みだす夢の炉の、奇跡の燃料からは大いなる裁きの雷が作りだせるのです。作りだしましょう。まずはこの北部第二戦線でめざましい戦果を挙げ――大貴族の蒙を啓いてみせましょう」

そしてみな、立ちあがって。私に、私たちの後に続いて。

私たちの挙げる輝かしい戦果に、どうか希望を取り戻して。

「〈レギオン〉をも焼き尽くす人類最強の青き焔――核兵器によって」

ヘイル・メアリィ連隊が使用した無線機は、遠い連邦首都まで電波を届けられるものではない。録音され届けられた放送を、そこまで聞いて停止してエルンストは嘆息する。

隠しきれない嫌悪に。

「……核兵器を使う、だって？」

今は〈レギオン〉に奪われた場所とはいえ――自国内で？

「馬鹿なことを」

ヘイル・メアリィ連隊とやらの言葉に、装甲歩兵たちは色めきたつ。カクヘイキとやらがなんなのかは、初等学校さえもない属領の寒村出身で、読み書きを含めて軍務に必要なことは全て入隊後に教わった――必要なことしか学ぶ余裕のなかった彼らには見当もつかないが。

〈レギオン〉をも、焼き尽くす？

「そんなすげえ兵器があるんすか？　なんか、先技研開発の新兵器とかすかね？」

「簡単に〈レギオン〉倒せるって――じゃあ、ひょっとして聖誕祭には戦争終わったりとか」

期待をこめて振り返った先、経験豊かで頼れる曹長も、まだ若いけれど学があって切れ者の中隊長も、苦虫を噛（か）み潰した様子で沈黙している。面頬（バイザー）越しに渋い顔が見えるようだ。

「……曹長？」「中隊長殿？」

曹長と中隊長は言う。異口同音に。

「……そんなわけがあるか」

同じ放送の音声記録を再生して、北方第二方面軍の将官たちは長く、沈黙する。

「……言うに事欠いて啓蒙（けいもう）ときたか。無知な小娘が、よくも言えたものだ」

戦慄にでもなければ期待にでもない。呆（あき）れにだ。

「それは核兵器ならば、重戦車型（ディノザウリア）とてひとたまりもなかろうが。——個々の〈レギオン〉は倒せても〈レギオン〉全ては滅ぼしきれぬから、これまで核など使わなかったのだがな」

なるほど原子力とは、人類が手にしたもっとも強力なエネルギーだ。

それでも核兵器も原子力も、あらゆる問題をたちどころに解決する銀の弾丸ではない。

「自動工場型（ヴァイゼル）を除去しようにも、支配域奥の奴（やつ）らの位置が特定できない。さりとて支配域全土に無差別に、核を撃ちこむわけにもいかない。仮にそこまでして自動工場型（ヴァイゼル）を全滅させたところで——前線の戦闘兵種はそのまま残る。戦闘は終わらぬ」

かつて、航空機黎明（れいめい）期に唱えられてすぐに廃れた、戦略爆撃と同じだ。

前線から遠い策源地を爆撃し生産能力を壊滅させても、前線にはすぐには影響しない。すでに前線に輸送された物資と戦闘部隊が減耗（げんもう）したわけではないからだ。あわせて期待される戦意低迷も、恐怖を持たぬ〈レギオン〉には起こりえない。

そもそも支配域奥へと核弾頭を届かせる誘導飛翔体（プラットフォーム）や航空機は阻電攪乱型（アインタークスフリーゲ）の妨害で運用できず、〈レギオン〉支配域と未確認の人類生存圏とを識別できない以上、他国を巻き添えにすることにもなる。加えて金属製の〈レギオン〉は熱線にも衝撃波にも強く、対人使用時に比べて殺傷範囲は各段に狭まる。

〈レギオン〉を焼き尽くす前に、放射性降下物（フォールアウト）と日照不足で連邦こそが危うくなる。

『そもそも、……核兵器を作る、ですか？　奪取したという使用済み核燃料から？』

歩兵軍団の参謀が怪訝（けげん）に問うた。それ自体は別段、不可能ではないけれど。

『それが可能な施設があるのですか？　ラシ原発には再処理施設は付属していませんが――付近に該当する施設が？　あるいは秘密裏に、新設した形跡は？』

「存在しませんわ。新設するにも資金も、時間も不足です。また参加人員に、関連技能を保有する者は一人もおりません」

『とするとよもや――核燃料と核兵器とでは、同じウランでも濃縮率が異なるのだとも知らない輩（やから）、ですか』

核燃料も核兵器も、ウランの同位体の一つであるウラン二三五を濃縮して作られるが、核燃料程度の低い濃縮率では核兵器を成りたたせる、急激な核分裂の連鎖反応は発生しない。そして濃縮率を高めるには、大掛かりな工場施設が必要となる。使用済み燃料の再処理ともなれば常時、放たれる崩壊熱と強烈な放射線への対策も必須だ。

その濃縮作業を、けれど、する術もないままに『核兵器』の製造を謳うなら。

「……それは逆に、厄介だな」

司令官が唸る。低く。

「知識がないならむしろ、何をするかわからない。核兵器に何が必要かを指揮官が理解していないなら、兵どもなど下手をすれば、放射線が危険だということさえも知るまい」

「〈レギオン〉に奪取される可能性も否めませんわ。核兵器そのものは禁則事項で禁じられているそうですが、――放射性廃棄物は不明瞭です。発電プラント型や警戒管制型の一部は原子炉を搭載し、劣化ウラン弾芯の使用も確認されています。つまり〈レギオン〉にはウラン濃縮が可能です』

劣化ウランはウラン濃縮の副産物として生成される。それを弾芯や装甲とできるのなら。

「核兵器は禁じていても、核兵器未満の扱いは不明瞭か。――そして奴らには効かぬ兵器も、我々人間相手なら効く」

核兵器も、それには満たぬ兵器も。

頷いて、司令官は命ずる。事態がこれ以上、悪化しないうちに。

「情報収集は継続。――迅速な鎮圧と回収を」

†

直近の派遣予定が伝えられなかったのは、やはり防諜の一環であったらしい。〈盗聴器〉の摘発と保護が一段落してほどなく、機動打撃群は北部第二戦線への移動を命じられた。

北部第二戦線は連邦国土の北部中央から西部にかけて、戦前には船団国群南部と接していた一帯に敷かれた戦線だ。配属先となる機甲師団の各基地群が砲撃の楯としている丘陵群を、頂上を越えるのではなく麓を回って過ぎて、シンは北部第二戦線の戦場を見おろす。

見おろす、である。

「……戦場全体が盆地、なのか」

戦場南方のこのネヒクワ丘陵帯から緩やかに下りつつ、一面に広がる泥と背の低い草と、点在する原生林の荒野。丘陵の北の麓に横たわるのが、北方第二方面軍の防衛陣地帯ロギニア線だ。戦場と視界を西側で区切る、南北に連なるシハノ山岳帯と、距離のあるここからは見えないけれど同様に戦場を囲う、東部の山岳地帯と北の〈レギオン〉支配域後方の低山帯。

「シハノ山岳は、隣の北部第一戦線を横切って連合王国との国境の竜骸山脈に繋がってて、北の低山帯の向こうが船団国群よ。ちなみに」

隣接する船団国群での作戦に参加した関係上、北部第二戦線の戦闘の様子も耳にしていたのだというツイリが補足する。

「第二次大攻勢まではこの盆地には、宿営だとか基地だとかを置いてたみたい。戦前は畑だったっていうから、後方支援部隊を展開するにはよかったでしょうけど戦場には不向きね」

開闊地（かいかつち）は機甲兵器の——戦車型（レーヴェ）や重戦車型（ディノザウリア）の独擅場（どくせんじょう）である。

砲弾衛星の爆撃により、それまでの防御陣地を放棄して後退したのはどの戦線も同じだけれど。その後退先がよりにもよって元農地の開闊地（かいかつち）では、それは防衛は厳しいだろう。

「それで、おれたちが派遣されたわけか。——放棄した河を、位置を変えてもう一度防衛線にするなんて、ずいぶん無茶な作戦に聞こえるけど」

避難してきた他国人からも義勇兵を募っている有様（ありさま）の、戦力不足の連邦である。他国の、それも王族直営の部隊といえど、貴重な機甲兵力を遊ばせておきたくないのが本音だろうし、ヴィーカとて無為に飼われるつもりはない。オリヴィアと盟約同盟からの派遣教導部隊も同様に、この作戦からは再び、機動打撃群の戦力として参加する。

見おろしたロギニア線は、元は河だったのを干上がらせた窪地（くぼち）状の一帯だ。後退前の北方第二方面軍の防衛線、ヒアノー河とはちょうど並行して、盆地を西から東へと走る。

佇むヴィーカの傍ら、いつものように控えるレルヒェが小首を傾げる。

「このロギニア線もヒアノー河も。ずいぶんと都合のいいところに河があったものですな」

国境付近に〈レギオン〉の侵攻を十年も食い止められるほどの巨大な河が、〈レギオン〉と連邦の勢力圏とを東西にまるきり分断するかたちで、なんて。

「あったんじゃない。作ったんだ。元々あった大小の川を、干拓を兼ねて流路を変え、国境にまとめて防衛用の運河にしたのがヒアノー河だ。見ろ、古い堤防の跡が多い」

視線で示された先をレルヒェも追ったが、彼女の目にはささやかな畦道にしか見えない、素朴な盛土の跡ばかりだった。それが無数に、塹壕や砲撃跡に崩されながら盆地を走る。

「……大小の、数えきれないほどの川が網の目状になっていた地勢だと。それをここまで……さぞ、時間も労力もかかったことでしょうな」

「元はこのあたりは湿原だ。四方から水が流れこむ地勢だからな。それを百余年もかけた瀬替えで、農地に作り替えている。このロギニア線も、干上がらせてあるだけで元々は同じ干拓と防衛を兼ねた運河だ。そうである以上、それは父祖の労力は惜しかろうが——」

小さく、ヴィーカは嘆息する。

「感傷に浸って惜しんでいられる状況でも、ここの戦況もないのだろうよ」

がしゃがしゃとやかましい、聞き慣れた足音が割りこんで、目をやると八六区で嫌というほど見慣れた乾いた骨色のフェルドレスが、ネヒクワ丘陵から盆地へと下っていくところだった。

M1A4〈ジャガーノート〉。共和国の誇るアルミの駄作機が、なぜか連邦の戦場を。

シンはしばらく沈黙してしまう。

「……まさか、あれも前からか？」

果たしてツイリも妙な顔だ。

「いえ。アレは私も初めて見るわ。ここでは」

ついでにどうやら、見慣れた機甲兵器としての運用でもない。

重い迫撃砲やら携行式対戦車ミサイルやらを山ほど担ぎ、装甲歩兵と共に行軍する。あるいは一五五ミリ牽引榴弾砲や八八ミリ対戦車砲を曳いて、砲兵と陣地へと向かっていく。

〈ジャガーノート〉は一応、名目上は、機甲兵器だ。

薄っぺらいとはいえ装甲と、非力でも戦車砲を背負って動く以上、相応の馬力は有している。

その馬力を生かしての。

「力持ちの装甲歩兵扱い、ってとこかしらね……」

「そういえば前の避難作戦で、資材運搬用に共和国から運びだしたんだったか」

それにしてもかつてはその〈ジャガーノート〉を相棒に〈レギオン〉と対峙していたシンたちには、なんとも情けないというか、ちょっぴり可哀想にさえなってしまう末路である。

ついに駄馬扱いとか。

「――言うとおり、接収した〈ジャガーノート〉は四足・非人間型の重装甲強化外骨格(アーマードスケルトン)として運用している」

やや低い、甘い響きの女声がかけられて、振り返ると機甲搭乗服(パンツァーヤッケ)姿の女性士官だ。煙晶種(カイルン)特有の、煙(けぶ)るような珈琲色(コーヒーいろ)の髪。豪奢(ごうしゃ)に波うつそれをポニーテールに結い上げて、華やかな顔立ちと薄い化粧。階級章は、野戦の将兵の当然の用心で外しているけれど、兵科章はシンたちとも同じ機甲部隊の八脚の悍馬(かんば)だ。

「装甲強化外骨格(アーマードスケルトン)としてはまあまあ優秀だよ。装甲と火力は〈ウルフヘジン〉よりあるし、運搬能力など桁外れだ。機甲兵器として運用していたのがそもそもの間違いというわけだな」

枯れはじめた秋の草をさくさくと踏んで歩み寄り、気さくに片手をさしだした。自信に満ちて微笑(ほほえ)む、シンよりも少し高いくらいの長身の美貌。

「初めまして、機動打撃群の諸君。私は北方第二方面軍第三七機甲師団第一連隊〈レディ・ブルーバード〉隊長、ニアム・ミアロナ中佐だ。離反部隊〈ヘイル・メアリィ〉鎮圧作戦の間、君たちには主に私の連隊と協同してもらうことになる」

「――君たち機動打撃群の派遣目的は戦線西端、シハノ山岳のダム群破壊作戦のためだ」

機動打撃群の拠点となる第三七機甲師団基地は一月(ひとつき)ほど前に設営し直したばかりで、他国の戦場でばかり戦ってきた少年兵たちにはむしろ見慣れない、統一規格のシェルターモジュールの群が機動打撃群を出迎える。折り畳み式で大量輸送が可能、設営も撤収も簡単で、必要な数だけ連結できる基本モジュールに、機能ごとの専用モジュールを追加することで兵舎に会議室棟に食堂に格納庫、医療施設にまで転用可能な、連邦軍制式の多目的居住設備。

使い回されて少しくたびれた大会議室モジュールの、ホロスクリーンの戦域地図と居並ぶプロセッサーたちの間を、ミアロナ中佐が往復する。

「正確にはシハノ山岳カドゥナン河道上の治水ダムを、工兵が破壊する間の河道周辺の制圧維持だな。それによりウォミサム盆地全体を干拓以前の湿原に戻し、〈レギオン〉への泥濘(でいねい)の罠(わな)とする」

地図上でカドゥナン河道とダム群が赤く点灯して表示。シハノ山岳を南から北へと流れる人工河川と、その流路上に並ぶ二三のダム。大小の河川を完全に堰(せ)き止(と)めるダムからは干上がった河の痕跡だけが、東に広がるウォミサム盆地へと続いている。

その河川を全て復旧させれば、なるほど盆地全体が機甲兵器の侵入を阻(はば)む沼沢地(しょうたくち)と化すだろう。重量の嵩(かさ)む重戦車型(ディノザウリア)など、まともに動けもするまい。

「あわせて方面軍本隊がカドゥナン河道始点のロギニア・ダムを破壊、タタツワ新河道始点のタタツワ水門を封鎖し、ロギニア線を河川として復旧する。〈レギオン〉の軍門に下ったヒアノー河に代わって、ロギニア河を屑鉄どもの前に立ち塞がらせるわけだな」

戦場を東西に貫いて、復旧予定のロギニア河が表示。ちなみにタタツワ旧河道はネヒクワ丘陵帯以南の河川を流路変更し、かつてのロギニア河に流し捨てるもので、これを延長してヒアノー河へと繋げたのがタタツワ新河道である。

「君たち機動打撃群の作戦域は、ロギニア・ダムからカドゥナン河道終点レカナック・ダムまでの、南北六十キロ範囲。ヨーサ・ダムからレカナック・ダムまでの一五キロは〈レギオン〉支配域内での作戦となるが、大半は競合区域内での作戦だ。これまで何度も、支配域深部への挺進作戦をこなしてきた機動打撃群にはひょっとしたら物足りないかもしれないな」

おどけた口調で締めくくって。

「ただ——そのおやつ程度の作戦も、しばらくお預けとなってしまったんだ。残念なことに」

ん、とシンは顔を上げる。移動の間に戦況が変わることもなくはないが、作戦延期となると穏やかではない。

ミアロナ中佐はなにやら、自棄になったような遠い眼差しだ。

「詳細は、あまりにも馬鹿馬鹿しいから省くが。実は君たちが移動している間に、ヘイル・メアリィ連隊を名乗る馬鹿どもが北方第二方面軍から離反。核兵器を作るとほざいて原発から使用ずみ核燃料を奪取した挙句、現在、競合区域内に潜伏して行方不明となっているんだ」

「……は？」

思わずシンは変な声を漏らした。

隣でライデンと、プロセッサーと整備クルーのそれぞれごく一部も似たような反応をした。大半のエイティシックスは怪訝な顔をして、グレーテやヴィーカやオリヴィアは声こそあげなかったが、そっと天を仰いだり額を押さえたりした。

ミアロナ中佐はうんうん頷く。

「素敵な反応をありがとう、大尉。かの機動打撃群の死神にしてエイティシックスの戦帝、シンエイ・ノウゼン大尉に『は?』と言わせたなんていい語り草ができたよ」

シンは訪れたこともない北部戦線にまで、噂だけは無駄に届いていたらしい。

尾ひれも盛大についていそうだなと、初めて聞く大仰な異名にシンは思う。それも〈レギオン〉をシャベルで倒したとか頭から喰ったとか、そういう荒唐無稽な与太話の類が。

そんな、神父さまじゃあるまいし。

「戦力自体は小規模のヘイル・メアリィ連隊だが、核燃料となると無視はできない。旧河川を復旧させる以上はなおさらにな。つまり核燃料の回収が完了するまでダムの破壊作戦は実施できないから、当面の間、君たちには機動防御をお願いすることになる」

使用ずみ核燃料の放射線は、極めて長期間にわたり減衰しない。回収せずに水で押し流しては、広大な盆地がそのまま放射線の地雷原と化すし、一方で回収のための捜索作業には人手が必要だ。人手を割けばその分だけ、戦線維持のための戦力が不足する。そもそも兵力不足の北方第二方面軍に、機動打撃群を遊ばせておける余裕があるはずもない。

「核燃料の扱いは、わからないだろうから機動打撃群には捜索任務も、ついでにヘイル・メアリィ連隊の鎮圧任務も回さない。ただ、もし馬鹿どもが燃料を爆破でもしたなら、その時は避難を命じるから即座に従ってくれ。……質問かな、黒い瞳がミステリアスな君。どうぞ」

「レキ・ミチヒ少尉なのです。核燃料を爆破するなら、つまり核爆弾ということなのですか？　その……たとえば怪獣映画に登場するような」

ミアロナ中佐は一瞬考えた。

「核爆弾とは違うんだが、ええと……そうだな、とりあえず似たようなものだと考えてくれていい。〈レギオン〉には効果が薄いが、映画の怪獣と私や君たちには危険だという点で」

「？　私たちにだけ危ない、ですか……？」

頭痛を堪える顔でヴィーカが補足する。ミチヒにではなく、核兵器のつもりでまったく別のものを作りだしかねないという件(くだん)の離反部隊への呆(あき)れを隠さない様子で。

「卿(けい)が言ったそれは放射性物質飛散爆弾(ダーティ・ボム)だ、レキ・ミチヒ。映画や現実の核兵器ほどの威力はない。〈レギオン〉には無意味で人間には致命的な汚染物質を飛散させるだけの、単なる爆弾だ。〈レギンレイヴ〉はある程度対策がされているが、完全には防ぎきれないから避難が必要になる。……現状ではとりあえず、それだけ把握していれば充分だ。詳しく説明すると長くなる上にこちらの作戦には無関係だ」

ミチヒはいよいよ眉をひそめた。ヴィーカの説明がわからなかったわけでも、作戦とは関係のない説明を省かれたのが納得できないわけでもなくて。それ以前に。

「〈レギオン〉には効かなくて、私たちだけに危ない単なる爆弾を。――どうしてその人たちは〈レギオン〉に使おうとしてるのです？」

機動打撃群が機動防御のみを任され、ヘイル・メアリィ連隊の鎮圧には回されなかったのは対人戦に慣れていない自分たちの性質を考慮してのことだろうが。

「……無茶すぎんだろ。なんだ核兵器作るって。オムレツ作るんじゃねえんだぞ」

「オムレツ作り程度に考えてるから、汚い爆弾（ダーティ・ボム）になりそうなんだろ。……核兵器の基本的な原理自体、わかってないんだろうな」

急激な核分裂の連鎖反応、あるいは核融合を引き起こして原子核が内包する、慮外のエネルギーを破壊力として解放するのが核兵器だ。卵と塩を混ぜるように爆薬と低濃縮ウランを混ぜたところで、励起できる反応ではない。

そんな、根本的な知識から不足の連中のせいでダム破壊作戦が延期になったのかと、ライデンもシンもついげんなりする。

北部第二戦線を救うと、ヘイル・メアリィ連隊は主張しているそうだが。

　実際には彼らこそが、戦線を危機に陥（おとしい）れている。彼らが核燃料を持って競合区域（コンテスト・エリア）に潜伏している限り、ダムの破壊による防御河川の復旧は実行できない。その間、防御陣地の不足を補うのは兵士たちだ。機甲兵器の独擅場（どくせんじょう）である開闊地（かいかつち）で、その命と血肉を以（もっ）て。

　ヘイル・メアリィ連隊が核燃料を奪取したからこそ、死傷者が増える。

　だいたい、とライデンが鼻から息を吐く。隊舎に向かう、シェルターモジュール同士を繋（つな）ぐ通路は隊舎や大会議室よりも天井が低くて、ライデンの長身には狭苦しく映る。

「仮に作れたところで、役に立たねえだろ。〈レギオン〉全滅させる前に人間が滅んじまうし、前線の〈レギオン〉だけ吹っ飛ばしたところでその後の占領が出来ねえんだから」

　核兵器の爆心地は、一時的にだが放射線の汚染を受ける。放射線が減衰して兵士が安全に進入可能になる前に、後方の〈レギオン〉が進出して再占領するだけだ。

　後ろを従って歩いていたベルノルトがぼそりと言った。

「占領するって意識自体、ねえんだと思いますよ」

　振り返る二人に、肩をすくめた。戦闘の経験はその年齢には異常なほど積んでいるが、それ以外の経験は年相応にしかない、まだ年若い少年の上官二人に。

「とりあえずそこらの〈レギオン〉を倒せば勝ちだって、そうとしか考えてねえんでしょうよ。それこそ映画の怪獣みたいに」

「いや……そんなことあるか？」

「少なくとも首魁の……ノエレ・ロヒだったか？　は正規の士官なんだろ。それくらい教えられてないはずがない」

ただ闇雲に敵を殺して回り、首の数を誇るのは現代の軍の役目ではない。

倒すべきは政治、作戦、戦略、戦術上の目的の達成に寄与する敵だけで、そうでない敵はどれだけ倒しても無意味だ。そんな基本的な知識は特士士官の——訓練期間半年の即席士官にすぎないシンやライデンでも、教えられて弁えている。

数年をかけて教育される士官学校出の正規士官が、知らないはずがまさかない。

「前にも言いやしたが、あんたらの基準でなんでも考えねえ方がいいっすよ。この場合は共和国のクソ基準でって意味じゃねえですが。……連中は俺らや貴族様みたいな生粋の戦争屋でもなければ、あんたらエイティシックスみたいな一握りでもねえ。戦闘要員にも支援要員にもなれなくて、どうにかできそうな仕事だけ回されてた奴らです。そんなのはその程度ですよ。核ってのはなんかすごい兵器らしいから、じゃあ使おうってそんだけです」

「んな、でたらめな……。何をどう考えたらそうなっちまうんだよ」

かつ、と野戦ブーツの足音が近づいて止まる。

「そりゃ、耐えんのが辛い戦況だからこそ、いい感じに冴えた一発逆転手段には飛びつきたいもんだろ。つーかそいつは、お前さんたちが一番よく知ってんだろ」

振り返ったシンたちに、よう、と片手を上げてみせる。潮風に褪せた金茶の髪。翠瞳と焔の鳥の刺青。

「〈レギオン〉に攻めこまれて明日死ぬかもしれないってのは怖いことで、怖すぎて目を逸らしたいあまりに変な考えに縋っちまうような、馬鹿な奴らも出てくるんだってよ」

　十年間も共和国が、〈レギオン〉への恐怖と屈辱をエイティシックスへの蔑視にすりかえ、迫害でごまかしてきたように。

「イシュマエル大佐。……無事で」

「おかげさんでな」

　着ているのは船団国群の藍碧の海軍服ではなく連邦の鋼色の野戦服で、義勇兵として連邦軍に所属しているのか。

　シンの抱いた疑問に答えるように、にっと笑って野戦服の襟をひっぱってみせた。

「俺だけじゃなくて征海船団の生き残りと、陸軍の避難路啓開組は全員加わってる。国民全員受け入れてもらうなら、連邦にそれなりの即戦力もいるからな」

　避難の時間を稼ぐ遅滞戦部隊にではなく、民の避難路を啓開・維持する部隊に回されてそのまま避難民たちと共に連邦に身を寄せたようだ。言葉の通りに、船団国群の非戦闘員全員を連邦に受け入れさせる、その当面の見返りの即戦力として。

〈レギオン〉を足止めして戦死した遅滞戦部隊を、『見捨てた』という汚名を背負い。

「……艦長の俺まで死んだら、先に逝った弟たちに合わせる顔がねえし。生き恥さらすのも今更だから、とにかく生き残らねえとな」

その言葉に聡く、シンは気づく。

船団国群では常に彼の傍らにいた、副長のエステルがいない。

ひそかに息を呑んだ彼に、けれどイシュマエルはからからと笑う。

「ガキの時分は無闇と自信満々なくらいでちょうどいいけどな、大尉。さすがにそりゃ傲慢ってもんだ。お前さんが守りきれなかった分は、つまりお前さんのせいじゃねえってことなんだよ。――エステルについてもこの前の作戦でも、これまでもこれからもな」

背負われてたまるか。

俺の大切な、弟妹達を。

小さく、シンは頷いた。眼前の相手の、堂々たる威厳。

征海艦隊とその氏族を、統べてきた長の。

「失礼しました、艦長」

「おう」


そして征海艦隊を統べる威厳で堂々と応じた、そのままの笑みでイシュマエルは問う。

「ところで大尉、竜 涎香使った？　ミリーゼ大佐といい仲になったら贈ってやってって、エステルからそっちの隊の銀髪美人さんに渡してあったはずだけど」

　アンジュのことだろう。……レーナが竜涎香など持っていた、出所は彼女だったのか。ともあれシンは応じる。一つ、ゆっくりまばたくほどの間をおいて。

「黙秘権を行使します」

「提供側としては感想ききたいんだけどなぁ。手に入れるの、結構苦労するんだぜアレ」

　シンはにこやかに微笑んだ。

　横のライデンと控えるベルノルトが、露骨にびびって身を引いた。

「大佐殿。……無神経です」

　イシュマエルは飄々と肩をすくめる。

「それもそうだな。悪い」

　連邦軍の追跡を逃れるため、ヘイル・メアリィ連隊は複数の分隊に分かれて、競合区域に点在する原生林の各所に潜伏する。

「——よし、と。これで最後だ」

　森の奥に残った炭焼き小屋の廃墟で、核兵器製造分隊の一つに属する兵士たちは組み上げた核兵器をごとりと置く。製造分隊ごとに分け与えられた燃料棒の被覆をこじ開け、中の爪ほどのペレットをプラスチック爆薬と共に容器に詰めこんだ、彼ら手製の『核兵器』。

大陸北方の秋の低い気温の中、奇妙な熱を放つそれらを兵士たちはしげしげと見つめる。外装は、金属のバケツを流用していて大変に情けないが、それ以上に。

「核兵器ってのは、すごい爆弾って割には小さいし、ずいぶん簡単にできるんだな」

細い被覆管こそぼんやりと熱を持っていたが、多少なりと苦労したのはその対策くらいだ。太さは子供の指ほどもないから、工具で簡単に切断することができた。

拍子抜けするくらいに容易く、〈レギオン〉を滅ぼす青き焰の鉄槌は完成してしまった。

「まあ、いいじゃないか。報告しよう。製造分隊で最初に終わらせたんならチルム様が喜ぶ」

彼らの指揮官、スル村郷士チルム・レワの優しい微笑を思いだしつつ、無線機に手を伸ばした。――レイドデバイスは、ヘイル・メアリィ連隊では使っていない。わからないものは気味が悪くて怖いから、使わなくていいとチルム姫様が言ってくれたのも兵士たちには嬉しい。

ちりちりと、妙に喉が痛かったが風邪でもひいたのだろうと特に気にもならなかった。

夜になって夕食を終えて、基地のシェルター群を一人出ていくクレナに、気づいてオリヴィアは追いかける。基地を隠すネヒクワ丘陵帯の陰で、晩秋でもう枯れた花の代わりにだろう、携えてきた色鮮やかな紅葉の枝を供えている背中に声をかけた。

「船団国群で知り合った人が、——エステル大佐が、亡くなったって聞いて」

〈レギオン〉に鹵獲されないために自沈させた〈ステラマリス〉の、その自沈作業の指揮をとるために艦に残った。

征海艦ほどの巨船は、自沈にも時間がかかる。その間、不測の事態に備えるために——そして沈みきる頃には、もう〈レギオン〉に阻まれて避難民には追いつけないから。

「あたしはもう大丈夫だって、言いたかったのに。……見てもらいたかったのにな」

「……ククミラ少尉？」

「隊長。——ここの〈羊飼い〉ってエイティシックスですか？」

「まだ区別はつかないな。多分、違うと思うけど」

格納庫への〈レギンレイヴ〉の搬入作業の傍ら、ふと問うてきたリトにシンは首を振る。

連邦と共和国の言語は似通っていて、遠い指揮官機のよく通る嘆きからは判別できないが、言葉遣いがエイティシックスらしくない。時代がかった、おそらくは旧帝国貴族階級。

それからちらりと、リトを見おろした。共和国で彼が戦い、討ち果たした。

「アルドレヒト中尉か」

「同じこと、必要ならしてやりたいですけど。でも、できればそんなことしたくないなって」

エイティシックスが〈羊飼い〉に成り果ててしまったならば、解放してやりたいけれど。〈羊飼い〉でも同じエイティシックスを、本当は殺したくなんかない。

リトは唇をひき結ぶ。沈痛な、その瑪瑙色の瞳。

「アルドレヒト中尉にもしたくなかった。戦いぬいて死んだんだからもう八六区なんか出て、奥さんと娘さんに会いに行こうって中尉が思えたんなら、……その方がずっとよかったです」

見晴らしのいい丘の頂上に立つのは、戦場では自殺行為だ。重なる丘陵同士の合間、見通しの悪い低い場所からヴィーカはシハノ山岳を遠望していて、その傍らにレルヒェは立つ。

ここからは遥か西、連合王国を守護する天険・竜骸山脈から続く、山岳の影を。

「……殿下」

「父上とザファル兄上は無事だ。ボリス兄上が死んだそうだが」

ザファル王太子と後継の座を争っていた、異腹の第二王子の手駒。

兄だからといってヴィーカは、その死にも何も感じないけれど。

「王家に敗戦の責を負わせぬため、陥落する戦陣に妃とともに残ったとか。ボリス兄上とて一角獣の一族だった、ということだな」

竜骸山脈のみならず、生命線たる穀倉地帯をも失った王家の失態を、憎むべき〈レギオン〉

に王室の一人さえ奪われた美しい悲劇とすり替えるために。

戦況への不安と今後の苦境を、仇たる屑鉄どもへの憎悪で今しばらくは糊塗するために。

建国からたかだか十年の連邦は、しそこねたが。千年に亘り外敵と、そいつらとも対峙してきた連合王国の一角獣の王家は、そうそう後手には回らない。

「初動は失敗したが。……帝国貴族は湧いてでた馬鹿にどう動くか。手並を拝見というところだな」


製造分隊の連中は、核兵器製造の大任を終えて早くも羽目を外したらしい。

飲んだ酒に悪酔いして酷く吐いているそうで、だから放棄された連邦軍の倉庫置き場に拠点を置く、ノエレ指揮下の本隊からキアヒは取りに行くことになった。

「……そもそも俺は最初っから、あの大統領って野郎は信用できねえって思ってたんだ」

乗りこんだトラックの運転席で、幼なじみのリレとミルハを相手にキアヒは吐き捨てる。ツーブロックの麦藁色の髪。夜の原生林を見据える薄黄の双眸。

十一年前、エルンスト・ツィマーマンが率いた革命には、それはキアヒも期待した。

両親や街長や大人たちが皆、民主制とは良いものだと言っていたからだ。自由や平等という素晴らしいものが得られると言っていたからだ。その熱狂に、キアヒもまた浮かされた。

それがどうだ。

革命が成功し、連邦が成立したら、キアヒの世界は悪い方へと変わってしまった。

自由も平等も、素晴らしいどころかただただ煩わしく惨(みじ)めなものでしかなかった。

郷士様や街長に任せておけばよかった面倒な決断を、それが『自由』だと押しつけられた。

使うあても覚える必要もない、無駄なばかりの読み書きなんかを『平等』に学ばされた。

その挙句に。

「俺は特別市(まち)の若衆(わかしゅ)の頭で、実際街じゃ一番強かったんだ。……その俺が、軍でまともな仕事一つもらえなかったのは、つまり連邦も軍もおかしかったってことだろ」

キアヒは機甲科を志願したのに、強い自分は〈ヴァナルガンド〉で活躍できたはずなのに。

軍は横暴にも、フェルドレスの操縦とは無関係の学科試験なんかで一方的に撥(は)ねやがった。

装甲歩兵にすら、やっぱり無関係な学科試験のせいでなれなくて、任されたのは輸送科のトラック運転手だ。後方の輸送路を間抜けなアヒルみたいにぞろぞろと、往復するだけの役目。

あんなもん兵隊の仕事じゃねえ。

輸送科なんざ俺の、街一番のヒーローだった俺の、やるべき仕事じゃねえ。

リレが応じる。メアリラズリア市民には珍しい、瑪瑙(アガット)種の栗色(くりいろ)の髪が印象的な彼女。

「それだからツツリやヌカフやキナが死ぬんだ。ヒスノは学科試験だけで姫様と同じ士官にまでなったそうだし、ラチムなんかあの様(ザマ)で装甲歩兵だよ。信じられない」

「あのひょろ眼鏡な。あんなの前線に置くから負けるんだって、なんでわかんねえんだか」

「騙されたんだよ、俺たち。革命でも軍でも、損ばっかりさせられてさ」

いつもの拗ねた声音でミルハが吐き捨てる。弟分たちの中でも一際小柄な、華奢な青年だ。

「原発も正しい評価も盗られて、要らないものだけ押しつけられて。……搾取されたんだ俺たちは。将官たちや上官連中が、何か、楽とか得とかするためにさ」

「ああ。けど、そういうのも全部、もうこれでおしまいにしてやれる」

歯を剝いてキアヒは笑う。樹々の向こうに、切り札の爆弾を抱える民家が見えてくる。

光り輝く剣でもフェルドレスでもなく、携えても絵にならない爆弾なのが残念だ。けれど。

「これでもう、全部元通りだ。何もかもが正しくなるんだ」

元通りのヒーローに。

俺にこそ相応しい、その地位に。

†

北部第二戦線の盆地の戦場は、晩秋のこの季節には特有の濃い朝霧がたちこめる。

まるで視界の効かない重い濃い霧と黎明の闇は、攻め寄せる〈レギオン〉には都合の良い掩蔽だ。加えてこの盆地はつい一月前まで、北方第二方面軍の基地機能が置かれた場所だ。兵舎や倉庫として設営され、退却にあたり放棄されたそれらもまた、霧の白い闇にぼうと滲(にじ)み、音もなく進む鉄色の影の群を余人の目から隠す。

そして各センサを受動(パッシヴ)探知に設定し、待ち伏せていた純白の骸骨をも、同様に。

「――撃て」

最後尾までが狩り場(キルゾーン)に進入、先頭の偵察小隊と後衛の近接猟兵型(グラウヴォルフ)の中隊に砲撃。シンの異能で進路を読み、待ち伏せていた〈レギンレイヴ〉の各戦隊が遮蔽を跳びだし、前進も後退も阻(はば)まれた〈レギオン〉部隊に食らいつく。――人類側の編成でいえば歩兵大隊に相当する、軽量級の近接猟兵型(グラウヴォルフ)を主体に護衛の戦車型(レーヴェ)と、偵察と側面警戒の斥候型(アーマイゼ)。

索敵を担当する斥候型(アーマイゼ)を真っ先に破壊。センサ能力の貧弱な戦車型(レーヴェ)と近接猟兵型(グラウヴォルフ)はそれで索敵情報の大半を失うが、〈レギンレイヴ〉もまた霧に視界を遮られる。レーダーを能動(アクティヴ)探知に、光学センサを赤外線検知モードに切り替え、霧の白い闇を探りながら疾走する。

光学スクリーンの中、照準レーザーを検知した戦車型(レーヴェ)が即座に砲口を振り向ける。

霧を巻いて回転した砲塔のその後方から、シンは〈アンダーテイカー〉を砲塔に飛びつかせた。検知されると見越し、あえて〈ヴェアヴォルフ〉のレーザーを照射したライデンとの連携。〈レギオン〉の嘆きを聞くシンは、この霧の中でもレーダーを使う必要がない――電波を発しないから、索敵能力の低い戦車型(レーヴェ)からはまるで見えない。

まったくの不意打ちだ。戦車型(レーヴェ)に反応する術はない。無防備な砲塔後部に取りつき、パイルドライバを作動。叩(たた)きこんだ電磁パイルが戦車型(レーヴェ)の中枢処理系を沸騰させる。

重く、戦車型(レーヴェ)がくずおれる。飛び降りてシンは、次の敵機を探して〈アンダーテイカー〉の機首を巡らせる。


「——すごいな」

その様はシン指揮下の部隊に随伴する、装甲歩兵の目にも映る。

歩兵部隊が護衛として戦車を随伴させるのと同様に、機甲部隊もまた機甲兵器単独での編成はせず、斥候や周辺警戒、敵歩兵の排除を担当する歩兵戦力を随伴させるのが通常だ。特に北部第二戦線には初めて派遣された機動打撃群、初めて運用される〈レギンレイヴ〉に、信頼のおける熟練の装甲歩兵部隊を随伴させるのは当然の判断である。

そのはずが、随伴の装甲歩兵たちにはまるで出番がない。

バイタルパートならば重機関銃弾にも耐える装甲と、一二・七ミリ重機関銃を個人で運用する膂力(りょりょく)を供えた装甲強化外骨格(アーマードスケルトン)〈ウルフヘジン〉を纏(まと)い、斥候型(アーマイゼ)と近接猟兵型(グラウヴォルフ)、時には戦車型(レーヴェ)とさえ渡り合ってきた彼らが、手出しもできない高速戦闘。

けど、と装甲歩兵の隊長は顔全体を覆う面頬(バイザー)の下で呟(つぶや)く。噂(うわさ)には聞いていた、機動打撃群の精鋭たちの戦果とルーツ。原発があるだけの属領の地方都市で、ごく平凡に育った彼の目にはまるで物語の英雄のようだった、その機動打撃群の少年兵たちは、けれど。

「こんなにすごい、のに、」

機動防御とは歩兵主体の第一列を敵部隊が突破した場合に、後方にまとめて控置(こうち)された機甲部隊がその機動力を生かして速やかに駆けつけ、大火力を以(もっ)て撃滅する防御戦術だ。侵入した〈レギオン〉に後退を許せば、第一列の装甲歩兵部隊が背後を衝(つ)かれることにもなりかねない。文字通りに全滅させた〈レギオン〉の残骸を見回して、シンは〈アンダーテイカー〉の中、ようやく少し気を緩める。

歩兵と対戦車障害、対戦車砲陣地から成る第一列では、今も警報代わりの対戦車地雷が断続的に、不運な敵機の位置を装甲歩兵と対戦車砲に知らせている。〈レギンレイヴ〉の戦闘の間、邪魔にならないよう退避していた工兵部隊が再度前進し、隊舎や倉庫の解体を再開する。

瓦礫(がれき)の合間を見やった工兵が、十字を切るのが光学スクリーンの端に映った。

進出しかけた重機を一度止めて、仕掛け罠(わな)を警戒しながら近づいてひっぱりだす。男性と女性一人ずつの遺体だ。――否、男性が胸に抱えたままの、子供の遺体がもう一つ。

この一帯に居住していた戦闘属領民はもう何年も前に避難を終えているから、船団国群からの避難者だろう。避難する本隊とはぐれてしまったのか、おそらくはたった三人きりでここまでは逃げ――安全圏にはたどりつけずに力尽きた。

子供の遺体が、小さなぬいぐるみを抱いているのが見えてしまってシンは目を背けた。

命からがら避難するというのに、お気に入りのぬいぐるみを手放せない。そんな無邪気な、無邪気であってよかったはずの年頃の子供さえ、助けを得られず守られずに殺された。

その事実が無性に、やるせなかった。

自分たち北方第二方面軍と北部第二戦線を救うべく、派遣されてきた機動打撃群は、幸いにも同じ三七機甲師団の隷下だ。戦塵(せんじん)に汚れて、それでも格納庫に白々と映える純白の機影。

「――チェックリストは以上です、グレン。あとは頼みます」

「おうよ。お疲れさん」

機付の整備クルーであるらしい。長身の眼鏡(めがね)の青年と言葉を交わす機動打撃群の総隊長を、新入り装甲歩兵のヴィヨフ・カトーは憧れをこめて見つめる。西部戦線の首のない死神。エイティシックスの戦帝、シンエイ・ノウゼン大尉。

夜黒種(オニクス)の漆黒(しっこく)の髪に、焔紅種(パイロープ)の真紅の双眸(そうぼう)。端整な、大貴族の血統の白皙(はくせき)の面(おもて)。連邦軍の最新鋭フェルドレス〈レギンレイヴ〉を駆り、精鋭部隊たる機動打撃群を率いる生ける英雄だ。

滅亡の危機に瀕(ひん)した諸国に派遣され、その全てを救ってきたという。

連合王国と、盟約同盟。そして連邦。各国の精鋭が集められた特務部隊であるという。

その噂(うわさ)は彼も聞いていたが、こうして目にする本物の機動打撃群は。

「――やっぱり、すごいな。恰好(かっこう)いい」

この北部第二戦線もまた屑鉄(くずてつ)どもに追いつめられ、破滅の危機に瀕(ひん)しているけれど。機動打撃群が来たのだから、自分たちも救われるのだろう。

英雄たる彼らが来てくれたのだから、何もかも全部、美しく解決するのだろう。

「俺もがんばらないとな」


不利な戦況を打破するための、〈レギオン〉支配域への挺進(ていしん)作戦。

言い換えれば〈レギオン〉の圧迫により無謀な挺進(ていしん)作戦を強いられている状況は半年前、夏の雪の連合王国で従事した竜牙大山(りゅうがたいざん)攻略作戦とも似ているが。

「重戦車型(ディノザウリア)らしき声が――重機甲部隊が、前線後背に進出している気配はやはりない」

ちょうど同じタイミングで、補給と交代に戻ったらしい。連合王国派遣連隊の格納庫から兵舎へと続く通路で、シンはヴィーカとレルヒェに行きあう。

人類側の戦線突破のため、〈レギオン〉が投入する重戦車型(ディノザウリア)と戦車型(レーヴェ)が主体の重機甲部隊。

連合王国では補給の輸送部隊に紛れて前線後背に進出し、連合王国軍の機甲部隊を壊滅させて機動打撃群を孤立に追いこんだ彼らを、当然シンは警戒しているしヴィーカも同じだ。一度かかった罠(わな)にもう一度、頭から嵌(はま)りこみたくはない。

「ただ、前線の機甲兵種も少なすぎる。他の戦区では〈ヴァナルガンド〉が機動防御に出ている以上、戦車型(レーヴェ)が進めないほど地盤が弱くもないはずだ。温存して後ろに控えさせてると考えるのが妥当だろうな」

「卿(けい)が聞き取れないなら仕方ない、斥候を出すよう打診するか」

控えるレルヒェには視線もやらずにヴィーカは応じ、代わりのように一瞥(いちべつ)を向けたシンにレルヒェは優雅に一礼する。お任せあれ、と笑う、硝子(ガラス)細工の翠緑(すいりょく)の双眸(そうぼう)。

「重機甲部隊ともなれば、そう隠せるものでもない。……こちらは卿(けい)のような広域探査の異能者がいない戦場で戦ってきた身だ、潜伏場所の見当もつく」

「助かる。……ついでに聞きたいんだけど、」

ん、と返る帝王紫(ていおうむらさき)の視線を、見返して問うた。それは、シンには見当がつかないが。

「重戦車型(ディノザウリア)に自走も、回収輸送型(タウゼントフュスラー)の類(たぐい)に牽引(けんいん)もさせずに、前線に進出させる仕掛けもわかるのか？　輸送部隊の動きと数も、確認してるんだけど今回はそこに紛れてる様子もない」

シンの異能は凍結状態の〈レギオン〉の嘆きは聞き取れないが、凍結状態では〈レギオン〉は動けない。回収輸送型(タウゼントフュスラー)に牽引(けんいん)させるにしても——戦闘重量一〇〇トンの重戦車型(ディノザウリア)を牽引(けんいん)可能なのかは知らないが——回収輸送型(タウゼントフュスラー)の声はシンに届く。まして部隊を移動させるならどうあっても、シンに把握できないわけがないが。

ヴィーカは一つまばたいた。

「ああ。というか、仕掛けというほどでもない。地勢は多少選ぶがありふれた、航空機やら鉄道やらよりもはるかに古い大量輸送の手段にすぎんよ」

祖国では方面軍指揮官として兵站部門の輸送手段と経路を、そして一国の王子として自国の流通とその歴史を熟知していて然るべきだったヴィーカにとっては、ありふれた。

何やら思いついた様子で、ふむ、と鼻を鳴らした。

「……へイル・メアリィ連隊の愚行のあおりで、本来秘匿するべき機動打撃群の存在は〈レギオン〉に把握された。挺進作戦を強いたのは〈レギオン〉の側だし、進撃路の確認に斥候を出しているから制圧目標も確信しているだろう。ならいっそ、それも囮に使うのはどうだ？」

「使う価値があるならそれでいいけど。その前に聞いたことの説明をしてくれ」

「報告書に書いておくからそれを読め。それより、」

半眼を向けたシンに、はっきりからかう調子で口の端を吊り上げた。

「ミリーゼが不在でどうなるかと思ったが。意外と冷静だな」

半眼のままシンはヴィーカを睨んだが、結局睨んだだけで応じた。この蛇にはどうせ、何を言ってもこたえまい。

「いないからこそ、だ。レーナがいない以上、ある程度その役目を代わるのはおれだろうし、失敗して後でそれを負担に思わせたくない」

指揮権の継承は、機動打撃群では例外的に作戦指揮官から作戦参謀に引き継がれるが、たとえば他部隊との交流や指揮官同士の社交。容姿でも戦果でも目を引くレーナがいないなら、連邦では珍しい夜黒種（オニクス）と焔紅種（パイロープ）の混血の、毛色の変わった総隊長に声がかかるのは当然だ。

避けるわけにもいかないし、そのくらいは立ち回れる程度に、強か（したた）にもなりたいと思う。

レーナがこれまでしてきたように。……リヒャルト少将が遺（のこ）した言葉のように。

生き方全てで応じろとは言わん。貴様が属する場所の利のために、貴様の才と勝利を使え。

学ばねば、ならないのだろう。連邦軍の一員として、けれど完全には溶けこまない価値観を有するエイティシックスとして。生き方全てでは応えず、それでも連邦軍で、連邦で生きていくための立ち回り方。無用な軋轢（あつれき）を避け、避けられない対立を甘受し、それでも致命的な破局は回避すべく交渉や調整や譲歩を重ねてそれぞれに道を探り続ける——組織の中での、社会の中での政治というものを。

それに療養中のレーナに心配を掛けたくないし、自分の振舞でレーナの評判まで落としたくないし、あまり恰好（かっこう）悪いところばかり見られたくもないのだし。

「いつまでも子供で、いたくないから。……お前も参考にさせてもらうぞ。王子殿下」

「それは構わんが。俺がミリーゼから叱られるほど可愛（かわい）げは失うなよ。卿（けい）に頭を割られかけた上に、ミリーゼにまで追い回されるのは俺はごめんだ」

「なんで知って……いや、頭を割ろうとは思ってないな。研いだシャベルで仕留めて海に放りこもうとしただけだ」

「……やはり〈ステラマリス〉での悪寒は卿か……」

「それで思いだした。〈ツィカーダ〉だけど、」

レーナだけでなく、アンジュとクレナについてもやらかしてくれやがったらしいが。

「藪蛇だったな。……レルヒェ、任せた」

「ええっ⁉ 殿下、それはご無体な！」

足早にヴィーカは歩み去ってしまって、レルヒェがおろおろとなる。

なんとも悲愴な面持ちで、向き直ってきた。

「仕方ありませぬ……死神殿。どうかここは、それがしの首で手打ちに」

「悪いのはヴィーカだから、お前に八つ当たりはしないけど……そもそもお前は首が外せるんだから、それで手打ちにはならなくないか？」

レルヒェはハッと、真理に到達した顔で息を吞んだ。

「……おお」

「悟るな」

「進言は了解しましたわ、グレーテ・ヴェンツェル大佐」

北方第二方面軍の参謀長はもの柔らかな物腰の女性少将で、同じ参謀長でもずいぶん違うものねとグレーテは思う。ただしあくまで外見は、だが。

「敵機甲部隊が想定よりも少ないことは、こちらでも把握して斥候を出しております。自走索敵機に加えて人の目も光らせておりますから、見落としは少ないはずですわ」

連邦軍が運用する無人自走索敵機は、危険な偵察任務での兵員の損耗は抑えられるが欠点も多い。陸上を移動するからカメラの捉える範囲が狭く、地形によっては進入できない。遠隔操作もデータ送信もしばしば阻電攪乱型(アインタークスフリーゲ)の電磁妨害(ジャミング)に妨害される。熟練した偵察兵の勘働きには及ぶべくもない以上、人間による偵察はやはり欠かせない。

一方で、競合区域(コンテスト・エリア)深部への偵察行は相応の損耗が前提となる。第二次大攻勢から戦死者の嵩(かさ)む北方第二方面軍には、なるべくなら支払いたくない犠牲であるはずだ。

つまり斥候として進出している大半は、連邦軍人ではなく船団国群義勇兵団の。

苦く、グレーテは思ったが口には出さない。参謀長を非難してどうなるものでもないし、一国まるごとを連邦に受け入れさせる代償として、彼らもそれは覚悟の上だろう。

「機動打撃群からも〈アルカノスト〉の偵察隊を抽出可能です。必要ならご命令を」

「考慮しますわ。ありがとう。——ヘイル・メアリィ連隊のことさえなければ、機動打撃群の存在はダム破壊作戦まで秘匿できたのですが」

参謀長は言う。濡れたような闇色の双眸の、怜悧な、冷酷な光。

「何もしない方がマシ、という人間は、残念ながらいるものですのね。……まともに役にも立たない割に、動けばひたすらに、周囲の他者の邪魔になる」


機動防御を交代して基地に戻り、夕食の時間になったけれどトールの食はあまり進まない。

「あ。リトのやつまた肉足されてる」

「トール、リトはいいからまずお前の飯を食えって」

ぼけっと別のテーブルを見て言ったら、向かいのクロードに眉を寄せられた。

シンとライデン、それにミチヒやリトたち大隊長は、随伴歩兵部隊に誘われて彼らのテーブルについている。

もれ聞こえる感じでは、今後の連携の確認をされているようだ。どう動いてほしいか要望はあるかな、とか、次はこんな作戦はどうだろう、とか、隊長の眼鏡の青年が熱心に聞いている。ついでに、育ち盛りだろいっぱい食えよ、肉もっとどうよ肉、みたいなちょっかいも、基本的に屈強な装甲歩兵のオッサンたちからかけられているようだ。

まあ実際、随伴の彼らをほとんど無視して動いてしまったのだからフォローはいるし、円滑な連携のためにもそういう社交は必要なのだろう。それはトールもわかるのだが。

……でも、ほんとに意味あるのか、それって。

つい、トールは考えてしまう。

だって、負けてるのに。

だってオレらは、……〈レギオン〉に負けてしまったのに。

自覚してしまった。

さすがにもう、自覚せざるを得なくなってしまった。

派遣された先の、この北部第二戦線ももうぼろぼろで穴だらけで。与えられた任務は、その穴を衝かれるたびに一時的に塞いで回ることで。

連邦に来て初めての、何も得るもののない作戦だ。今にも破綻してしまいそうな戦況を、辛うじて維持しているだけの戦闘だ。

敵地深く進攻し、重点を破壊する攻性の部隊として設立されたはずの自分たち機動打撃群さえ、もはや防衛戦闘に回さねばならないほどの苦境だと——ここにきてついにトールは、エイティシックスたちは思い知らされてしまった。

連邦だけではない。連合王国は竜骸山脈を失陥し、盟約同盟は最終防衛線にまで後退させられ。南方諸国も、聖教国と極西諸国も通信途絶したまま、今度こそ陥落したろう共和国も、もはや呼びかけに答えない。船団国群からの避難民も、見つかるのはもう、遺体ばかりだ。

トールたちの、機動打撃群のこれまでの戦いは、なんの意味もなかったのだというような。

八六区を生き抜いた自分たちは、未来をも切り開くことができると。思えていたそれはただの自惚れにすぎなかったのだと、手酷く思い知らせるような。

「……トール。だから手。また止まってんぞ」

「ん」

生返事を返して、スプーンを持ちあげて口に運ぶ。小麦粉の生地に挽肉を包んで、スープで茹でた郷土料理だ。なんとなく食べ進めてはいるけれど、どこか味がわからない。辛い味付けが利いているのはわかる。でも透明なスープに散った香草は、香りがしない。スープの出汁はなんだろうか。挽肉は豚なのか鶏なのかそれとも羊か。意識して口に入れても、機械的に咀嚼していつのまにかぼんやり舌と喉を通り過ぎさせてしまう。

本来、任されるはずだったダムの破壊作戦さえ、トールには気乗りのするものではない。ウォミサム盆地一帯を干拓するためのカドゥナン河道上のダムを、すべて破壊するということはこの一帯を今の農地から元の湿地帯に戻すということだ。それはつまり。

「ここの兵らに故郷を、捨てさせねばならんのじゃの……」

同じテーブルにつくフレデリカが、こらえきれなくなったように呟いた。

重苦しいその響きに、同席する全員が黙りこんだ。

向かいにいたシデンがついと腕を伸ばして、中指でフレデリカの額を弾いた。

「わきゃっ!? 何をするのじゃシデン！」

「んな顔してんなってのちびっこ。イシュマエルのおっさんが言ったそうじゃねえか。お前が守りきれなかった分は、つまりお前のせいじゃねえんだってよ」

正しいと思うぜ、とシデンは言う。

「守んなきゃいけねえのはまず自分。それから周り。手が届かない分は、届かねえんだからどうしようもねえ。そいつ自身が自分を守れなかったわけで、それがそいつ自身のせいじゃねえんだったら、それならこっちのせいでもねえ」

誰もが必死に努力して、なおどうにもできないこと、というものはあって。

それは誰のせいでもない。

誰のせいでもなくどうしようもなかったと、——認めるしかないこともある。

「ここの連中も必死にやったんだろうけど、故郷までは手が届かなかった。それはここの連中のせいじゃねえし、あたしらやちびっこのせいでもねえんだ。しけたツラすんな」

フレデリカはけれど、顔を歪めた。

「……全て救いたいと、思うては駄目か」

シデンは肉の包みをフォークに突きさして口に運ぶ。細かい傷だらけの、古いフォーク。

「駄目じゃねえけど。誰か一人が周り全員、それこそ目も届かねえ先まで全部守るなんてそりゃおかしいだろ。神様かよ。んなことやれって言ってきた、共和国の白ブタでもあるまいし」

「けど、」

　黙りこんだフレデリカの、代弁をするわけでもなくトールは呟いた。

「言うとおり、切り捨てる作戦だよな。オレたちがここで任されるのって」

　ロギニア河を復旧したら、〈レギオン〉は渡れないが同様に連邦軍も北岸に渡れない。

　事実上、もうロギニア河以北は取り戻すつもりのない作戦だ。放射線汚染とやらは避けていて、だから二度と戻らないつもりではないようだけれど。

「なんか、……八六区みたいだよな。雨漏りが止まんねえ部屋で、バケツ置いて回ってる気分っつーか。戦っても戦っても〈レギオン〉が攻めてくんのは変わんねえ、変えらんねえのに、戦わなきゃいけなかった八六区みたいな」

　今日を辛うじて生き残るだけで、明日の希望には繋がらない。根本的な解決には至らない戦闘。〈レギオン〉の攻勢をどうにか凌ぐだけで倒しきるには至らない、いずれ磨り潰される日を待つばかりの、共和国八六区での戦闘と同じ。

　トールは唇をひき結ぶ。言ってはいけないと、知りつつもその言葉がついに零れた。

「オレたち本当に、……負けてるんだな」

　そんな絶望には八六区で、慣れたはずなのに。

　核兵器の威力を見せつけるには、連邦軍の眼前で〈レギオン〉を消し飛ばしてやるべきだ。

一方で核の破壊力を考慮すれば、ロギニア防衛線にあまり近い位置では起爆できない。

ロギニア線からは適度に遠く、けれど奪い合いとなっていて近くに〈レギオン〉の部隊が展開している地点。その条件でノエレが選んだのは、競合区域(コンテスト・エリア)内のある交差路だった。元が戦闘属領のウォミサム盆地では珍しい、舗装された街道同士がぶつかる場所だ。〈レギオン〉機甲部隊の移動経路として、連邦軍の反攻の際の進撃路として、どちらにも重要な地点。

「まずはここを、取り戻しましょう。——レクス、用意はいいですか？」

「ああ、ノエレ」

ノエレの言葉に、同志のレクス・ソアス少尉が飄々(ひょうひょう)と頷(うなず)く。チョコレート色の髪を短くそろえた彼は、ヘイル・メアリィ連隊では唯一の世襲騎士家の子弟だ。

麗(うるわ)しい姫君に従うのが騎士だろと、家門では上位にあるのに連隊長の地位を譲ってくれた。

荷台に核兵器の一つを搭載した、車輌(しゃりょう)爆弾を発進させてレクスの領民たちが戻ってくる。ステアリングとアクセルを固定し、無人のまま森の中を突き進ませる輸送トラック。レクスが乗ってきたトラックに彼らが戻るのを確認して、ノエレも自分のトラックに乗りこんだ。指揮官二人を乗せた二台のトラックは、すぐさまエンジンを始動させる。

「観測はお願いします。ただ、充分に退避を。それはものすごい威力ですから」

「わかってるって。退避の時間はちゃんと考えて時限装置は設定した。心配はいらないさ」

二台のトラックが走り去る。核兵器を載せた車輌(しゃりょう)爆弾はそれとは逆方向の、〈レギオン〉部隊の下(もと)へと森の中を突き進み。

†

《バグ二三九よりファイアフライ。車輛(しゃりょう)爆弾の攻撃を確認。放射性汚染弾(ダーティ・ボム)を搭載と推定》

競合区域(コンテスト・エリア)の部隊が上げた報告に、北部第二戦線に対峙(たいじ)する〈レギオン〉集団、その指揮官機たる重戦車型(ディノザウリア)は束(つか)の間(ま)沈黙する。

《ファイアフライ了解。——意図不明》

核兵器ならまだしも、使用されたのは放射性汚染弾(ダーティ・ボム)だ。

装甲を纏(まと)い、金属製の〈レギオン〉にはさして効果がない。その上放射線は敵味方を区別しないから、放射性汚染弾(ダーティ・ボム)の使用はむしろ人類側の行動範囲を狭めることとなる。

だからこそ指揮官機も、判断をつかねた。

何を目的としての、放射性汚染弾(ダーティ・ボム)の使用か。

欺瞞(ぎまん)行動か。陽動か。なんらかの実験か。——連邦軍は何を、目的としているのか。

《情報収集のため、放射性汚染弾(ダーティ・ボム)運用部隊を追跡。連邦軍の意図把握まで攻勢を一時停止する》

†

たしかに核兵器は起爆したらしい。轟音が森を騒がす。衝撃波が梢をざわざわと揺らす。

それだけだった。

目を焼く火球もなければ、天を衝く黒い雲の柱もない。愕然と、ノエレは爆心地であるはずの森の向こうを振り返る。

炸裂音は、けれどあまりにも軽い。樹々を薙ぎ倒すどころか梢を鳴らしただけの衝撃波。

そんなはずはない。

両手に収まる程度のウランが森を蒸発させ、機甲兵器をも焼き払うのが核兵器だ。子供の頃にニアム姫様に見せてもらった、ミアロナ家と帝国軍の実験記録の映像ではそうだったのだ。同じように一塊分のウランを爆薬で爆発させたのだから、当然同じ威力が出るはずなのに。

「そんな。……どうして⁉」

核兵器の威力の絶大さを、ノエレから話に聞かされただけのレケスは、彼女ほどの衝撃は覚えない。何か失敗したのかと、確認するべくトラックを元来た方へ引き返させる。

あの程度の爆発では〈レギオン〉部隊はほぼ無傷のはずなのだが、何故か斥候型の一機もいない。〈レギオン〉の大群がいたはずの爆心地にまで、ついに遭遇することなく至る。

破壊の跡は、やはりあまりない。

トラックは爆散しているが、バケツに詰めた高性能爆薬だけでも同じ程度の威力はある。

「うーん。……やっぱり何か、失敗したのか」

首を傾げた。ちろちろと、揺らめく焔が目について歩み寄った。

奇妙に鮮やかな色彩の焔だ。バケツの残骸と、核燃料ペレットの上に揺らめいて燃える。

綺麗だ、と無造作に、手を伸ばした。

本来は原発事故を検知するための、ガンマ線モニタリングポストが捉えた放射線量の増加。

続けて副官が報告した『核兵器』の爆心地からの〈レギオン〉撤退の報に、ミアロナ中佐は美しく整えた眉を寄せる。シェルターモジュールを連ねた師団基地の、彼女の執務室。

「強力なガンマ線なら、連中にも影響するか。いや、単に警戒しただけかもしれんな」

セラミックや金属は放射線の影響を受けづらく、そして〈レギオン〉の中央処理系は流体金属製だ。放射線に弱い脳神経系や半導体ほどには、おそらくは影響されない。

「起爆地点への立ち入りは断念しましたが、近傍にてレケス・ソアスと配下の三名を発見、拿捕(ほ)しています。汚染具合からして起爆地点に侵入、帰還の途中で動けなくなったものかと」

「立ち入りについてはその判断で正解だ、ヒスノ。〈ヴァナルガンド〉の除染の手間もかかる。ソアス少尉とその部下については……」

ちらりとミアロナ中佐は副官を見上げた。

「聴取には耐えられそうか」

「今は放射線酔いで酷(ひど)く嘔吐(おうと)していますが——それが軽快すれば」

「……そうか」

剝(む)きだしの使用済み核燃料を、そのまま高性能爆薬で撒(ま)き散(ち)らしたのだ。『核兵器』の起爆地点は大量の放射性物質が、遮蔽もなしに散らばる高線量地帯と化す。

一方で〈レギオン〉は人間ほどには放射線の影響を受けない。結果、連邦軍が近づけない起爆地点一帯には〈レギオン〉機甲部隊が再度進出し占拠。支配権を争っていた競合区域(コンテスト・エリア)のど真ん中に、難なく前進拠点を築かれてしまう事態となった。

その話を聞かされて、エイティシックスたちはいよいよげんなりする。自分たちもよく知らない『核兵器』はともかく、一部地域の支配権喪失と〈レギオン〉前進拠点の構築。防衛線維持のために奔走している間に、他人の暴走のせいでその防衛線が脅(おびや)かされるなんて。

　そもそも派遣の目的であるダム破壊作戦も、ヘイル・メアリィ連隊のせいで延期となっているのだ。『核兵器』起爆の影響で、作戦範囲の見直しや移動経路の変更、随伴する工兵や偵察兵の被曝対策など、作戦に向けて準備してきた諸々がやり直しや追加になってもいる。

　リトがぼやく。ただでさえその場しのぎの防衛戦闘に、気が滅入っているというのに。

「なんで俺たち、同じ連邦軍人にこんなに足引っ張られてるの……？」

「シン君は、でも、意外と平気そうね？」

「……とりあえずは、まだ」

『意外と』は余計だとシンは思ったが、一方で否定しきれないのが過去の自分だ。よく人を見ているアンジュはずいぶん前から、シンの脆さに気づいていて気にかけてもいたのだろうし。

「……辛くなる前に、解消してるつもりだから。おれが真っ先に落ちこんでたら、他の奴らはなおさらやる気をなくすだろうし」

　シンは機動打撃群の総隊長の一人だ。レーナ不在の今は特に、彼の振舞が全員に影響する。

　だからその場しのぎの防衛任務にも、延期された本来の作戦にも動揺を見せない。気を削がれた気配さえ悟らせず、淡々と、毅然と、任務にあたる。それは意識して振舞っている。

　アンジュはけれど、むしろ懸念した顔だ。

「戦帝、なんて言われてるの、──気にしてたりしない？　共和国救援で言われたこととか」

「？　ああ……」

お前たちのせいで死んだんだ。どうして守ってくれなかったんだ。

少し考えてシンは首を振る。

「それはない。……他の隊や、ましてや共和国人の勝手な期待に応えてやる義理はないし、応えてるつもりもない。そこまで自惚れてもいない。おれは、」

レーナと。

「一緒に戦うお前たちでもう手一杯だ。……一人きりじゃ戦えない、弱い死神だから」

冗談めかして言うと、アンジュも微笑んだ。

「そう。それならよかった」

「それを言うならアンジュも落ちこんでないみたいだけど。……無理してはいないのか？」

ダスティンを基地に残して。共和国の滅びを見せつけられて。秘かに待ちわびていた、戦争終結の未来を遠ざけられて──それさえも自分と同じだけれど、アンジュもまた。

「うーん……全然平気ってわけじゃないけど。でも、フレデリカちゃんなんかずいぶん気落ちしてるし、それならシン君がそうしてるみたいに、私が暗い顔してるわけにもいかないでしょ。……ダスティン君もいなくて、それは寂しいけど」

シンは呑みこんでしまった恋人の名前をさらりと口にする。見返すと、アンジュは余裕たっぷりに肩をすくめてみせた。——敵わない。

それからふと、柳眉を曇らせた。

「そう、フレデリカちゃん。……ちょっと様子が変だわ。何か思いつめてる気がするの。シン君は作戦を優先しないとだから、何かしてあげてっていうわけじゃないんだけど、それは私やクレナちゃんやライデン君に任せてくれていいんだけど。……一応気には、かけてあげて」

†

見慣れぬ生き物の確認に、〈レギオン〉たちは音探種を追う。避けて深く潜り、泳ぎ進んだ音探種はヒアノー河を遡上しきり、その源流たる人工河川、カドゥナン河道の入口に至る。

南から北に向かうにつれて標高を下げたシハノ山岳と、北のヤズィム低山帯が合流する、ほとんど崖に近い急斜面に三方を囲まれた一角だ。山の中腹を進んできたカドゥナン河道の膨大な水量が、盆地のヒアノー河へと雪崩れ落ちる瀑布を、音探種はどうにか泳ぎ上る。

小うるさい〈レギオン〉は、さすがにもう追ってこない。少し先には滔々と水を溢れさせる灰色のコンクリートの吐水口。加えて頭上の低い崖の上に、何か光を反射するもの。

灰色のトーチカだ。光を反射するのは傍らに立つ生き物の目だ。

奇妙なか細い、小さな二足歩行の生き物が、目を見開いてこちらを見下ろしている。

その様を孔雀の色彩の眼球で見上げて。音探種はなおも、戦場の大河を遡上する。

†

競合区域の一角に前進拠点を築いた〈レギオン〉だが、ヘイル・メアリィ連隊による汚い爆弾の使用を、その意図がつかめないからこそ警戒したらしい。

第三七機甲師団担当戦区は一時的に〈レギオン〉の攻勢が停止、その分だけ反逆者を追うレディ・ブルーバード連隊は動きやすくなった。起爆地点から行動範囲を絞りこみ、また捕虜から得た情報を元にして、分散して潜むヘイル・メアリィ連隊を追跡する。

一方で〈レギオン〉の攻勢が予兆すらないのだから、機動防御を担当する機動打撃群はその間、手が空くこととなった。

時間があるならといつもより入念に行われた、隊舎でのデブリーフィング。集まった第一機甲グループの大隊長と戦隊長を見回して、最後にシンが問う。

「他に、何か確認事項は？」

質問や報告が出ないのを確認してからリトは手を上げた。作戦には直接関係はないと言われたから自分も、きっとミチヒたちも棚上げにしてきたが、せっかく時間が空いたのだから。

「あの、隊長。別件になっちゃうんですけど、いいですか？」

「この場の全員に、共有すべきことなら」

「あー……多分、そうです」

そう、たとえばこの兵舎に戻る前。〈レギンレイヴ〉はなるべくなら汚染区域には近寄らない方がいいから基地で待機していてくれとミアロナ中佐が言って、シンやライデンがそれに疑問を持った様子もなく頷いていたのとか。

そんな風に、リトにはそれが何故だかもわからない指示や警告にためらいなく頷ける知識。

「核兵器ってどういうもの、っていうか。つまり何ができて、何が危ないものなんです？」

質問されたシンが同席していたヴィーカに説明を丸投げして、ヴィーカがザイシャに丸投げしてザイシャが目を白黒させたところで、シデンはブリーフィングルームを出た。

核兵器についてはシデンも多くのエイティシックス同様、よくわかっていない。

わからないのだからこの機会に、残って聞いていればよかったのだけれど。実際ミチヒがどうやらそのつもりで、手すきの隊員を呼び集めに出ていったのだけれど。でも。

だって、シンに聞くのは業腹だ。

レーナがいたら彼女に聞いたのだが、今はいない。グレーテや幕僚はもちろん知っているだろうが、彼女たちは戦闘の合間の今こそ忙しいだろう。

あとでオリヴィア大尉にでも、教えてもらうか。

そう考えていたら、一度戻ってきたらしい。ミアロナ中佐が歩いてくるのが見えた。

核兵器に関する指示を、出しているのは彼女だ。当然詳しく知ってもいるのだろうから。

「中佐殿、すんません。ちょっと質問いいすか」

「うん、構わんよ。なんだねイーダ少尉？」

えっとシデンは目を見開く。ミアロナ中佐が連絡事項を伝える相手は旅団長のグレーテや幕僚や、総隊長のシンやツイリたちだ。一戦隊長のシデンとはこれまで話したこともない。

それなのにあたしの顔と名前も覚えてるのか、と、少なからず驚きつつシデンは続ける。

「その、……ヘイル・メアリィ連隊が持ちだして、問題になってる核燃料だの核兵器だの放射線だのって。……原子力って結局、どういうものなんすか？」

果たしてミアロナ中佐は、がばりと振り向いてものすごい勢いでつめよってきた。

「ききき興味があるのかね⁉」

思わずシデンは身を引いてしまう。長身のシデンには珍しく、見下ろされるのも怖い。

「いやその、興味というか、全然わかんねえから知りてえなってだけで」

「充分だよ素晴らしい！　わからない、だから知りたい学びたい！　その考え方が大事なのだから！」

拳を握って力説するミアロナ中佐に、シデンは思いきり引く。しまった。これなら嫌でも、シンに聞いた方がよかっただろうか。

はっとミアロナ中佐は我に返る。

「それで、ええと原子力だね。そうだな……、たぶん私が説明すると、やりすぎて君は引いてしまいそうだな」

残念ながらすでにシデンはドン引きである。よくある反応なのか、気にした風もなくミアロナ中佐はにこにこと続ける。

「とりあえずわかりやすいアニメーションがね。うちの研究所の見学ツアー用に作ってあるから。まずはそれを渡そう。見たい子たちで見てくれ。もう少し進んだ内容の資料もこの作戦の間に用意させるから、興味が湧いたなら君たちの基地に戻ったらゆっくり読んでみてほしい。ああそう、アニメの内容に質問があれば、それも私か後ろの彼が受けつけるよ」

控えていた部下の青年士官が余所を向いて小声で、知覚同調越しの誰かにさっそく手配を指示している。あれとこれとそれも、とミアロナ中佐が、多分書籍名を追加した。

ともあれ思いがけない手厚さと熱意に、シデンは呆然となる。軽い気持ちで聞いたのにこんなにもしっかり、教えてくれようとするとは思わなかった。

少し慌てて頭を下げた。

「ありがとうございます」

「なに、ミアロナ家の専門はその原子力だからね。興味を持ってもらえるのは嬉しいんだ。原子力はね、美しいよ。危険だが魅力的だ。君たちのペースでぜひ、楽しんでくれたまえ」

言葉どおりに心底、嬉しそうに。ミアロナ中佐は笑う。

「繰りかえすが、わからないから知りたい、学びたいと考えられるのは本当に大事な資質なのだ。ぜひその気持ちの赴くまま、あちこちの学問の扉、技術の扉を気軽に開けて覗いてみてくれ。きっとその中に、心から気に入るものが見つかるさ。——そしてそれが、」

匂いたつ大輪の薔薇のように華やかに、あでやかに。

「我らが美しき原子力だったなら、私は嬉しい」


シデンと別れて、ミアロナ中佐はいたく機嫌が良い。

「いや嬉しいな。優秀だな彼女は。エイティシックスはみなそうなのだろうな。だったら新型核融合炉の見学会とか企画したら、戦後にはうちの研究所に一人くらい……」

従う部下が苦笑する。彼女の〈ヴァナルガンド〉で操縦士を務める、年上の部下。ミアロナ家の所領である属領シェムノウの郷士の家の出で、優秀さゆえに兄が見出し、学友として腹心として、仕えてきた青年だ。

前線で連隊を指揮する妹を守ってほしいと兄が遣わしてくれて、今は彼女の傍らにいる。敬愛する兄と同い年の、幼い娘の時分には仄かな憧れさえ抱いていた青年。

「嬉しそうですね、姫様」

「当然だろう。学ぶ機会を与えられて、それを生かしてくれるのはなんと嬉しいことか」

そうでないと彼らは、伝え聞く地獄の八六区では生き残れなかったのだろうけれど。

苦く、ミアロナ中佐は思う。

八六区を生き残るために。戦いぬくために。

エイティシックスたちは学ぶことを、考えることを、その上で決定を下し、その判断の責任を己が負う覚悟を持つことを、求められたのだろう。その全てを身に着け、こなしてきたから生き残れたのだろう。――できない者たちが死んでいく中で。

〈レギオン〉との戦い方を学ばない者が。戦闘ごとに変わる作戦を考えない者が。兵装の選択を、潜む地形を、優先的に屠るべき敵機を自分で決められない者が。自分の判断の責任を他の誰も、本当には背負ってくれない戦場で、それでも生きぬく覚悟を持てない者が。

もちろん出来たとしても、死んでしまうことはあっただろうが――そんな環境で生き残ったからには機動打撃群のエイティシックスは全員が、その資質を身に着けているのだろう。

学び、思考し、決断し、その責任を負う。――誰を支配せずとも何を領有せずとも、己一人であっても己の王たらんとする支配者の資質を。

ふと、その煙る珈琲色の双眸が厭わしく歪む。

「……嬉しいさ。学ばない。考えない。決められない。己一人の責任を負う覚悟がない、無様なニワトリどもを見た後ではなおさらにな」

離反者どもの拠点の一つを、鎮圧に赴いてレディ・ブルーバード連隊は迎撃さえされない。『核兵器』の製造拠点であったらしい。危惧したとおり、放射線の害など考えもせずに燃料棒をこじ開けたようだ。漏れでた放射性物質に汚染され、致命的な高線量を帯びる一帯。

レディ・ブルーバード連隊はそれも予期していたから、ヘイル・メアリィ連隊鎮圧には装甲の厚い〈ヴァナルガンド〉だけを投入している。装甲強化外骨格（ウルフヘジン）や〈レギンレイヴ〉の薄い装甲では、機体外からのガンマ線は防ぎきれない。その程度の知識を、帝国においては原子力の研究を担（にな）ったミアロナ家の、所領連隊に属する彼らが知らぬはずがない。

一方で、原子力についてなにかすばらしい、夢のエネルギーだとしか認識していないヘイル・メアリィ連隊の兵士たちは、大量の放射線を無防備に、生身のままに浴び続けた。

放射線は人の目には見えない。痛みも、熱も感じない。
命取りとなる線量をも、気づかぬうちに浴びてしまう。

離反者たちは全員が無力に倒れ伏す。士官の階級章をつけたままの一人に、〈ヴァナルガンド〉の一輌（いちりょう）が光学センサを向けた。ヘイル・メアリィ連隊の指揮官の一人、チルム・レワ。
『こいつも放射線酔いだな。――仮にも属領シェムノウの郷士が、放射線の被害にあうか』

次々と報告される各拠点の鎮圧の様に、ミアロナ中佐はため息も出ない。

「〈レギオン〉を焼き払うどころか、自分たちが放射線に殺されるか――ノエレ・ロヒは最後まで、まともな知識の一つも身につけなかったな」

ミアロナ家に臣従し、ラシ原発を領したロヒ家の跡取りだ。主家の研究内容や所領の財産についての知識くらい、学んでいてしかるべきだというのに。

大領主の姫としてミアロナ中佐は、配下の世襲騎士や郷士の子女とも幼時から交流を持っている。有為な子供を早くに見出し、選抜して教育する目的での交流だが――ノエレは選抜に値しなかった一人だ。郷士の資質さえも怪しい娘だと、当時から感じていた。

その印象そのまま、回収した『核兵器』はあろうことか、薄っぺらい金属のバケツにそのまま燃料ペレットを詰めこんで、遮蔽もせずにトラックの荷台に積まれていたという。

「……大統領殿は革命だけ起こしておいて、充分な教育も行きわたらせていないが、」

それでもノエレもその配下も軍で教育の機会を与えられていたのにと、ミアロナ中佐は思う。同じ属領の同じ元農奴出身の兵でも、多くの者は最低限、必要な知識は習得しようとする。自己研鑽に励んで下士官への昇進資格を得る者も、中には士官に昇進する者さえ。

その一人である副官の少尉が、淡々と報告を続ける。メアリラズリア市の出身で、しばらく任を離れるかと聞いたけれど、気にしないでくださいと気丈に応じた女性士官。

「聴取した製造分隊の全拠点は、これで制圧。実働分隊の制圧も進捗中です。兵卒は全て処分済み――レクス・ソアスに代わる情報源としては、チルム・レワを確保しています」

『核兵器』の起爆地点で確保後、一時は尋問が可能なまでに回復して見えた――当人は回復したと思っていたろうレクス・ソアスは、その部下ともどもすでに死亡している。

放射線酔い――急性放射線障害は、初期の不調の後は一時的に症状が軽快するが、それは治癒したわけではない。放射線の影響を受けやすい骨髄や消化器、外部から組織を守る部位であるがために多くの放射線に晒される皮膚の損傷が、やがて表に現れてくる。

浴びたと推定される線量からして、まず助からないだろうと思っていた。

前線では貴重な医療リソースを、脱走兵に割かせるつもりもミアロナ中佐にはなかった。

尋問にも値しない雑兵どもも、新たに捕らえたチルム・レワについても。

「ノエレ・ロヒとニンハ・レカフ、本隊の居場所を吐かせろ。割りだしが先に完了したなら処分して構わん」


一帯の〈レギオン〉どもを消し飛ばし、その鮮烈な戦果を以て北方第二方面軍と連邦の目を醒まさせるはずの核兵器は、トラック一台を木端微塵にしただけだった。

レクスのその報告だけでもノエレを混乱させるには充分だったが、刻々と悪化していく事態が恐慌(きょうこう)に拍車をかける。

核兵器の戦果の確認に残ったレクスとその部下が、先の報告を最後に帰ってこない。

製造分隊は核兵器を作り終えた後、全員が倒れて誰一人生き残らなかった。

その核兵器をそれぞれに抱えて競合区域(コンテスト・エリア)の各所に潜み、ノエレの号令を待っている実働小隊が――いまや連邦軍の追手に次々と駆りだされ、無慈悲に鎮圧されている。

「どうして……こんなはずは、これで何もかもうまくいくはずなのに……!」

私は何も、間違っていないのに。

私は正しいのだから、全部うまくいくはずなのに。

ノエレが狼狽(ろうばい)する間にも、別働部隊はなおも鎮圧されていく。最後の製造拠点が制圧され、チルムが追手に囚(とら)われたと、部下の一部と共に戻ってきたニンハが青い顔で伝える。

息を詰めて聞いていた領民たち、子供の頃から気の弱いヨノが泣きそうになる。

「ひ――姫様。みんな、私たち以外死んじゃったって……!」

「ほんとに、ほんとにうまくいくんですよね姫様!?　核兵器はちゃんと〈レギオン〉ぶっ倒して、連邦軍から俺たちのこと守って、――俺たちのこと救ってくれるんですよね!?」

「それは……」

うまくいくはずだ。

うまくいくはずだけれど、うまくいかなかった。失敗した。違う。失敗だなんて認めてはいけない。誇り高き帝国貴族が、そんな風に敗北を受けいれるなんてあってはならない。

「……もちろんです！　今度こそメアリラズリアの青き焔で貴方たちを救ってみせます！」

ほっと領民たちの表情が緩む。

樹々の狭間、連邦軍がかつて造った道をたどって〈ヴァナルガンド〉の一個小隊が躍りでる。

——分隊の各拠点の配置、わずかに残ったトラックの轍の進行方向。それらからヘイル・メアリィ連隊本隊の潜伏位置を割りだした、レディ・ブルーバード連隊の追手。

「——逃げなさい！　早く！」

声を嗄らして叫んだ。立ちすくんでいた領民たちが一斉に逃げだした。

暗い原生林に飛びこみ、朽葉を踏みつけ、足を滑らせながらも疾走する。未だ梢を離れぬ葉叢の薄闇の中、明るい樹々の向こうを誰もが無意識に目指して。

「あっ……」

気づけば眼前は、河だった。

逃げ道を塞がれてノエレたちは立ちすくむ。シハノ山岳の麓を流れてヒアノー河へと注ぐ人工河川、タタツワ新河道。

流れは緩やかだが向こう岸は数百メートルの彼方、とてもではないが渡れない。晩秋のこの時期水温は低く、人の体温など瞬く間に奪われる。

樹々を分けて鋼の機影が、反逆者たちを追いつめる。最初に現れた小隊四機だけではない。パワーパックの甲高い叫喚を響かせながら、一個中隊十六機が進みでて彼らを包囲する。

「く――くそっ……！」

無様に逃げたことを恥じるかのように、今更になってキアヒがアサルトライフルを構える。震えるヨノを、ミルハが庇う。立ちつくすノエレの前に、メレがそっと立ちはだかった。

場違いにも胸が、甘く鳴った。

「メレ――私。私ほんとうは……」

〈ヴァナルガンド〉の機銃が旋回して向く。もはや投降を促しさえもしない、その動作。

そして。

青い光が、蒼穹を薙いだ。

その光は被曝を避けて偵察任務を中断、工兵の補助に回った船団国群義勇兵の目にも映る。霧を透かした陽光でもなければ、雷鳴でもない。高温を示して青白い、集束された焔の線。懐かしい、そして忌々しい。故郷の戦場で見慣れた焔。

思わずイシュマエルは低く呻(うめ)く。まさか。こんな内陸の戦場で——まさか。

「おい嘘(うそ)だろ……」

あの焔(ほのお)は。


その報告に、さしもの北方第二方面軍参謀長も色を失った。

「ヘイル・メアリィ連隊残党、および首魁(しゅかい)のノエレ・ロヒ、ニンハ・レカフは逃亡。——鎮圧に向かったレディ・ブルーバード連隊第二機甲中隊は、全滅したとのことです」

一個中隊とはいえレディ・ブルーバード連隊の精兵が農奴風情(ふぜい)を取り逃がし、あまつさえ全滅したなどありえないことだが、参謀長が蒼褪(あおざ)めたのはそのためではない。大貴族の一員として幼時から感情の制御を叩(たた)きこまれた彼女は、その程度で笑みを絶やしはしない。

その彼女にさえも、恐れを抱かせたのは。

「タタツワ新河道に出現した——原生海獣(クジラ)の攻撃で」

第三章　叶いたまえ、ヘイル・メアリィ

ロギニア河以南をかつて流れていた数十もの河川の水を、一手に引き受けるのがタタツワ新河道だ。川幅は最大で三百メートルにも達し、滔々と流れる莫大な水量。

その生き物がたどるにも、なるほど多少狭くはあろうが不足ではない。

東西の岸辺の森林から降りしきる無数の紅葉と、そのもたらす微細な波紋が贅美な綾錦に織りあげた水面を割って、それが頭をもたげる。

長い首。竜のように尖った頭部。王冠のごとく天を衝く角。北の碧い海を支配する海洋の王、原生海獣。

ごちゃごちゃと群れる人類など気にも留めず、両岸を見渡す。悠然と巡らせる竜の頭部の、孔雀色をした三つの眼球。

ヘイル・メアリィ連隊も追ってきた機甲中隊も、思いもかけぬ王の降臨に呆然となる。

全長は七十メートルほどと、この種の原生海獣の成体としてはまだ小柄だ。けれどちっぽけな人間にとってはあまりにも巨大な、誰もが絶望と恐慌に陥る威容だった。

追いつめられ縮こまるヘイル・メアリィ連隊の残党は、絶望が勝ってそのまま硬直した。

恥ずべき離反者どもを追いつめ、義憤と殺意を訓練された意志の力で押しこめて掃射の命令を待っていた機甲中隊は、加えて噴き上がった途轍もない恐慌を何人かが抑えきれなかった。

銃爪が引かれる。重機関銃がスタッカートを刻む。

人間程度は真っ二つに引き裂く強力な銃弾が原生海獣の透明な鱗に突き刺さり、そしてその下の装甲鱗にものの見事に弾かれる。――四〇センチ爆雷投下砲で武装した征海艦や遠制艦とも真っ向から渡り合う海の王に、一二・七ミリ弾ごときは豆鉄砲にすぎぬ。

害意だけがただ、伝わった。

原生海獣の三つの眼球が機甲中隊を向く。がばりと巨大な口が開く。

転瞬、薙ぎ払った青白い焔の線に、〈ヴァナルガンド〉がまとめて燃え上がった。

砲塔を、車体を、拘束セラミックと重金属から成る複合装甲を、委細区別することなく熱線が薙ぐ。砲塔内の砲弾が誘爆する業火が次々と、一瞬遅れて斬撃の軌跡を追う。

一個機甲中隊十六機が――ただ一撃で、壊滅した。

炎上する鋼鉄の騎馬の残骸を、原生海獣は無感動にしばし見下ろす。動く者はもはやないと見てとって、ざばりとふたたびタタツワ新河道の錦の水面に没する。

あとには身を縮めて寄せ合ったままの、ヘイル・メアリィ連隊の残党だけが残される。

ずいぶん経ってようやく、詰めていた息をそろそろと零した。

「助けて……くれた……？」

呆然と、ノエレは呟いた。ざわりと領民たちが、その言葉にざわめく。

「助けられた……？」

「守ってくれたのか。あの化物が、俺たちを」

そうとしか思えない。

あんな大きな、おそろしい怪物が、自分たちが追いつめられたまさにその瞬間に現れて。ノエレたちを守るように救うように、連邦軍の追手だけを全て罰して。

「助けてくれた。私たちが間違ってないから、正しいのは私たちだから。だから、守ってくれたんだわ……！」

メレだけは打たれたように、原生海獣の去った水面を見つめる。神の啓示を受けたように、碧洋の暴竜の威容は青年の心に衝撃をもたらす。

あのおそろしい、異質な、あまりにも強大ないきもの。

そんなものが、訪れた。──姫様を助けに現れた。

それならあの怪物は、ただ助けてくれただけじゃない。

あの竜は──姫様が振るう剣として鉄槌として、現わされた神意であり、神威だ。

「——出現した原生海獣（クジラ）は、画像の特徴からして熱線種（フィサラ）。砲光種（ムスクラ）から派生した小型の亜種だ」

†

それについての説明に、征海氏族の長であるイシュマエルが呼ばれるのは当然だ。

北方第二方面軍統合司令部の大会議室。居並ぶ将官たちに、イシュマエルは平然と対する。艦隊司令の『子』として幼い頃から原生海獣（クジラ）と、無情な海と渡り合ってきた彼には元帝国の貴族ばかりの将官も、怖（おそ）れるには値しない。

「船団国群の沿岸には毎年、北の碧洋（へきよう）から流氷が流れてくるんだが。たまにその流氷に乗って原生海獣（クジラ）の幼体が——特に小型の破甲種（モノケラ）と中型の音探種（レウカ）の幼体が迷いこむことがある。それを探して、原生海獣（クジラ）の海中艦隊が普段は入らねえ船団国群（こっち）の領海まで進出してくるんだ。連邦の戦線まで来ちまったのは、多分ズィノリ軍港経由でヒアノー河を遡ったんだろ」

ウォミサム盆地北部を西から東へと流れたヒアノー河は、ゆるく北へと蛇行して帝国唯一の北の軍港ズィノリへと繋（つな）がっている。軍港周辺は船団国群の領海と接しているから、原生海獣（クジラ）がズィノリ港に入りこみ、ヒアノー河を遡上（そじょう）するのもありえないことではない。

「ただ、連中にも領有の概念があるから、人間側の領海じゃこっちが手出ししねえ限りは向こうも攻撃してこない。幼体を見つけりゃ帰ってくからそれまで遠巻きに監視するくらいだな」

ふむ、と佐官の一人が身を乗りだした。

「幼体を探しに、か。……それは利用できるのではないか？　幼体を確保し、成体に〈レギオン〉を襲わせることは。あるいは幼体を育成して、指示に従うよう調教するのはどうだ」

イシュマエルはしばし、沈黙した。

「……できるならとっくにやってると思わねえ？」

十一年に及ぶ〈レギオン〉戦争の間に。さらには。

「あんたら帝国や連合王国相手に、さ。……何回試してもそいつができなかったから、船団国群は何百年も、帝国にも連合王国にも臣従してきたんだろうが」

今度は佐官が沈黙した。

「……それもそうだな」

「だろ。それに、幼体ったって原生海獣(クジラ)だ。一番小さい破甲種(モノケラ)幼体だって人間よかデカいし力も強い。幼体の分際で鉄板ぶったぎる生体鋸のおまけつきだ。まして砲光種(ムスクラ)の幼体だったらもう手に負えねえよ。近づいた瞬間丸焦げだ。……だいたい、」

ふっとイシュマエルは皮肉に笑う。自分たち征海氏族はできなかったが、連合王国の天険、竜骸山脈(りゅうがいさんみゃく)。盟約同盟の霊峰ヴルムネスト山。今はその名にだけ存在を残す。

「陸(おか)の原生竜は、とっくに絶滅させちまったろ。今はレーダーも航空機も満足に運用できないっつっても、あいつらだって本領発揮できない場所じゃやそこまで強くないんだ」

陸戦の覇者たる〈レギオン〉たちを、真っ向から相手取るには。

同じ情報はタタツワ新河道近傍での挺進作戦を控えた、機動打撃群にも共有される。

連邦と連合王国と盟約同盟、属する国の異なる兵に齟齬や軋轢が生じないよう、定期的に行っている指揮官同士のミーティングで、ヴィーカの代理で出席しているザイシャが言う。

「それならあえて狩るまでもなく、原生海獣と〈レギオン〉で相打ちとなるやもしれませんね。――〈レギオン〉は人と獣を区別しない。熱線種とて〈レギオン〉から攻撃を受ければ、反撃もするでしょうから」

熱線種の熱線は〈ヴァナルガンド〉と同様に、戦車型とて熔断するだろう。一方で原生海獣の装甲鱗といえど、厚さ六〇センチの鉄板をも撃ち抜く戦車砲の直撃にまで耐えられはしまい。

ん、とオリヴィアが眉を寄せる。

「それは、どうだろう。……〈レギオン〉は熱線種を、敵性存在と見なすだろうか。一定以上の大きさの恒温動物なら、人も獣も区別なく殺すのはそのとおりだが――全長五十メートルにもなる原生海獣が、はたしてその範疇に入るものだろうか」

〈レギオン〉はあくまで、兵器として造られた殺戮存在だ。殲滅すべき対象は基本的には敵兵、つまり人間だ。獣まで殺す必要は本来ない。それでも殺すのは融通の利かない自動機械が、人か獣か迷った時にはとりあえず殺すよう、故意に識別の精度を甘くしてあるためだろう。

そうであるなら体温や大きさが明らかに人と異なる獣は、攻撃の対象とはならないはずだ。

「私が知っている限り、〈レギオン〉に殺されるのは狼や野生の山羊(やぎ)だ。猫や兎(うさぎ)が殺されたとは聞かない。それなら反対に大きすぎる生き物も、攻撃はしないんじゃないかな」

ちょっと待って、とグレーテがレイドデバイスをつける。しばらく話をして同調を切った。

「……ノウゼン大尉から、何人かに聞いてもらったけど。大尉も他の子たちも、狼や羊や豚は殺されても、馬や牛みたいな大きな家畜が殺されるところは見たことがないそうよ」

街や物資と同様、放棄された家畜類が戦場周辺に残っていて、その姿を見ることも多かったのが共和国八六区の戦場だ。当然、残された彼らに〈レギオン〉がどう反応するかも。

「ですが……実際に、船団国群では戦闘を――」

言いかけてザイシャは思い至る。

「……いえ。摩天貝楼(まてんかいろう)拠点では原生海獣(クジラ)が先制したと聞いています。それに電磁加速砲型(モルフォ)とも電磁砲艦型(ノクティルカ)とも、原生海獣(クジラ)は戦闘を行わなかったと。とすると」

頷(うなず)いてグレーテは結論を引き取る。

そううまい話などあるものではないと、最初から期待はしていなかったが。

「陸では反撃しかしない原生海獣(クジラ)と、大きすぎる生き物は攻撃しないらしい〈レギオン〉。相打ちになってくれたら機動打撃群の作戦は楽になったんだけど、そうはいかないようね」

†

斥候型(アーマイゼ)と警戒管制型(ラーベ)に慎重に北方第二方面軍の動静を探らせ、指揮官機は判断を下す。

《ファイアフライより各機。――放射性物質飛散弾(ダーティ・ボム)の使用は、一部隊の離反と暴走と判断》

北方第二方面軍の策略ではない。逃亡した小部隊が引き起こしたある種の事故だ。

離反部隊が保有する核燃料は、指揮官機の生前の知識では転用が可能だ。奪取し利用することも検討したが――核兵器は無論、放射性汚染弾(ダーティ・ボム)もまた禁則事項(プロテクト)で製造も運用もできないと発覚しただけだった。この時点で離反部隊は利用価値を失い、放射線に強い〈レギオン〉たちにとっては脅威度の低い小部隊、単なる排除対象の一つに堕した。

ただし北方第二方面軍にとっては依然、離反部隊は一定の脅威となる存在だ。捜索し、制圧し、核燃料を回収する手間を、放射線の影響を受けやすい人類はかけねばならない。

作戦準備を進める時間を、離反部隊こそが稼いだかたちだ。

《攻勢を再開。北方第二方面軍を圧迫し、また放射性汚染弾(ダーティ・ボム)保有部隊の捜索活動、支配域への偵察行動を妨害する。――注意事項あり。機動打撃群の北部第二戦線への進出を確認》

離反部隊が〈レギオン〉に、もたらした恩恵はもう一つ。

情報では連邦、西部戦線にて生産拠点の制圧作戦に従事するとされていた機動打撃群を、北部第二戦線の機動防御に使わせて曝けださせた。挺進作戦に従事するため、秘密裏に北方第二方面軍に加わっていた彼らを作戦前に引きずりだし、連邦の欺瞞工作を早くも暴いた。

機動打撃群の迎撃準備は、ノゥ・フェイス指揮下の集団が進めていたが——連邦に挺進作戦を強い、罠を張っていたこの北部第二戦線でも幸い、同じことは可能だ。

《グリルス・ワン指揮下の隊は凍結を維持。——機動打撃群、および優先目標〈バーレイグ〉の鹵獲を試行する》

†

追手の機甲中隊は壊滅したが、位置の割れた本拠の倉庫群にも戻れない。ヘイル・メアリィ連隊の生き残りは探索の目を避けて森を進み、石造りの建物がわずかに残る、村落の跡に行きついた。——スニーニエヒ、と村の名前が、風雨に褪せきった道標にわずかに残る。

大きな建物では唯一屋根が残った集会所に隊員たちと落ちついて、ノエレはまだ昂奮が収まらない。生き残りはもう、ノエレの領民とニンハの部下を合わせても一個中隊ほどしかいないけれど。核兵器も、本隊が持っていた分しかなくなってしまったけれど。

原生海獣が追っ手を倒して、私たちを助けてくれて。私たちが正しいのだと認めてくれて。

私が何か間違えただなんて、私が間違っているだなんて、認めたくもない悍ましい考えを認めなくて良くて。

核兵器を積んだトラックを、村はずれの倉庫に隠しにいったメレたちが戻ってくる。そのままメレが、彼もまた昂奮の収まらない顔で歩み寄ってくるからノエレは不意にどきりとなる。

連邦軍の追手との戦闘と、それからの逃避行で一日泥と汗にまみれて、湯あみもしていない自分の体の汚れも気になるが、それ以上に――これが最期だと覚悟したあの時に、庇ってくれた目の前の彼に告げようとした秘めた想いの行方が。

伝わってしまって、いない、わよね？

ノエレは貴族の娘だ。領民のメレとは、身分違いだ。

だから決して伝えられない――生涯胸に秘めておかねばならない、淡い初恋。

「メレ、その……」

「姫様は、すごいですね」

もじもじと握りあわせるノエレの両手を、気づかずメレは強く掴む。

「助けてくれた。姫様が正しいから、神様が助けてくれたんですよ！」

純粋な信頼と、崇拝の眼差しだった。熱っぽくさえある青い瞳をまっすぐに、至近距離で向けられて、ノエレは最善までの狼狽も忘れて天にも昇る心地になる。

「――ええ！」

メレは私を、認めてくれている。信じてくれている。嬉しい。嬉しい。嬉しい。

その信頼にこそ、応えたいから。

「作戦を続行します。核兵器も、次こそはうまく――……」

昂奮したキアヒが割りこんだ。

「そうだ、俺たちにはあの原生海獣が味方なんだ！　――〈レギオン〉ぶっ殺すのも、このまま原生海獣に手伝ってもらおうぜ！」

「え、」

思いがけない言葉にノエレは虚をつかれる。

私は、このまま核兵器を。故郷の街を、私の大切な皆を、幸せにしてくれた原子力の焰を。だって原生海獣が私はただしいって証明してくれたんだから、うまくいくはずの核兵器を。

けれどメレは強く頷く。

「そうだ、姫様は神様に選ばれたんだから。〈レギオン〉なんて原生海獣が倒してくれる」

「竜の神様なら、バケツより様になるしね。勝手に戦ってくれるんだから楽でいいよ」

同調してリレが何度も頷き、その横でミルハがぎゅっと顔をしかめる。

「だいたい核兵器、近づくと金属みたいな味するだろ。何も舐めてないのに。不気味だよ」

「えっそうなの!?　怖い！」

「大丈夫だって。原生海獣ならそんなことないんだから。ねえ姫様！」

いつものとおりにヨノが怯えて、これもいつもどおりに能天気にオトが笑い飛ばす。晴れた夏の空のように曇り一つない、あけっぴろげな笑顔がノエレを向くから、最初こそおろおろとやりとりを見守っていたノエレもだんだんと彼らが正しいような気がしてくる。

そう、そうなのかもしれない。

原生海獣（クジラ）の方が、神様みたいに助けてくれたあの生き物の方が、いいのかもしれない。

メレが繰り返す。熱に浮かされたような、その信頼の、崇敬の眼差し（まなざし）。

「そうだよ。姫様は神様に選ばれたんだから。あの原生海獣（クジラ）は姫様の剣なんだから」

選ばれた。そう、自分は——やはり正しいのだ。

だから自信を持っていい。何も疑わなくて、心配しなくて、余計なことは考えなくていい。

そう思おうとするけれど、ノエレにはどうしても不安が拭いきれない。やはり自分は、よくわかっている核兵器をこそ選びたい。というか。

原生海獣（クジラ）は、だって、助けてくれたという以外に何にもわからないのに。

それなのに、頼ることなんて本当に、——できるのだろうか。

†

馬鹿の暴走による作戦の延期に、思い知らされた連邦の苦境。汚い爆弾（ダーティ・ボム）の汚染と競合区域（コンテスト・エリア）の一角の支配権喪失。そこにきてとどめの、原生海獣（クジラ）の出現とヘイル・メアリィ連隊の逃亡。

ついにシンも、限界に達した。

兵舎の一部を区切った共用の執務室で、へたったソファの背もたれにぐでっと寄りかかったまま天井を仰いで動かないシンにライデンは言う。

「まあ、なんだ。頑張った方だろ」

「……もういやだ」

「なんか、コーヒーでも飲むか？　淹れてきてやるけど」

子供みたいなぼやきに苦笑して問う。ソファに沈んだまま、力のない声でシンは続ける。

「レーナに会いたい……」

「おう……」

願望を人前でダダもれにしない気力すら消失している。これは大変な重症だ。

アンジュが苦笑する。

「シン君、深刻なレーナ不足ね」

「レーナもいねえ上にこんなアホな状況が続いちゃ、そりゃ充電もきれるわな。……無理すんな。今日くらいお前もへたってろ」

部隊の士気を削がないとか、レーナに心配をかけたくないとかレーナに恰好つけたいとか、そういうつもりでどんなに馬鹿げた方向に事態が動いても平静を装っていたのだろうが、それにしたって限度というものがある。正直ライデンだってうんざりしっぱなしだ。

ことんとクレナが小首を傾げた。

「それなら、レーナと知覚同調繋いじゃえば？　ちょっと話せば元気出るんじゃない？」

「おいやめてやれクレナ」

「クレナちゃん、それもしかして仕返し？」

「えっ」

半眼でライデンは言う。

「レーナには恰好悪いとこ見せたくねえってんで、今まで必死に平静とり繕ってたこいつの面子とか男心とか、そういうのも考えてやれや」

「……おれのプライドを考えるなら、それをおれの目の前で説明しないでくれないか……」

「シン君、それ、こんな共有スペースでぐったりしておいて言うことじゃないわよ」

ふむふむとクレナは頷いた。

「なるほどー。じゃあ繋ぐね！」

「は？」

「ちょっとクレナちゃん⁉」

愕然とシンが跳ね起きてアンジュがぎょっとなる。

無視してクレナはレイドデバイスを起動した。

本当はいけないことだし、レーナはレイドデバイスをつけていないかもしれないが。

「――あ、レーナ」

たまたまつけていたらしい。繋がった。きょとんとした銀鈴の声が応じる。後ろで遠く、療養所に一緒に行ったティピーの声。

『クレナ？　どうしました？』

「うん、実はね。今シンが、深刻なレーナ不足になってるの」

『えっ』

「おいクレナ！」

ライデンの制止もやっぱり無視して、澄ましてクレナはレイドデバイスをシンに投げ渡す。

硬直していたシンだったが、それでもどうにか銀環をつかみ取った。

「……覚えてろよ、クレナ」

「やだもーん。仕返しだもん」

仕返し。そう、ちょっとくらいの仕返しというか。

ふった相手の目の前で、ここにいない別の女の子のこと考えてグズグズしてるひどいお兄ちゃんに、これくらいの悪戯はしてもいいかなと思ったので。

同調を繋がれてしまったのも無情にもレーナ本人にばらされてしまったのももう仕方ないの

で、シンはレイドデバイスをつけつつ執務室を出て隣の居室に向かう。

見送って、クレナはふふんと豊かな胸を反らした。

「ちょっとくらい気を遣ってほしいよね。あたしに」

身を引くことにしたけれども、でも好きなのはまだ好きなのである。

戦慄の面持ちでライデンは言う。

「クレナお前、強くなったな」

「あたしだっていつまでも、ちっちゃい妹じゃないも一ん！」

「さっきのシンお兄ちゃんはちょっと情けなかったから、クレナちゃんが強くてちょうどバランスがとれてるわね」

「ねー！　お兄ちゃん情けないよねー！」

居室との境の簡易壁もつい先ほど閉まった扉も、ぺらっぺらに薄いのだからシン本人に聞こえてるのはわかってるだろうに。

というかわかっているからこそ言ってるんだろうなと、思ってライデンはシンに少しだけ同情した。それとなんだか今後が怖いので、今すぐセオに戻ってきてほしい。

アンジュとクレナはころころと、鈴でも振るように笑いあっている。

「ていうか、ちょっと懐かしいよね。八六区にいた頃みたい」

「そうね。レーナは遠くにいて声だけで。私たちはこんな風にのんびりしてて」

　でも、とふと、アンジュの天の青の双眸が、温かいような切ないような追憶に緩む。

　あの時には受け入れていた、どこかで望んでさえいた運命は、今はもう遠くて。

　あの時に共に戦った仲間は、ずっと隣にいた人は、もういないけれど。

「あれからはずいぶん、変わったわよね。……あんなにわかりやすく、私たちの前でも平気でぐったりしてるシン君なんて見るとは思わなかったし、それにクレナちゃんも。クレナちゃんからレーナに繋ぐなんて、想像もつかなかった」

　クレナは何度かまばたいた。

「……そういえばそうだったね」

　それからふ、と、小さく笑った。

　懐かしく、わずかに後悔と哀切を滲ませて、けれど誇らしく。

「うん。あたしだっていつまでも、小さい妹じゃないもん」

　幼い日の傷に、囚われてはいない。——見えない先へと進むことを恐れはしない。

　それはクレナも、アンジュ自身もライデンもシンも。ここにはいないセオだって。

　ノブが回って扉が開いて、シンが戻ってきたのかと思ったらフレデリカだった。

「外まで声が聞こえておるが。なんぞあったかの？」

　ふふ、と笑ってアンジュは答える。

　語りたくないわけではないが、フレデリカとは共有していない思いでを、説明するのも野暮だろうから。

「そうね。クレナちゃんの成長とか」

「そうだな。世にも珍しいぐだぐだのシンとか」

なんじゃそれは、と食いつくはずのライデンの軽口に。

「……やはり疲れておるのだの。シンエイも」

そう重苦しい顔で、フレデリカが呟くから。

一つ、息を吐いてライデンは問うた。笑みを消して、小さな少女の大きな瞳をあやまたず捉えて。

「お前こそ、なんかあったんだろ。前の作戦からずっと抱えてるよな。……どうしたんだ」

フレデリカが身を震わせた。こみあげた感情を堪えて、そうしようとして耐えきれなくて、ついにぼろぼろと涙が、その滑らかな頬を伝った。

壁が薄いから、……誰かに聞かれてはいけないから。吐きだしたい言葉もそのままには言えないけれど。

「すまぬ。先の作戦、共に行けなかった。そなたたちと共にたたかえなかった」

ライデンたちに、あの隻眼の将にだけ、犠牲を強いて。

自分一人がのうのうと。

ライデンは苦笑する。

「……そんなこと気にしてたのか」

「そんなことではない。わらわは、マスコットなのに、」

　この帝国の女帝なのに。

「守られてばかりじゃ。何もしてやれぬ。何も、できておらぬ」

「……そうか」

　それは違う、とは、ライデンは言わなかった。黙って聞いているアンジュとクレナも。

　辛いのは、わかるから。

　だって無力は、辛いから。

「焦らなくていいんだけれど、焦るわよね」

「……うむ」

「でも、だからって無理しちゃだめだよ」

「う……」

「そんなになんでもかんでも、抱えようとすんな。ただでさえ勝利の女神様だなんて、」

　女帝だなんて。

　戦争を止める鍵だなんて。

「重たいもん背負ってるんだ。それ以上は俺たちの立場がねえからよ」

「……それは、」

けれどひく、と、フレデリカはしゃくりあげる。

「見捨てろ、ということかの……」

ん、とライデンは眉を寄せて、ぐすぐすと鼻を鳴らしつつフレデリカは続ける。

「ヴィークトルめに言われたのじゃ。守る力もないなら、半端に関わるよりも見捨てる方がまだましじゃと」

「あいつ……」

「無力であるなら、救いたいと思うてもいかんのかの……」

渋面でライデンは頭を掻く。……あの王子殿下は、子供相手にずいぶんなことを。

救う力も、覚悟もないくせに聖人きどりで上から手を差しのべて。夢見た救世主になれなかったと被害者面で手を放すくらいなら、それはたしかに、関わらない方がマシだろうが。

「救いたいと思うのが駄目なんじゃなくて、自分の力の及ばない範囲、自分の責任じゃないことまで自分のせいにする必要はないってだけだ。ヴィーカの奴は」

間違いなく確実に、そんな殊勝な意図で言ったわけではないだろうが。

「それこそ、王子様だからよ。誰も彼も救わなきゃいけねえし、救えなかったらその責任を負わなきゃならねえ。そいつは、王子様だから耐えられるだけの、王子様だって肚括ってるから覚悟できてるだけの、重てえもんだろ。背負うなって、そう言っただけだと思うぜ」

「………」

「無力だって認める方が、しんどいし辛いってのも、わかるけどな。無理はすんな」

無力から逃れようとするあまりにより重く堪えがたい責任を、抱えこんでしまわぬために。

ようやく、フレデリカは頷いた。

「……うむ」

「それと、今言った通りに言われたんなら、それは言いすぎだから言い返していいぞ。なんなら俺が言ってきてやろうか」

「そ、それはいいのじゃ！　子供でもあるまいに！」

ぶんぶんとフレデリカは小さな頭を振る。

しばらくライデンの言葉を吟味して、もう一度頷いた。

「言いすぎなのじゃの。それならわらわの言葉で返すわ。お節介は無用じゃ、過保護の兄様」

「ほほう」

「ただその、」

見返すと、真紅の双眸が上目遣いに見返してきた。

兄に甘える妹のような、無意識に、ごく自然に出てきたらしい仕草だった。

「あやつめのブーツに毛虫のぬいぐるみを入れるくらいの仕返しは、許されるであろうの？」

「………………」

ぬいぐるみなのはフレデリカの良心か、はたまた季節を考慮したか、単に本物の毛虫に触りたくなかっただけか。

「……そのぬいぐるみが解剖されて泣かねえんなら、いいんじゃねえの」

兵舎モジュールの内部の仕切りの簡易壁は薄くて、だから執務室の隣の居室に移ったシンにもフレデリカとライデンたちの会話は届く。

——ちょっと、気にかけてあげて。

その必要はどうやら、もうなくなったらしい。

シンを元気づけようとしてだろう。わたわたと療養所での面白おかしいエピソードを披露しているレーナに相槌を打ちつつ、シンはそっと息をついた。

†

「……あの子」

ユートのいる郊外の療養施設は、軍人以外も利用していて軍病院のように立ち入りは制限されていない。近所の住民が公園代わりに散策していることもある広い前庭を、談話室の大窓からアマリが見下ろして零したのに、ん、とユートは目を向ける。

アマリは前庭の一角を見つめて、落栗色の双眸を険しく眇めている。

「例の、見舞いに来たおちびさんを、連れてきた子だわ」

歩み寄ってユートも同じ方を見やった。前庭を緩やかに囲む手入れされた樹々。すっかり葉を落としたその下に、亜麻色の長い髪を背に下ろした少女が思案する様子で佇んでいる。

「あの子もエイティシックスだって言ってた。同じ家に引き取られて、お姉さんになったから一緒に来たんだって」

「……どうしてここに」

従軍していないエイティシックスは軍による拘束と再検査の対象だ。それを逃れて行方をくらました者もいるらしいし、あの少女もその一人だろうが、……そうであるなら軍に見つかりかねないこの療養所を訪れるのは不可解だ。無論ユートともアマリとも知己ではない。

アマリがふと声を潜める。

「ねえ、ユート。……本当に、連邦軍はあの子たちを保護するつもりなのかしら」

「………。ああ、」

正直なところ、信用できたものではないなとは、ユートも思う。大攻勢以前ならまだしも、今の軍の雰囲気は。

元より市民と他国の同情をかう宣伝部隊として、設立された面もある機動打撃群だ。優秀な猟犬程度に見做している者も多かったろうが——それを隠すつもりさえ、たとえばあの憲兵は失くしていた。

隠さない組織に、建前の人道主義も維持する余裕のない組織に、今の連邦軍はなりつつある。

「少し、事情を聞いてみるか。……憲兵への連絡は、後でもいいだろう」

「あたし行こうか？」

「いや、」

アマリは少し前まで怪我人で、大隊長のユートから見れば部下で、なにより年下の女子だ。

そう言ったらアマリはきっと怒るだろうけれど、年下で女子だ。

危険な橋は、なるべくなら渡らせたくない。

「俺が行く」


昼食を見繕いに酒保に行って、いくつも並ぶ安っぽいテーブルセットの一つでアネットが沈んでいるのをセオは見つける。

酒保のある一角は、連邦のファストフードチェーンがいくつか出店していてフードコートになっているのだ。買った商品の一つもなくテーブルにつっぷしている彼女に、見てしまった以上は放っておけなくて近づいて声をかける。

「アネット。どうしたの？　お腹空いて動けないとか？」

軽口に、アネットは応じなかった。

テーブルに伏したままぼそりと言った。

「裏切り者って、言ってもいいのよ」

「え、なんで」

心底疑問に思ってセオは問う。

アネットは片頬をべたりとテーブルにつけて、話し辛そうなその姿勢のままもそもそ言う。

「共和国はまたあんたたちのこと裏切ったし、あたしはそんな共和国の裏切り者よ」

「そもそも共和国なんか信じてもないから裏切るも何もないし、共和国がやったことが裏切りならアネットがしたのは裏切りじゃないでしょ。なんていうの、暴露？　告発？　告発かな」

ともかくそういう、正当っぽい行為だ。アネットが属す共和国軍の軍規は知らないが、道義とか倫理的に。

「……告発なんていうには、遅すぎでしょ」

盗聴器にされていた子供たちにとってはそれこそ、十年近くも。

「もっと早く、気づいてあげられなかったのかなって。……あたしが軍に入って、知覚同調の研究に関わったのはそんなに前からじゃないけど、それでも軍の、知覚同調の研究に関わってたんだから書類とか、過去の記録とか、見れたんだから気づけたはずなのにって」

助けることが、こんなことになってしまう前に救うことが、もしかしたら自分にはできたかもしれないのに、と。

「……そっか」

できたかもしれないのに、やらなかった。できなかった。

できなかった、のだから。

「だから、……ねえ。あたしのこと裏切り者って、言ってくれない？」

誰を責めることも許されなかった、幼い子供たちの代わりに。

けれどセオは顔をしかめる。

「やだよ。さすがに僕も、勢いでもそうじゃなくても、そういう悪い言葉は言った方が後悔するんだって学習したよ」

語気の強さに、よっぽどの何かがあったのかしらとアネットは思ったが、つっこんで聞いていいことだとも思わなかったので流した。

「そうね。ごめん」

「まあ、責められた方が楽な時もあるってのは、わかるんだけどさ」

責めてやる立場でもないしそもそも言いたくもないのだし、なんというか、そこまで甘えられる関係でもないと思うし。

完全に突き放してしまうのも、そうしたくないとは思うのだけれど。

うーんとセオは考えて、上手く思いつかなかったのでとりあえず言ってみた。

「屋台の揚げパン、アネットが前に病院で教えてくれたやつさ、たしかに美味しかったよ。挽肉と玉ねぎと胡椒に、香りづけの何か、知らない調味料が利いてて」

「……そう」

「それでそこのカフェチェーンのさ、ナッツとチョコレートのタルトも美味しいんだよね」

うち伏したままの前髪の隙間から白銀色の片目だけが見上げてきて、無言のそれにセオは何故だか怯んだがどうにか続ける。

「食べてみない？　とりあえず今日これからは、美味しくそれを食べる時間ってことにして」

「………」

「カフェのコーヒーも一緒に。生クリームとかキャラメルソースとかたっぷりの奴。なんなら紙コップにこう、猫とか犬とかの顔でも描いてあげるからさ」

ふっとアネットは、ようやく少し笑った。

「乗ったわ」

少女は、チトリ・オキとユートに名乗った。

「──書類上は今は、チトリ・ミュラーだけど。お義父さんは無理に今の家に合わせないで、元の名前で過ごしていいって言ってくれてて」

ルーツは連合王国の、属領の淡藤種であったらしい。亜麻色の長い髪に、ごく淡い紫の瞳。人形めいて整った清楚な容姿に、裾の長い上品なワンピースがよく似合う。髪をまとめる、瞳の色に合わせた薄い藤色の細いリボン。

だからこそ足元を固める頑丈な、薄汚れたブーツがひどく不釣り合いだ。

晩秋で気温が低いから気になるほどではない、戦場暮らしの長いユートには今更気にもならない、少なくともここ数日は身繕いができていない少女特有の甘い凝脂の匂いも。

チトリ自身はそれが気になるのか、ベンチに並んだ距離は少し遠い。あるいは同じエイティシックスでも、戦場に残り戦ってきたユートに、そうではない彼女は気後れしたものか。

「わたしは従軍しなかったのに、従軍した貴方たちは怪我をして療養中なのに、迷惑だとは思ったんだけど。でも、……どうしても、聞きたいことがあって」

「連邦軍の内情を君たちに探らせていた共和国人は、もう捕らえられている。情報を聞きだす必要はもうない」

チトリは膝の上に置いた両手を握りしめる。

機動打撃群の、どの少女のそれとも違う。銃把にも操縦桿にも慣れていない、戦いを知らない、か弱い華奢な手。

エイティシックスの中では年かさのユートと、同年齢ならそれはあるはずのないことだ。

「うん。知ってる。……妹は、カニハはそれで捕まったもの」

アマリが会ったという、幼いエイティシックスの〈盗聴器〉の少女。

「その方がいいって思ったの。カニハは、ミュラーのお家に一緒に引き取られただけで私たちとは違うし、……あの子が共和国に協力させられてるのも、知ってた、から」

「……違う？」

「迷惑なのは、わかってるの」

怪訝に、そして慎重に繰り返したユートに、押し被せてチトリは言う。ワンピースの布地を握りしめた織手の、頑なにこちらを見ない紫の瞳。

「でも、じかんがないから――だから、従軍してた貴方たちならきっと、知っているだろうから教えて欲しくて」

つかのま、ユートは沈思する。

仮にチトリが〈盗聴器〉でなかったとしても、機動打撃群の情報は漏らせない。ユートは今は連邦軍人だから、彼の知る多くは機密に属する。ただ。

違う。そして、私たち。

「内容による」

彼女が――彼女たちが〈盗聴器〉とも違う何かなら。それを連邦軍が把握していないなら。聞きだすくらいはすべきだろうし、聞くためにはまず、話をしなければ果たせない。

「ありがとう。……あのね」

チトリは言う。安堵したような。そのくせ酷く追いつめられたような眼差しで。

時間がない。

その言葉を、証するかのような張りつめた眼差しで。

「あのね、」

†

ミアロナ中佐からだという、原子力についての説明アニメをシデンが持ってきて、それはさっそく兵舎の談話室で再生される。他のプロセッサーもなんだなんだと集まってきて、何しろ一個旅団規模の人数のその大半が見たがったので、交代しながら繰り返し。

アニメ自体はよく構成の練られた、まともに学校に行ってもいないエイティシックスたちにもわかりやすい内容だったし、実際とりあえず今知りたい、基本的なことは理解できたが。

「隊長すみません。アレ見たせいでむしろ、わかんなくなりました」

たっぷりのピクルスと塩漬け肉の旨みを利かせたトマトスープ。それがメインの昼食のトレイを両手に持って、テーブルに来てリトは言う。スピアヘッド戦隊とフレデリカと、今日はマルセルがついた食堂の長いテーブル。

ちょうど口に入れたところだったフォークを引き抜いて、マルセルが言う。

「アレ見てわかんねえことなんか聞かれてもわかんねえぜ。俺だって特士士官なのは変わんねえし、正直あれ見てようやくなんとなくわかっただけだし。ノウゼンならわかる?」

「内容によるけど。……詳しい話は、ミアロナ中佐に聞いた方がいいと思う」

「あ、いやそうじゃなくて。アニメの内容の解説ききたいんじゃなくって」

微妙な顔でリトは言う。

「勉強はしてるけど、俺たちって全然追いつけてないわけじゃないですか。けどそんな俺でも核兵器がどういうものかとか、そんな簡単には作れないんだってことはわかったんですよ」

「……ああ、」

「じゃあどうして、ヘイル・メアリィ連隊はそもそもそれがわかんなかったんですか。それにミアロナ中佐が言うには、こないだ爆発してたのも失敗だったんですよね。作れなかったってそれでわかったはずなのに、投降してこないのもなんでなのかなって」

言われてみれば。

シンは、ライデンは、クレナやアンジュやクロードやトールは、互いに顔を見合わせる。

「たしかに、そもそも作り方も確認してねえってのはおかしいよな。初めて作る料理をレシピ見ねえで作るか? 普通」

「クロードそれ、たぶん出来るからってやって失敗したよなってツッコミ待ち?」「うるせえ」

「レシピがなかったとかかな? ……でも、それならミアロナ中佐とかに聞けばいいのに」

「投降については、反逆は重罪だから投降しても極刑は免れないからだと思うけど」

「そうだけど、シン君。だったらなおさら、核兵器の作り方は先に学ぶものじゃないかしら。失敗したら絶対に、死刑になっちゃうんだから」

うーんと少年兵たちは、答えが出ずに考えこむ。

……ときおり無自覚に残酷ですね、エイティシックスは。

少し離れたテーブルで、連隊の部下たちと食事を進めていたザイシャはふっと苦笑する。

それは、エイティシックスたちはわからないだろう。

エイティシックスは王の、支配者の資質を持つ者たちだ。

誰一人従えずとも己一人の王として生きられるだけの、強さと覚悟を備える者だ。

ただ一人の王であるからこそ、か弱い羊の心弱さがわからない。

羊を従える必要がないからこそ、羊を理解してやる必要も感じない。

その残酷を――自覚することさえ。

大領主の継嗣と姫とはいえ、本来ならそう容易く目通りなどかなわぬ相手だ。

ミアロナ中佐とその兄、ミアロナ准将はこの機を逃さず、ロア＝グレキア連合王国第五王子ヴィークトル・イディナローク殿下を会食に招き、光栄にも出席の返事をいただいた。

がちがちに上がった給仕の士官が、どうにか粗相もなく壁際に下がるのを見計らって、ミアロナ中佐は口を開く。

「我が領地の臣民どもが、恥をさらしまして」

ヴィークトル殿下は優雅に嗤う。今なお専制君主制を維持する連合王国の王族が、革命により主君をその座から放逐してしまった帝国臣民どもに向ける、冷徹な眼差し。

「そうだな。臣民自身が望んだ自由だろうに。……何を望んだのかを自分でもわかっていなかった果てが、この様か」

自由と、平等。美しいばかりに耳に響くそれらの——途方もない重さを。

それは革命など望まなければか弱い彼らの先祖どもと同じく、領主に預けたままにしていられた重責だというのに。

「は。実にお恥ずかしい……ですが、」

頷いて、ミアロナ中佐は続ける。羊どもを支配する代わりに。命じ、従わせ、民から知識も選択も奪い去った代わりに必要な全てを学び、あらゆる決断を下しその責を負う、羊どもの主君のその一人として。

研鑽も決断も責任も、自分で負いたくはない羊にとっては、支配者とは同時に庇護者でもある。ただ従ってさえいればいい存在。研鑽の努力も決断の重圧もない安楽を約束する存在。

ミアロナ中佐は言う。かつての帝国の、支配者の血族の一人として。安楽を望む羊のその怠惰を利用して今なお連合王国を統べる、一角獣の王家のその一人に。

「自分が何を望んだのかもわからぬ羊にまで、わからぬのだからと背負えぬ荷を押しつけた奴輩にも、罪の一端はあるのだと。私めは思いますな」

少し考えて、マルセルは言う。

「あー……その。それならちょっと、わかるかも」

トマトスープの皿に視線を落として、半ば思考に沈んだまま。

「考えないって、楽だから。反省なんか面倒だから。命令されたことに従えばいいんだって、それだけ考えてりゃ楽だし、そんならなんかあっても反省とかしなくていい。自分は命令されただけだって、全部誰かのせいに……できるんだから」

なんなら命令されたことじゃなくても、誰かのせいにするんだよな。

苦く、マルセルは思う。

守れなかった責任を、負うつもりがない奴は。降りかかった理不尽を、抱えきれない奴は。

……俺は。

一度背負いきれなくて、もう、そうはありたくないと思っている俺は、今は思ったような人間になれているのだろうか。

理不尽に投げつけられた憎悪をも受け止めて、そのせいで死なずに生き残ってもくれて、気にしていないと言ったあいつみたいにはなれなくても、せめて自分の辛さや恐ろしさ一つだけでも、自分で抱えられる自分に。

「だから……なんつうか、」

シンはマルセルの後悔を、察した様子で何も言わずにいてくれた。

シンにだって後悔や迷いや、弱さや間違いはあったのだと、今ではマルセルもわかっているからもう惨めには感じなかった。

おし隠していただけだ。

表に出して、辛いと、助けてほしいと言うことさえ、できずにいただけだった。

そうだと今は、知っているから。

しばらく考えて自分なりに咀嚼して、リトが頷く。

「えっと。つまりヘイル・メアリィ連隊もそうだってこと？　指揮官の——ロヒ少尉だっけ。その人に従ってるだけで、自分じゃ何も考えてないしだから勉強とかしないし、失敗してもやっぱり学ばないしそれでダメだとも思ってない。そういう奴らばっかりだってこと？」

「多分。ただ、じゃあそのロヒ少尉って奴はなんで命令する側なのに、考えたり学んだりしてねえのかってなるけどな」

眉根を寄せて、フレデリカが唸った。

ものすごく嫌そうに。

「あるいは——そのノエレ・ロヒとやらも、思考も学びもしない側の人間なのかもしれぬの」

「えっ、」「は？」

「そうとしか思えぬのじゃ。過ちに立ち止まれぬ。そもそもの知識の不足に気づかぬ。王として振舞いながら、その技量を持っておらぬ。持たねばならぬとも——思うておらぬような学ばない。考えない。

王者のごとく命令を下しながら、王として全てを負う——その資質と覚悟がない。

「あっ！　——そうだ姫様！」

いまや一個歩兵中隊二百名も切る人数しか残っていないヘイル・メアリィ連隊は、食事でもブリーフィングでも、歩哨以外は一堂に会せてしまう。

宿舎とした集会所で、缶のままのスープをプラスチックのスプーンでどうにか気品を保ちつつ口に運んでいたノエレに、オトが突然立ちあがって歩み寄れたのもそのためだった。

「姫様、俺思いだしましたよ！　子供の頃ばあちゃんが、ばあちゃんのばあちゃんから聞いたって話をしてくれて！ ――子供の原生海獣がロギニア河のぼってくると、そのあと追いかけて親の原生海獣も海から上がってくるんです！」

脈絡もなく子供の原生海獣などの話をされてノエレは困惑し、領民風情が郷士の食事に割りこむ不躾に同席していたニンハ・レカフが眉をひそめたが、昂奮するオトは気づかない。

「つまり子供探してるんですよ！ だから助けてやれば、恩に着てまた助けてくれますよ！」

「えっと……」

オトは説明しているつもりなのだろうが、自分がわかるのだからと言葉を省きすぎていて、ノエレは咄嗟に理解できない。子供を探しているのは、あの原生海獣で。助けてやるのは自分たちで、助ける対象は原生海獣、ではなくその子供か。恩儀に感じて助けてくれるのは、それなら親の原生海獣で助けてくれる相手は自分たちか。つまり……。

どうにかまとまりかけたところで、焦れたオトが身を乗りだした。

「だからー！ 子供みつけたら原生海獣が、〈レギオン〉ども倒してくれるんですって！」

「えっ」

論理の飛躍にノエレはぎょっとなったが、周りの領民たちはそれで一度に色めきたった。

「でかしたオト！」「よく覚えてたな！」

「へー！ 俺、こういうの詳しいから！」

「子供の原生海獣だな！ ――姫様！ さっそくその子クジラを探しましょう！」

「人はちっと、足りなくなっちまいましたが……河を上ってくるってんなら水ん中にいるんでしょう。手分けすればすぐ見つかります！」

「え、ええ、ですがその……」

つめよらんばかりの領民たちに、ノエレは言葉を濁す。

原生海獣の子が水中かその付近にいるとして。探すべき河が海に流れこむヒアノー河と、ヒアノー河に繋がるタタツワ新河道とカドゥナン河道に限られるとして。

その二本の河道は、南北六十キロにも亘って横たわっていて一部は〈レギオン〉支配域内にあって。ヒアノー河に至っては、流域全てがいまや〈レギオン〉支配域で。

そこから探しだすなんて、どうやって。

けれど自分がもたらしたものではない熱狂を、ノエレはどう鎮めていいのかわからない。期待と希望に満ちた領民たちの表情を曇らせたくなくて、できない、と今更言ってここまでついてきてくれた彼らに失望されるのが恐くて、とてもではないが言いだせない。

おろりと見回した先、キアヒ達の熱狂からは少し離れて見守っていたメレが微笑んだ。

「……大丈夫です、姫様。姫様なら全部うまくいきます」

その一言で、肚が据わった。

メレが、領民たちが、こんなにも私に期待してくれているというのに。

私が、彼らを導くべき貴族の私が、彼らを信じなくてどうするというの。

凜と、立ちあがった。いかにも自信に満ち溢れた顔で、毅然と胸を張った。

「ええ、もちろんです！　探しましょう。——今度こそ北部戦線を救うのです！」

「そうだ、今度こそ北部戦線を救うんだ！　俺たちが！」

「〈レギオン〉どもも、俺たちの邪魔をした連邦軍も焼き払ってやる！　仲間の仇だ！」

敬愛する姫様の宣言に、集会所はお祭り騒ぎだ。すでに原生海獣の幼体を見つけだしてでもいるかのように、早くも戦闘糧食の酒の小瓶さえ呷って盛り上がる。

「そうだよな。原生海獣は、俺らが正しいから味方してくれたんだから。罰が当たったんだから連邦軍は間違ってて、間違ってるんだからやっつけなきゃ！」

「間違ってるくせにあたしたちを馬鹿にしてきた、仕返しをしてやらないとね。うるさい軍曹も頭でっかちの大隊長も、無能な大貴族様たちもみんなみんな死ねばいいんだ」

「そうだな」

気炎を上げるオトとリレに、上機嫌にキアヒも頷く。実際いい気分だった。〈レギオン〉を蹴散らす手段を手に入れて。自分を低く扱いやがった連邦軍に相応しい報いを与えてやれて。

これまで不当に貶められ、正しい評価をされてこなかった自分が、ようやくあるべき地位に

——英雄の座に、就くことができて。

「いや、それどころじゃねえ。うまくやったら俺たちは、連邦だって大陸全土だって、一気に救えるかもしれねえぞ。何しろ俺たちには、神様が味方してるんだ」

そうなったら、俺は。

「俺たちは、選ばれた。救国の英雄、救世主様だぜ」

リレとオトは目を見開く。

思考が追いつかなかった様子で、ぽかんと顔を見合わせた。

「救世主。あたしたちが」

「すげー……」

じわじわと理解が、ついで歓喜と昂奮が、二人の琥珀色と栗色の双眸に滲んで広がる。

「すごい！　救世主！　すごい！」

「銅像とかできんのかな！　映画も！」

「ああ。大統領閣下だってロア＝グレキアの王様だって、感謝してくれるぞ」

それこそ跪いて感涙に咽んで、全人類が自分の足元に這いつくばって。

その夢想にキアヒは、手にした酒瓶の酒精以上に酔いしれる。

「本当かなあ。原生海獣（クジラ）なんて、なんだかよくわかんなくて怖いよ」

食堂の片隅で、ヨノは仲間たちの熱狂にむしろ怯（おび）えて縮こまる。

「核兵器だって、よくわかんないけど危ないものだったらしいし。だから原生海獣（クジラ）もやっぱりわかんなくて怖いし……」

臆病な妹分のいつもの怯（おび）えだが、メレは水を差された気分だ。それはミルハも同じだったようで、苛立（いらだ）ちを隠しもせずに吐き捨てた。

「なに？　ヨノは俺たちの邪魔をしたいの？」

途端にびくっとヨノは身をすくめる。そんな彼女を、露骨に不愉快げに見下した。

「俺たちを助けてくれたんだよ。邪魔していいと思ってるの。それともヨノは邪魔したいの？　あの〈ヴァナルガンド〉みたいに、俺たちを裏切って罰を下されたいんだ？」

ヨノはぎょっと目を見開いた。

「違うよ！　私、裏切り者じゃないよ！　……連邦が間違ってて、このままじゃダメだってことは私だってわかったもん。だから邪魔しないよ。裏切り者じゃないよ！」

「ふーん……」

意地悪くミルハは鼻を鳴らしたが、溜飲（りゅういん）は下がったらしい。二つのお下げを振り回すようにぶんぶんと首を振るヨノを、それ以上はつつかなかった。

一方メレは、ヨノの言葉に不意に閃きを得る。

……そうか。

そういうことだったのだ。

「……うん。ヨノは、正しいよ」

思いもかけない言葉に、ヨノが目を見開いてミルハが振り向く。

「どういうこと、メレ」

「わからないのは、怖い。……連邦になってからずっと、わからないことばっかりだったじゃないか。なんでそんなことになるのかも、なんでそんなこと言われるのかも、わからないことばっかりだったじゃないか」

あんなに街を幸せにしてくれた、原発が危険だとか。貧しくなった街とか。それまで影も形もなかった〈レギオン〉とか。学習課程だとか教本だとか。自由だとか権利だとか。

そういう酷いことは、何もかも全部。

「わからないのは怖いことで、怖いってことはつまり、間違ってるってことだろ。連邦はずっと、この十年ずっと、間違ってたんだ。ヨノも俺たちも、そのことに十年前から、十年も前からずっと気づいてたんだ」

他の奴らがこの十年、もしかしたら今になっても気づいていないその事実に、自分たちだけが聡明にも。

「ヨノも、ミルハも俺たちも、俺たちこそがずっと正しかったんだよ。だから、」

ぱっとヨノが顔を輝かせた。誇らしげにミルハが頷(うなず)いた。

頷(うなず)き返してメレは言う。力強く。

「だからちゃんと、何もかも全部うまくいくよ」


「もう無理だわ。何もかも」

ニンハはノエレと同じ属州シェムノウの郷士でノエレとは士官学校の同期で、同じ繰り上げ卒業の憂き目(うめ)にあった仲だ。

純朴なノエレは『卒業を繰り上げるのは、既定の教育期間が不要なほど諸君が優秀だったからだ』とかいう軍の建前を、どうもそのまま信じているらしいが。

集会所は出て指揮所に定めた廃屋の、一つしかない部屋で二人の女性士官は向かい合う。同じ煙晶種(カイルン)のチョコレート色の瞳と髪でも髪質は違って、柔らかな猫っ毛を二つに結い上げたノエレと硬質なまっすぐな髪をサイドテールに結ったニンハと。

「原生海獣(クジラ)の子をどうやって探しだすの。そもそも本当に原生海獣(クジラ)の子はここにいるの。見つけたとして保護できるの。保護したとして原生海獣(クジラ)はまた味方してくれるの。〈レギオン〉と戦えとどうやって伝えるの。——何一つわからないのに、憶測じゃ動けないわ」

「ええ、でも……」

　自分でも薄々わかっていた瑕疵を突きつけられて、蚊の鳴くような声でノエレは反駁する。

「核兵器が、うまくいかなかったから。その代替は必要だわ」

「核兵器があなたの言うとおりのものじゃなかった時点で引き返すべきだったのよ。原生海獣が代替になるかは、だから、わからないのよね」

「…………」

「どう考えても、もう無理だわ。どうにもならないの」

　それは——ニンハの言う、とおりなのかもしれないけれど。でも。

　そうやって、無理だと認めてしまったら。諦めてしまったら……。

「誰でもいいわ。領民は領主のためのものよ。逃亡罪も反逆罪もかわりに負わせればいいの。誰か領民に負わせて、私たちは巻きこまれただけということにして、引き返す時だわ」

　逃亡の罪を、反逆を主導した罪を、——ノエレの罪を領民の誰かになすりつけて。

　その言葉にノエレはかっとなる。

「——そんなことできないわ！」

　守るべき領民を身代わりにするなんて。犠牲にするなんて。

　何より、自分がここで諦めてしまったならもうみんなを救えない。諦めたら誰も彼も、死んでしまうかもしれないのだからこんなことでは諦められない。

　覆せるのならどんなに小さく遠く見える希望にだって、手を伸ばしてそして、摑まないと。

諦めなければ摑めるのだから。

「原生海獣が〈レギオン〉を倒せるなら。原生海獣ならみんなを守れるなら。諦めないわ、私は。私は——私が、みんなを救うの」

ニンハは小さく、ため息をついた。

†

ふ、と目が醒めると、真っ暗な兵舎の自室だった。

とっさに状況が把握できずに、狭いベッドに寝転がったままシンはまばたく。……いつ、戻ったのかの覚えもないが。

「寝てたのか」

異能の負荷を解消するための、強制的な眠りだ。

寝乱れた毛布を剝いで起き上がり、まだぼんやりする頭を押さえる。強烈な睡魔に負けて半日ほど、眠り続けてしまうのはこれまでにも経験があるが、眠気を感じた記憶もなければベッドに入った覚えもないのに気づけば眠っていた、というのはさすがにこれが初めてだ。

〈レギオン〉の嘆きにも〈牧羊犬〉のそれにも慣れたつもりだったが、戦場に近いとやはり、負荷は大きくなるらしい。

加えてこれまでは戦場からは遠かった本拠基地リュストカマーも、今は前線とは数十キロ程度しか離れていない。休息をとったつもりで、回復しきれていなかったか。

同室のライデンのベッドは無人で、どうやら就寝時間ではない。デスクに軽食とペットボトルとメモが置かれていて、メモの筆跡はライデンのそれだ。代わりに今日の雑務を片付けておいてくれたらしい。ざっと目を通してからペットボトルを開けて一口含む。

そうしながら〈レギオン〉の声に注意を向けたのは、染みついた習慣のようなものだ。八六区を、連邦の戦場を生きのびて戦慣れた意識は、敵情の把握を何よりも優先させる。

そこでふと、気がついた。

「……ん、」

聞き慣れた機械仕掛けの亡霊たちの、聞き取れない嘆きと叫喚。その向こうに。

きゅいー、と響く、聞き慣れない何かの鳴き声が、遠く聞こえた気がした。

こぉん、と鳴る。――いつか聞いた海の王者の歌声と、同じ響きの。

「あら、大尉。体調はもういいの？」

確認した時刻は夕食にも少し早い頃合いで、ありがたく軽食をとり、着替えて外に出たところでグレーテと行きあう。

「ええ。すみません」

「いいえ。というより、辛い時は遠慮せず報告して。部下に不要な負担をかけないのも旅団長の仕事だから。異能の制御訓練は、結局できないままなんでしょう?」

戦局の悪化に伴い、西方方面軍本部付のヨシュカも他のマイカの親戚たちも、それぞれの任地でそれぞれに多忙になっている。シンのために時間を割いている余裕は今やない。

ふっと、グレーテが悪戯っぽい顔をした。

「〈ツィカーダ〉にはまだ予備があるそうだから、あなたの負担の軽減にも使えないかしら。王子殿下に聞いてみましょうか」

「絶対に嫌です」

「冗談よ。殿下からはもう、大尉の異能には意味がないだろうって回答はもらってるしね」

『——そもそもノウゼンにどうやって〈ツィカーダ〉を装着させるのかという難題もあるが』

それはもちろん、栄えある連合王国の第五王子殿下に尊い犠牲になっていただいて、と、こっそり思っていたグレーテである。

『ノウゼンにとっての負担は異能そのものというより、常時〈レギオン〉どもの声が聞こえていることだろう。ラジオが壊れて電源が切れなくて、大音量でうるさいという時に、ラジオの受信機能を補助してやったところでなんにもならんぞ』

「……って」

「確認ずみだったんですか……!?」

戦慄してシンは呻く。グレーテのすまし顔が、この時ばかりはとんでもなく恐ろしい。

余計なことをこれ以上言われる前にと、そそくさと話題を変えた。

元々グレーテには報告するつもりだったのだから、逃避とかではないはずだ。多分。

「それより、その。……原生海獣の、幼体の方だと思うのですが。声を聞いた限りでは思ったよりも近くにいるようです」

というか、機動打撃群の作戦域のカドゥナン河道のあたりだ。よりにもよって。

幼体が遡ってきたのだろうヒアノー河は、カドゥナン河道とタタツワ新河道が源流だ。ヒアノー河を遡上しきった挙句、カドゥナン河道に入りこんでしまったらしい。

説明すると、グレーテが半眼になった。

「大尉……だんだん妙な方向に進化してない？〈レギオン〉に続いて原生海獣の声まで聞こえるようになるなんて」

「進化、といいますか。……おそらく原生海獣も、〈レギオン〉と同じだからだろうと」

滅びたものに、置きざりにされた亡霊の軍勢。

何に置き捨てられたものかは〈レギオン〉以上に異質な原生海獣(クジラ)となど、意志の疎通はできるはずもないから知る由(よし)もないけれど。

「まあ、それはともかく。……わかっているとは思うけど、もし見かけても手出しはしないようにね。拾ってくるのはもっと駄目。戦闘に巻きこまないですむなら、それが一番だけど」

ちらりとシンは、グレーテを見返した。

「というと」

グレーテは恬淡(てんたん)と肩をすくめる。戦場の彼女が欠かさない口紅。ブーツで固めた足元。

「ヘイル・メアリィ連隊から、ついに投降者がでたわ。状況が動くわよ」

「ヘイル・メアリィ連隊副長、ニンハ・レカフ少尉よ。雑兵とて通達は見ているでしょう」

反逆者の分際もわきまえず、つんと顎を上げて言い放つ投降者の女性士官に、哨戒(しょうかい)の兵士たちは鼻白む。他人を正面から雑兵呼ばわりして疑問も持たない、支配階級の傲慢さ。

「お前たちの指揮官の下(もと)に案内しなさい。ヘイル・メアリィ連隊の情報を提供するわ。――かわりに一つ、条件があるけれど」

「ニンハ様が逃げた、ですか」

「……ええ」

割れた窓の外の夜空と、同じくらいに暗い顔でノエレは俯(うつむ)いて、メレには信じられない。ニンハ様はノエレ姫様とは士官学校の同期で、親友だと言っていたのに。

そうでなくても姫様を、裏切る者なんているはずが。

「銃も軍服も、彼女の荷物一切がなくなっています。そして彼女の部下の、誰も彼女の行方(ゆくえ)を知らないのです。もちろん私も聞いていない。だから——脱走と、言わざるを得ません」

きゅ、とノエレは荒れ始めた唇を噛(か)む。

半月に亘(わた)る潜伏で、髪も肌も爪も手入れができていなくて、それがメレには痛々しい。

「ニンハはもちろん、この場所を知っています。彼女が囚(とら)われ、尋問されてこの場所を明かすのも、もう時間の問題でしょう。……探しだされる前に私たちも、動くしかありません」

チョコレート色の双眸(そうぼう)が、特有の煙る透明な瞳が、悲愴(ひそう)で闇雲な決意に曇る。

「原生海獣(クジラ)を利用——いえ、助けを得ます。幼体を探しだせば、原生海獣(クジラ)もそこに来るはずです。私たちを選んでくれたのだから……そう、きっとこれは試練なんです。幼体を見つければ原生海獣(クジラ)も、私たちを救ってくれる。北部第二戦線は救われる。……メレ、」

希望的観測というのもおこがましい、妄想そのものの想定を口にして、ノエレは身を乗りだす。二百名近い部下たちの命を懸けるのに、あまりにも不誠実なその振舞。

けれどノエレはもう、そうなると信じる他に術がない。

けれどメレはこの期に及んで、ノエレを疑おうともしていない。

「メレ、貴方に斥候小隊を預けます。どうか貴方が、幼体を探しだしてください」

ぎょっとメレは目を見開く。

「俺が、ですか？」

だって俺は、属領の元農奴なんかの家の出で。しがない一兵卒で。

原生海獣の試練に挑むなんて、そんな難しいことができるはずもなくて。

「レケス様かチルム様に——そうじゃなくてもキアヒとかリレとか」

「レケスもチルムも、帰ってきません。キアヒは核兵器運搬の仕事があります。私の指揮する本隊は目立ちますし、足も遅い。……貴方しかできる人がいないんです。貴方しか頼れない」

縋る眼差しでノエレは言う。途方に暮れた、泣きだしそうなチョコレート色の双眸。

さすがのメレも、腹を括った。

そうだ。姫様に、姫様のお言葉に従うのが自分たち領民だ。それにもう誓ったじゃないか。

「メレ、お願い。一緒に戦って——どうか、私を助けて」

「もちろんです、ノエレ様」

いつか、まだ幼い頃。姫様と一緒に戦うと、誓ったとおりに。

「必ず見つけだしてみせます。……姫様の助けに、なってみせます」

ヘイル・メアリィ連隊の潜伏先と、残る『核兵器』と人員の数。そして現在の行動。失敗した放射性物質飛散爆弾(ダーティ・ボム)に見切りをつけ、熱線種(フィサラ)を利用しての〈レギオン〉壊滅を目論(もくろ)む。

ニンハから得た反逆者どもの動向のあまりの場当たりに、北方第二方面軍の将官たちは呆(あき)れ果ててものも言えない。放射性汚染弾(ダーティ・ボム)も熱線種(フィサラ)の利用も、予測の範疇(はんちゅう)ではあるものの。

「聴取内容の裏取りも、全て完了したな。では——動くとしよう」

命じる司令官に、将官たちは頷(うなず)く。この地を領する煙晶種(カイルン)が大半の、煙(けぶ)る色彩で底光る瞳。

「馬鹿どもの鎮圧も核燃料回収もこれでめどが立った。機動打撃群に命令を。北方第二方面軍本来の作戦、ダムの破壊による防御河川復旧を実施する」

ふと、北方第二方面軍参謀長が思いだしたように問うた。

「ニンハ・レカフの、条件とやらはいかがなさいます?」

言葉こそ問いのかたちだったが、実のところは確認ですらなかった。だから司令官もそっけなく応じる。

「ああ。……聞いてやるがいい。その程度なら叶(かな)うだろう」

早朝。

「——これよりレディ・ブルーバード連隊は、ヘイル・メアリィ連隊残党の鎮圧を行う」

ブリーフィングを進めるミアロナ中佐を見上げる、レディ・ブルーバード連隊の隊員は練度の高さを示して身じろぎもしない。ホロスクリーンの端に灯る、青い甲羅の天道虫の部隊章。熱線種との遭遇で一個中隊は失ったが、竜の王とはいえ場違いな戦場に迷いこんだ海棲トカゲ風情に、歴戦の彼らが怖気づくはずもない。まして故郷と同胞を危機に陥れた、愚かな農奴の残党になど。

「作戦域は競合区域タタツワ新河道東岸、スニーニェヒ地区。ヘイル・メアリィ残党は現在、その村落跡に潜伏している。敵、残存兵数は歩兵二百名弱。これまで同様、機甲兵力単独で鎮圧する。随伴の装甲歩兵大隊は、包囲の最外周にて一帯の封鎖にあたれ」

頼りになる戦友の装甲歩兵は、この作戦では傍らにおけない。作戦域はヘイル・メアリィ連隊が奪取した核燃料による、高線量の危険地帯だ。被曝させるわけにはいかない。

可憐な天道虫の部隊章を背後に、ミアロナ中佐は語る。はるか古代、海を越えてもたらされたという貴石の青の。その希少さと美しさから天界と聖母を描くのに使われた青の。穢れなき、畏怖すべき、純粋なあおいろを纏う天の鳥。

北の大地の冬と闇を照らすべくミアロナ家が灯(とも)した、青き焔(ほのお)。
愚行によって穢(けが)され、今も祖国の大地を灼(や)き続ける原子力の青き焔(ほのお)。
穢(けが)されたなら我が手でこそ、拭い去ってみせよう。

「なお、工兵及び機動打撃群によるカドゥナン河道制圧作戦が同時並行で行われる。そちらに後れを取らず、また、愚か者どもに客人の邪魔をさせるな。作戦域を檻(おり)として封じこめろ」

「第一、第二、第三機甲グループの作戦域はシハノ山岳カドゥナン河道一帯、競合区域(コンテスト・エリア)から〈レギオン〉支配域にかけての六十キロ範囲だ。同行する工兵が治水ダム全基を爆破解体するまで、一帯から敵性勢力を排除する」

ホロスクリーンの戦域地図にカドゥナン河道と二二基のダムを表示して、シンはブリーフィングルームに並ぶ隊員たちを振り返る。ダムを破壊してウォミサム盆地を泥濘(でいねい)の罠(わな)に、ロギニア線を大河に戻すことで〈レギオン〉の侵攻を阻(はば)む、機動打撃群の今回の任務。

「工兵の他、装甲歩兵三個連隊と、船団国群義勇兵からなる偵察大隊三個が各機甲グループに随伴する。なお、カドゥナン河道上には二種の原生海獣(クジラ)、不明種の幼体と熱線種(フィサラ)がいるものと推定される。どちらも発見後は監視のみとし、接触は控えろ。射撃や照準動作等、攻撃とみなされる行動もだ。周辺での戦闘は問題ないものと思われるが、」

言いさして、シンはわずかに顔をしかめる。戦場には、霧が立つ。不確定要素はどれほど優秀な軍であっても、排除しきれるものではないとはいえ。

原生海獣の反撃を誘発する行動を、ブリーフィング前に確認した際のイシュマエルが、今のシンと同じように顔をしかめてつけ加えた言葉を、思いだしつつ言った。

「相手は獣だ。どう反応するかは確実じゃない。——接近自体、なるべく控えろ」

「離反部隊残党の掃討、および機動打撃群本隊によるダム破壊任務。——これらを囮に、第四機甲グループ、および〈アルカノスト〉全機が〈レギオン〉支配域に進出する」

シンたち三個機甲グループがダム破壊に従事する一方、スイウと第四機甲グループだけは別の任務を与えられ、この作戦の間はヴィーカの指揮下に入る。正確には第四機甲グループと連合王国軍派遣連隊が臨時の機甲支隊を編成し、その全体指揮をヴィーカが兼任する。

スクリーン上に投影された戦域地図は、戦線西端のシハノ山岳でもなければウォミサム盆地南辺の現防衛線ロギニア線周辺でもない。ウォミサム盆地の北の外れ、〈レギオン〉支配域を西から東へと流れる大河の中流域一帯だ。

「作戦域は旧防衛線、ヒアノー河南岸。——戦力分散は下策だが、時には奇策もいいだろう」

挺進（ていしん）作戦の間、前線の〈レギオン〉を北方第二方面軍本隊が拘束し、また挺進（ていしん）部隊を掩護（えんご）するのはこれまでの派遣先での作戦と同じだ。イシュマエルたち船団国群義勇兵団にも、果たすべき任務は命じられる。

ダムの破壊作戦に従事する機動打撃群への、偵察部隊としての随伴。視界が極度に遮られる深い森林内部での、挺進（ていしん）部隊全体の『目』の役割だ。

隊列の先頭を進み、真っ先に敵に接触するために損耗率が高く、それでいて技量のない者には務まらない兵種。

「こっちもそういう売りで、一国丸ごと受け入れてもらったわけだが。——遠慮なく使ってくれるよな。帝国様はやっぱりよ」

ブリーフィングルームを最後に出て、誰もいない兵舎の廊下でイシュマエルは吐き捨てる。年季の入ったプレハブだが、連邦軍人のそれと差をつけられているわけではない兵舎。食事の内容も与えられる装備も。

それでもこうした扱いに、元帝国の将軍どもの冷徹と冷血は透けて見える。弱小なりとも後ろ盾となっていた祖国を失った民の、立場の弱さと命の軽さも。

訓練中の第二陣以降はともかく、現在の船団国群義勇兵は生身の歩兵だ。装甲強化外骨格（アーマードスケルトン）の適応訓練などたった一月（ひとつき）で出来るものではないから、即戦力として連邦軍に加わる自分たちが生身を晒すのは仕方がないが、――その上で偵察に回されれば当然、損耗はより多く出る。

「――くそっ」

無人の廊下だ。気にする部下は誰もいない。だからつい、ためこんだ激情が吹きだした。傷だらけのプレハブの、薄っぺらい壁に思いきり拳を叩きつけた。

「ひゃっ、」

ごわん、とかいう大変に気分を逆なでする間抜けな音響は、小さな悲鳴でかき消される。慌ててイシュマエルは振り返った。

「っ、悪い、お嬢ちゃん！　驚かせた」

大きな目をさらに見開いて立っていたのは、機動打撃群のマスコットの少女だった。フレデリカ、といったか。小さなその身には過ぎるほどの覚悟で、征海艦では働いてみせた彼女。

ぷるりと頭を振って、とことこと歩み寄る。慎重に覗きこむ、真紅の、澄んだ大きな瞳。

「……大丈夫かの」

年に似合わぬ聡明さのその瞳が、まさか拳の具合などを心配しているはずもない。苦笑してイシュマエルは向き直った。

「ああ。……情けねえとこ見せちまったな」

大の大人が、自制できずに感情的になるところなんて。

「そなたは、情けなくないのじゃ。立派な指揮官で、艦長で、皆の自慢の兄様なのじゃ」

「……ありがとよ」

てらいもなく真摯に言いきられて、イシュマエルはむしろ情けない気分になる。そんなにもまっすぐな目で、言ってもらえるような人間では自分はない。

押しこめてきた言葉が、つい、零れた。

「情けねえついでに愚痴っていいか、お嬢ちゃん」

「うむ」

「しんどいな。生き恥さらして生きるってのは。助けられるなら助けたかった。……助けられなかったんだから、誰か罰してくれるんならよかったよ」

〈ステラマリス〉は自沈させた。原生海獣の骨格標本も、ついに放棄せざるをえなくなった。

——征海船団の偉業を後世に語り継ぐ役目は、今やイシュマエル一人が負うものだ。

征海艦艦長であり、また次期艦隊司令であったイシュマエルは、つまり艦隊の乗員とその家族からなる征海氏族の次期族長でもある。実戦経験者であり、艦隊と氏族を束ねる教育も受けた政治家候補。船団国群の避難民と義勇兵の取りまとめ役として、連邦にとっても価値のある人材だ。連邦軍はイシュマエルを通すことで義勇兵への命令の責任を彼に帰し、一方でイシュマエルは連邦からの命令に対し、意見具申のかたちで交渉する余地を得る。

征海船団の記憶を語り継ぐために。そして同胞たちに無茶な命令を下させないために。イシュマエルは決して死ねない。

氏族の誰が、部下の誰が、同胞の誰が戦死しようと、その全員を助けられなかった生き恥を晒して、罪を背負って、生きていかねばならない。

ぶんぶんとフレデリカは首を振った。淡い桜色の唇を、何故だかきゅっとひき結んで。

「そなたは、情けなくないのじゃ。……そういう、戦い方もあるのじゃな」


「……トール」

振り返るとクロードが、もの言いたげに月色の双眸を歪めて立っている。師団基地の、第一機甲グループ第一大隊の格納庫。クロードの〈バンダースナッチ〉とトールの〈ジャバウォック〉が並ぶ、出撃準備が進んで喧騒に満ちた空間の、その合間で。

「悪い。俺にかまけさせて、お前悩ませてやれなかったんだな」

第二次大攻勢からの二月。共和国が陥落してからの、この一月の間。

少し考えて、トールは首を横に振る。

「んー。まあ、いいよ。クロードは実際、兄貴のこととかで頭ぱんぱんだったんだし」

兄だと気づくこともできず、見殺しにしてしまったと思っていた兄だとか。そのせいで持たなくてもいいのに抱えてしまった、共和国の滅亡への負い目だとか。

だいたい兄貴が出てきたタイミングは本当に最悪で、クロードが切れるのも当然だったし。

そこまで考えて、トールはへらりと笑う。

「オレはそこまで、大変じゃねえんだしさ。今までも今も」

八六区では忌(い)まれる白系種(アルバ)の血を引き、自分と母を見捨てた兄と父への怒りと、それでも捨てきれない慕情を引きずっていたクロードとは違って。金緑種(アベントウラ)で一目でわかるエイティシックスで、親や祖父は共和国に殺されて、だから共和国なんかただ憎めばよかっただけの自分は。

クロードはそんなトールから視線を外さずに言う。月白(げっぱく)の瞳。

「そう言えるんだから、おまえは」

「ん」

「切り捨てるだけじゃねえ。雨漏りにバケツだけ置いてるわけじゃねえだろ。今までも今も」

負けている。勝てないでいる。引きずり回されて同じ場所を巡っている、わけじゃない。

へらりと、トールは笑った。

「気休めやめろよ」

苛立(いらだ)たしげに、クロードは唸(うな)った。

「違(ちげ)ぇよバカ」

メレが預けられた斥候小隊は、動ける人数が足りなくて定数を大きく割った二十名ほどだ。

「なんか、調子崩してる奴多いよなー。冬が近づいてるから風邪かなあ」

鳥は眠り、夜行性の獣も塒に戻る夜明け前の森は酷く静かで、隣を歩くオトのぼやきが耳につく。ヘイル・メアリィ連隊は姫様が動くと決めたのに、風邪をひいたか何かで動けない者ばかりで、まったく情けないとメレは思う。姫様のお言葉に、従えないなんて。

けれど小隊の仲間たちは口々に言う。

「つーかほんとに風邪なのか、あいつら」

「熱も出ないし、けど変に体中腫れてるしやたら吐いてるし」

「スル村の、製造分隊の連中。核兵器取りに行った時に見たけどさ。普通じゃなかったよ。髪が抜けてたり、体中あざみたいになってたり。あげく血とか吐いてて」

苛立ってメレは制止する。

「うるさいな。ちゃんと探せって。川沿いのこのあたりに、絶対にいるはずなんだから」

「そうだけどさぁ、メレぇ。川沿いったって広いじゃんよ」

自分が、原生海獣の子供を見つければいいと言ったくせにオトは唇を尖らせている。すっかり飽きた子供のように、アサルトライフルの銃口で足元の落ち葉をがさっと派手に蹴立てた。

「人数が足りないっての。こんな広いとこ探すのに。みんなが体治ってから、みんなで探せば早いってのにさあ」

「それは。だからニンハ様が……」

横一列に広がる小隊の、端の一人が大声を上げた。

「あっ、……ねえ！　あれじゃない⁉」

指さす先。——夜明け前の暗い青い闇の、冷えた深い森の樹々の連なる向こう。

この季節特有の朝霧は、シハノ山岳では比較的標高の高いこの辺りには立ちこめてこない。青い闇に染まって無数の落ち葉が降りしきる、その先にあるのはそら恐ろしいほどの透明に澄んだ、それでいて底の見えない深い湖だ。星の淡い光と闇空の青を写しとり、さざ波立つ水面に揺らめかせるその中に。

繊細なベールをまとった頭をもたげて泳ぐ、雪色の硝子細工のいきものの姿があった。

†

夜明け前の暁闇と霧の紗幕の下、〈ヴァナルガンド〉と装甲歩兵を示す無数の熱源が動きだすのを上空、二万メートルを旋回する警戒管制型は感知する。

《ドラゴンフライ・ワンよりファイアフライ。——北方第二方面軍の進撃発起を検知》

北方第二方面軍が拠る防御帯、ロギニア線を越える動きだ。合わせて楯とするネヒクワ丘陵帯の陰から無数のロケットと榴弾砲弾が立ち昇る。攻撃準備射撃。機甲部隊の進撃の前に防衛施設とそこに拠る敵部隊を破砕、進撃路を均す、砲兵の告げる戦闘開始の号砲。

紛れるように小部隊が、シハノ山岳の森に進入するのもまた、鉄の鴉の目に映る。

《斥候の移動ルートから目標はシハノ山岳、人類側呼称カドゥナン河道付近。挺進作戦開始と推定。ドラゴンフライ・ワンよりファイアフライ。――作戦予定の繰り上げを進言する》

†

夢のように降りしきる青い葉の影の乱舞の中、天球と水面の煌めく青の狭間に佇む原生海獣の幼体は、神々しいまでに美しい。

思わずメレは立ち尽くしてしまう。まるでおとぎ話の人魚の姫だ。真っ白な雪のようなシルエット。慎ましく被ったベールと長いドレス。星々の弱い光に透明な鱗を煌めかせて、なにか繊細な硝子細工のように、青い水面に静かに浮かび上がっている。

「……きれいだ、」

こんなに美しい生き物なら善いものに、正しいものに決まっているのだ。

こんなにうつくしい生き物なのだから自分たちや姫様を、助けてくれるに違いないのだ。

惹かれるままに歩み寄った。小首を傾げて見上げる人魚の姫にそっと手を伸ばした。

ベールのような外套膜の向こう、――頭だとメレは思っていた部位よりもずいぶん下で、不意に三つの眼球がぎょろりと彼を見た。

「――っ⁉」

人にも地上のあらゆる獣にも存在しない、金属光沢の虹彩（こうさい）と連なる菱形（ひしがた）の瞳孔。彼の知る何よりも異質なその視線に、射すくめられてメレは総毛立つ。

半端（はんぱ）な位置で凍りついた手をこそ、警戒したか。

音探種（レウカ）がぱりと口を開く。鰐（わに）かあるいは鮫（さめ）にも似た、何列にも並んだ乱杭歯（らんぐい）が、口内の薄暗がりに深海の魚の死骸のように気味悪く覗（のぞ）く。

深く、秋の冴（さ）えた払暁（ふつぎょう）の大気を吸いこみ。

「ギイイイイイイイイイイイイイイイイイイイイイイイイイィィ‼」

碧洋（へきよう）に棲（す）まう人喰（ひとく）いの人魚は、耳を劈（つんざ）く威嚇の叫喚を眼前の哺乳類に叩（たた）きつけた。

成体ならばそのもたらすバブルパルスで、装甲板をもへし折る音探種（レウカ）の咆哮（ほうこう）だ。全力の叫喚は黎明（れいめい）のシハノ山岳に殷々（いんいん）と響く。

知らぬ絶叫に驚いた鳥が、黎明（れいめい）の梢（こずえ）からばさばさと舞いあがる。不運にも近くの木の上にいた栗鼠（りす）たちが失神してぼたぼた落ちる。

その咆哮（ほうこう）はカドゥナン河道を遡り、ダムの一つが堰（せ）き止（と）める河の上流にまで泳ぎ至っていた熱線種（フィサラ）の下（もと）にも届く。

Illustration:I-IV

熱線種(フィサラ)の頭部がもたげられ、長い首を巡らせて幼体の咆哮(ほうこう)が発せられた先を見据える。幼体のいる方向とおおよその位置、そして威嚇音を発する危機的状況にあることを把握する。

「――――――――!」

まだ見ぬ外敵に警告するように、轟(ごう)と咆哮(ほうこう)を返し。

熱線種(フィサラ)は探し求める幼体の下(もと)へと、緩やかな河の流れに乗って泳ぎ戻る。

挺進(ていしん)部隊本隊に先行する偵察部隊が、捉えた二種の絶叫は速やかに師団本部に報告され、分析を経てその結果が指揮下の各連隊に展開される。

「――ッ、了解」

基地が統一規格のシェルターモジュールで構成されているのと同様、連邦軍では前線の指揮所もまた短時間の設営と撤収、移動を目的として専用のトレーラーを連結して構築される。加えて演算能力を流用するべく、レーナを除いて三名の作戦指揮官の装甲指揮車と、ヴィーカとザイシャの指揮仕様の〈バルシュカ・マトゥシュカ〉。鋼鉄と蒼白(そうはく)の影に囲まれた指揮所に旅団長のグレーテをはじめとした機動打撃群の指揮官、幕僚と管制官は集う。

その一角、側面パネルを展開した管制トレーラーの中でマルセルは頷(うなず)く。同様の情報が指揮所の上官たちにも共有されているのを、横目で確認しながら知覚同調(パラレイド)を切りかえた。

師団本部からこの指揮所までは、通信網が確立されているから情報共有も一瞬だ。けれど指揮所から前方、前線の戦闘部隊は阻電攪乱型（アインタークスフリーゲ）の電磁妨害（ジャミング）でその恩恵には預かれないから。

「指揮所（レーラズHQ）よりアンダーテイカー。原生海獣幼体（ヴァルトラウテ・ツー）、熱線種（ヴァルトラウテ・ワン）の位置を確認した。幼体（ヴァルトラウテ・ツー）はカラクィーニャ・ダム東方一キロ圏内、――熱線種（ヴァルトラウテ・ワン）はカラクィーニャ・ダム上流のカラクィーニャ河、ダムから十二キロ地点だ。幼体（ヴァルトラウテ・ツー）回収のため、カラクィーニャ河を東進していると推定される」

秋の終わりのシハノ山岳は、梢（こずえ）の全てが燃え立つあかいろに、夜明け前のこの闇の中であってもいっそ明るい。

見事なまでの楓（かえで）の群生のただなかを、〈アンダーテイカー〉を先頭にスピアヘッド戦隊は駆け抜ける。大樹の下、葉裏の側から見上げる紅葉は星の光に透けて仄光（ほのひか）るようで、下草に沈む同じ色の落葉。このあたりの楓（かえで）の葉は赤や紅を通りこし、紫がかった色彩だ。どこか非現実的な赤紫の影と星辰（せいしん）の光が、道行きに斑（まだら）の模様を落とす。カドゥナン河道を上方に見上げつつ進む、人の入らなくなって久しい深い森の進撃路。

並行して作戦を進めるレディ・ブルーバード連隊は、麓の森林帯で別れてもう一つの人工河川であるタタツワ新河道付近に向かっている。放射性物質を取り扱う、そちらに影響は出なかったかと安堵しつつ、けれどシンは険しく目を眇める。

「熱線種の、ダムへの到達予測時刻は」

マルセルは一瞬、口を噤んだ。

『〇五三〇。――第一大隊の到達予定時刻とほぼ同時だ』

†

《熱線種の移動開始を確認。――敵挺進部隊進路と交錯するものと予測される。プシュケ・トゥエルヴは熱線種を拘束・誘引し、挺進部隊との交戦を惹起せよ》

音探種の絶叫と熱線種の移動は、無論〈レギオン〉も把握している。麾下の部隊に与えた作戦を微修正し、機械の言葉にのせて指揮官機は戦場全体に伝達する。

《プシュケ・トゥエルヴ了解。懸念事項あり。ターマイト・ファイヴの撤退が未達》

作戦域に派遣した大型機が、撤退しきれず残留している。

指揮官機は思考を巡らせた。移動速度の極端に遅い機種だ。北方第二方面軍が作戦を前倒しした今となっては、後退しきれはしないだろうから。

《ファイアフライよりプシュケ・トゥエルヴ。ターマイト・ファイヴはポイント・カラクィーニャにて待機。プシュケ・トゥエルヴの指揮下に編入し、敵挺進部隊迎撃に参加せよ》

《了解》

†

狼の遠吠えでもなければ鹿や鳥の鳴き声でもない。まして足音さえも立てない〈レギオン〉の叫びであるはずもない。

生まれてこのかた聞いたこともない、凄まじい咆哮につい飛びあがってしまった若い兵士は、どうにか気を落ち着けて慎重にトーチカの銃眼から外を窺う。ごうごうと鳴る、近くのダムが絶えず吐きだす途方もない水量の大音響をも、圧して響き渡った叫喚と咆哮。

一体なんだ。おとぎ話の竜でも落ちてきたのか。それとも燃える星か神様の青い馬か。

見渡したトーチカ周辺には、幸い異状はないようだ。――いや。

吐水口の瀑布の脇。薄く残るダム建築時の道をたどり、鉄色の群が森の景色に溶けて消えていくのが、違和感に戻した目に映る。びりっと産毛が逆立った。

――中隊長は、あんな奴のことは言ってなかったけど。

さすがにあれは、見ればわかる。警戒すべきだ。もの凄まじいだけでどうやら影響もなさそうな先の咆哮とは違い、このトーチカと自分たちを脅かす明確な敵だ。

しばらく前に、似たような敵への対策マニュアルが回ってきたよな――と、そこまで思いだして切なくなった。属領の寒村育ちで読み書きなんか教わらなくて、今も長い文を読むのは苦手な彼と仲間たちのために、わかりやすく説明してくれたのは中隊長だった。いつでも読み返せるようにと、いつもは怖い軍曹が簡単な文章に書き直してくれて、その軍曹ももういない。一月前の、あの燃える星の落ちた日に死んでしまった。

気がつくと傍らに小さな子供が来ていて彼を覗きこんでいて、兵士は慌てて出かけた涙を拭う。自分だってびっくりしたのだ。こんなに小さい子は、きっともっと怖かったろう。

「大丈夫だよ。さっきの、大声の怪獣はここには来ない。——奥でみんなと、隠れていて」

いつもの戦闘の準備を、しなければいけない。さっきの〈レギオン〉の対策も、ちゃんと覚えているかみんなと確認しないと。

知らず、この一月余りは手放したことのない、アサルトライフルの銃把を握りしめた。

これが私の投降した条件なんだから、とニンハは主張して、意外にもすんなりとレディ・ブルーバード連隊は彼女の同行を許した。

武装は無論、拳銃の一つも許されない。泥と血の匂いの染みついた、装甲歩兵でいっぱいの歩兵戦闘車の片隅でひっそりとニンハは呟く。

「待っていて、ノエレ。——あなたが本当に欲しかったものを、きっと私があげるから」

カドゥナン河道の始点、ロギニア河を上流で堰き止めるロギニア・ダムは北方第二方面軍本隊の管轄だが、それ以北のダムと河道周辺の制圧は機動打撃群の役目だ。

サキが大隊長代理を務める第四大隊とミツダの第五大隊、リトの第二大隊とクノエの第六大隊に帰路を維持させ、移動経路上の七つのダムの制圧にミチヒ指揮下の第三大隊とローカンの第七大隊、サイス戦隊以下の第一大隊所属戦隊五個を順に残して。

シンと指揮下の部隊は第一機甲グループの最後の制圧目標、カラクィーニャ・ダムに到達する。スピアヘッド戦隊にノルトリヒト戦隊、追加戦力としてのブリジンガメン戦隊の計三個戦隊。

「レーラズHQ。――第一大隊第一班はカラクィーニャ・ダムに到達」

作戦目標は予期されているだろうが、それでも上空の警戒管制型の目にはなるべくつかないために重なる梢の厚い葉叢の下を選んで進んできた、その葉叢の掩蔽の下でシンは〈アンダーテイカー〉と指揮下部隊の脚を止める。より北へと進むツイリの第二機甲グループ、カナンの第三機甲グループが、留まる彼らと別れて紅葉の森をなおも進む。

全機を樹々の陰に留まらせたまま、梢の向こうの制圧目標、カラクィーニャ・ダムを窺った。

二つの山の間を流れるカラクィーニャ河をコンクリート製の提体で完全に塞いで堰き止める

ダムだ。干上がった下流側からは数十メートルにもなる高さの、それでいてあまりにも薄いアーチ状の提体が、二つの山の斜面に食いこんで厳然と峡谷を埋めている。吐水口(ゲート)は、盆地の北方に向けて流路を変更すべく北側の山の稜線(りょうせん)を削って作られているそうで、こちら側にはない。この大きさの建造物にあっては細い飾りの鎖のようにしか見えない、平行に走る五本の作業用通路(キャットウォーク)。

その、ほぼ垂直にそそり立つコンクリートの提体の向こうから。南北からダムを挟む、山の斜面のそこここから。

——やはり、いるな。

〈レギオン〉の嘆きが無数に届く。

伏撃のしやすい森林の戦場である以上、シンを警戒して凍結しているものもいるはずだ。ライデンが嫌そうに鼻を鳴らす。

『ヘイル・メアリィ連隊が要らねえことしなきゃ、もうちっと楽な戦闘だったろうにな』

当初の予定通り、作戦開始まで機動打撃群の存在を秘匿できていれば、シンの異能を相手取るために特化した待ち伏せの布陣を敷かれることはおそらくなかった。どのみち警戒を怠ることはないけれど、〈レギオン〉に対策を取られてしまったことは事実だ。

「言っても仕方ない。——ダムの向こうの敵機が動くぞ。機種を確認する」

『ダムの向こうは湖だよな。ずいぶんデカい機種みてえだが……』

影が落ちる。

ほぼ垂直にそそり立つアーチダムの提体の天端に、弱い光を受けてごく淡く、現実感の乏しい影がさす。提体の向こう、堰き止められた河の水が作りだすダム湖の中に、立ちあがったそれが天端を越えてその巨体を現わす。

天を衝く長い首。そこから下がる鉤。一対の鋏と一対の翼。

〈レギオン〉の鉄色の、けれど見たことのない、翼持つ巨獣の骨にも似た機体が。聞き取れない死者の断末魔を轟然と上げて、アーチダムの向こうに立ちあがった。

第四章　メアリィの小さな仔羊と、いつもの羊狩り骸骨たち

療養所に付属の牧場には、よく訓練された人懐こい大型犬が何匹も飼われていて、その中の一頭がとりわけレーナのお気に入りだ。

あるいは犬の方こそが、レーナを好いてくれたのかもしれない。今日も牧場の一角で、放し飼いの仔羊やら仔山羊やら仔豚やらがじゃれあっているのをのんびり眺めていたレーナの下に一目散に駆け寄ってきて、撫でて撫でて！　とじゃれついてきた。

「えいっ」

「わんっ！」

レーナの感覚ではちょっと乱暴なくらいに、わしゃわしゃ掻き回してやるのが犬たちにはちょうどいい力加減らしい。お望みどおりに真っ黒な毛並みをくしゃくしゃにしてやると、実に嬉しそうにふさふさのしっぽをぶんぶん振って応える。ぐりぐりと頭を押しつけてきて、くすぐったくてレーナも笑う。

なんだかシンに似ているなぁと、レーナは思う。真っ黒な毛並みに綺麗な青のスカーフもそ

うだが、一見するといかにも孤高な外見と雰囲気だけれど実は人懐こくて優しくて、ちょっぴり甘えん坊な面もあるところが。

シンたちは、いまごろは戦闘中だろうか。

——どうか無事で。次は、わたしも戦いますから。

と、北の空を屹と見上げていたら。

「きゃっ!?」

突進してきた仔豚が、レーナの膝裏に頭突きをかました。

レーナはこけた。

ひっくり返った仔豚が足をじたばたさせる。しっかり手はついたが強打した肘が痛くて起き上がれないレーナの周りを、心配した黒犬がうろうろくるくる回る。

大丈夫ですか大佐殿ー、と、同じく療養中のどこぞの隊の大尉がのんびりと言う。

†

頭上の〈レギオン〉は、機動打撃群でも随一の戦歴を有するシンが見たことのない機種だ。

斜めに天を衝く長い首とその先端の鉤。鋏を備えた一対の腕と骨だけの翼。

提体の向こうは深いダム湖で、百年分の土砂が堆積しているとはいえ底に脚を置いているならとてつもない大きさだ。ただでさえ見上げるような提体の天端を越えて、さらに三〇メートルはあろうかという長い首が——そのように見えるブームが突きだす。

鉄骨をトラス構造に組み上げた、屹立するブーム。よじりあわせた太いワイヤーが吊るす金属製の巨大な鉤と、軽く見積もっても数トンはあるだろうそのフックごと凄まじい重量物を吊り上げる、莫大なパワーを発揮する無数の油圧装置。

「起重機……いや。それだけじゃないか」

複数の関節で自由度の高い、一対の多目的アームとその先端の蟹の鋏に似た解体用油圧ペンチ。病んで羽も肉も削げ落ちた鳥の両翼のような後部サブブームは、翼や腕の骨そのまま基部と腕木を関節が繋ぐ形状からして振り回すのも——殴打する程度の近接格闘も可能だろう。一方で装甲も火砲も持たない以上、戦闘兵種ではなく工兵だろう。それがこんな、北方第二方面軍の防衛線からも遠くない競合区域のダムにいるのは。

——ヴィーカの想定どおり、か。

「各位。敵機を重機工兵型と呼称。火砲の類は見たところないが、こちらからの砲撃もこの位置からは避けろ。なるべく提体に損傷は与えたくない」

この作戦で機動打撃群に課された目標はダムの破壊だが、ダムを破壊するのは干上がらせた河川を復活させ、戦場を湿原に戻すためだ。〈レギオン〉に復旧させないためにも提体は基部から完全に崩さねばならず、半端に砲撃で傷つけて決壊させ、工兵が近づけない状態にしては目標を達成できない。熱線種（フィサラ）が近くにいるなら、攻撃と取られても面倒だ。

視線を提体の左右、そこだけ重力ダムの分厚い傾斜とその両脇の山肌に走らせた。元は深い渓谷を構成していた二つの山が、提体とその向こうのダム湖を挟みこむ地勢。

「左右の山を経由し、提体を迂回（うかい）して叩（たた）く。ノルトリヒト、ブリジンガメン戦隊は――」

指示を出しかけたところで視線に気づく。重機工兵型（アラネア）の、メインブーム先端の青い光学センサがきろりとこちらを向き、ズームしたのを戦慣れたシンの意識は敏感に感じ取る。

殺気にも似た、その視線。

一対の後部サブブームが、怒れる巨鳥の翼のように翻（ひるがえ）る。

二か所ずつの関節部をそれぞれに回転させて、それ自体超重量の構造物を小枝のように振りかぶる。メインブームと同様に鉄骨のトラス構造の、その一本一本にしがみつく無数の羽根が、振り回されて波打つようにぞろりと逆立つ。

ぅおっ……と低く不吉に腹に響く、中世の平衡錘式投石機（ウォーウルフ）の如（ごと）き風切り音を奏（かな）でて、左右の翼を振り抜いた。

翼端のたどった軌跡をなぞって扇状に、無数の羽根の全てが投射される。天高く射出された矢の軌道そのまま、上昇の頂点に達した後は急角度で大地へと突進する。

シンが指示するまでもなく、潜む全機が散開して互いに距離をとり、遮蔽となりうる地形や物陰に伏せて着弾に備える。散弾や榴弾（りゅうだん）の類（たぐい）なら、無数の樹々（きぎ）が衝撃波と砲弾片を弱める。

焼夷弾だったなら厄介だが、〈レギンレイヴ〉の脚力ならば火が回る前に逃げきれる。

けれどその砲弾の羽根さえもが、機械仕掛けの亡霊に特有の断末魔の叫びをあげていることにシンは気づく。

弾かれたように見上げる。手足を振り回し、落下の軌道を微調整するそいつは――……。

「自走地雷だ！　着弾後も注意しろ、取りつかれるぞ！」

着弾。

大樹の梢に、枝葉を折り散らして大地に、激突と同時に何体かが炸裂。仲間の自爆とを目くらましに、無数の人型が着地の衝撃で折れ曲がった手足もそのまま枯れた下草を這い進む。

『ちっ……面倒な！』

『木の上にも残ってるぞ！　下ばっか見てんな！』

自爆以外に攻撃手段のない、足も遅ければ装甲もない自走地雷は〈レギンレイヴ〉には厄介な敵ではないが、ばらまかれた数があまりに多い。加えて遮蔽物が多く暗い原生林内では、小さな自走地雷は視認しにくい。被発見の可能性を下げるため、受動探知としていたレーダーを数機が能動探知に変更。データリンクで僚機に敵位置を共有しつつ、電波を検知して群がる自走地雷を迎撃する。

『ノウゼン、下がってくれ。全体指揮もあるし、何よりお前じゃ相性が悪い』

「悪い、タチナ。頼む」

指揮下の小隊員で、機関砲手のタチナの言葉に頷く。言うとおり、機銃ではなく高周波ブレードを格闘アームに装備したシンの〈アンダーテイカー〉は、自走地雷を相手取るのは難しくはないが非効率だ。

小隊員に迎撃を任せ、一気に隙間の増えた梢の狭間から重機工兵型を窺う。視線を追ったシステムが自動でズーム、サブウィンドウが展開して表示。投射を終えた鉄骨の翼を、たどってぞろぞろと人型のシルエットが這いのぼる様が映しだされる。

後ろに相当の補充弾薬を控えさせているなと、異能に届く声に読み取って舌打ちを堪えた。

「シデン、ベルノルト、そちらの状況は」

『問題ないぜ死神ちゃん。あとちょっとで片付く』

『ノルトリヒト戦隊も同じくです、隊長。次が降ってこなきゃの話ですがね』

「じきに次弾が来る。――ラチム軍曹」

『こちらもすぐ片付く。工兵隊も無事だ』

工兵の護衛を担当する、装甲歩兵隊の隊長が応じる。脆弱な工兵を次の自走地雷の投射からも守るべく、周辺を封鎖する第二大隊が戦隊一つを引き抜き、護衛に回したと連絡が入る。

「了解。――各位。重機工兵型による自走地雷投射は、再装填は遅いが一度の投射量が多い。弾切れも期待薄だ。着弾後は次の投射までに掃討を。作戦には変更なし。提体左右、南北の山から接近して叩く」

『了解』『へいへい』

「スピアヘッド戦隊が囮になる。ノルトリヒト戦隊は南側を登攀、ブリジンガメン戦隊は森林内を経由して北側に回れ」

「ロングボウ戦隊、レカナック・ダムに到達。制圧に入ります」

スピアヘッド戦隊が〈レギオン〉の迎撃を受け、制圧目標のダムで戦闘に入ったのは第三機甲グループのカナンの下にも届いている。確実に待ち伏せはいるものと想定して、カナンは慎重に視線を霧に沈むカドゥナン河道最北端、レカナック・ダム周辺に巡らせる。

地形の関係でスピアヘッド戦隊はダムの下流側から接近することになったそうだが、幸いこのレカナック・ダムは上流のダム湖側からの接近が可能だ。最終的には破壊すべきだが、工兵がとりつくまでは傷つけられない提体を気にしながら戦う必要はない。

「報告にあった重機工兵型は——いないようですね」

メインブームだけで三〇メートルもの起重機を、隠しきるのは森林とはいえ至難の業だ。戦車ならばまだしも所詮は重機である以上、よもや潜水能力を有してもいないだろうし。

一方でさして標高も高くなく、またカドゥナン河道の終点にしてヒアノー河の始点の滝がほど近いレカナック・ダム周辺は特に濃い朝霧が立つ。〈レギオン〉にとっても遮蔽物だらけの森林は、埋伏場所に事欠かない地勢だ。

目視は無論、レーダーも効きづらい森の中で機甲部隊の目となるべく、装甲歩兵が散開して先行、敵機の捜索を開始。カナンも霧の白い闇と、ひしめく樹々の陰に目を凝らし――……。

がりっと無線機が、特徴的な雑音を吐いた。

『そこの〈ウルフヘジン〉！　友軍――連邦北方第二方面軍だな!?』

呼びかけた相手は随伴する装甲歩兵だが、連邦軍が他部隊同士の緊急連絡に使用する周波数での発信だ。〈レギンレイヴ〉の無線機も範囲内にいれば受信するし、暗号化解除も可能だ。

けれど〈レギオン〉支配域に位置するこのレカナック・ダム一帯に、機動打撃群と装甲歩兵隊、工兵以外に展開する部隊はない。警戒した装甲歩兵が足を止めて遮蔽に身を寄せ、〈レギンレイヴ〉のシステムが自動で発信源を特定。――ダム湖を越えた北岸、稜線の狭間の吐水口も越えて遠く見える崖の上の建物。

ポップアップしたサブウィンドウのズーム画像に、地図データと照合して名称が表示。カドウナン弾着観測拠点。第二次大攻勢で放棄されて無人のはずの、元は連邦軍のトーチカだ。

そこに籠もる誰かが叫ぶ。

名乗らぬのではなくその間さえも惜しんだ、緊迫した響きで。

『警戒を厳にしろ！　――逆側の岸に透明な〈レギオン〉が隠れてるぞ！』

転瞬、警告どおりにダム湖対岸の森の中で、マズルフラッシュが閃いた。

†

《プシュケ・サーティスリーよりファイアフライ。ポイント・ヨーサにて敵部隊の進出を確認》
《プシュケ・トゥエルヴよりファイアフライ。ポイント・カラクィーニャの敵挺進部隊を機動打撃群と確認。特記事項あり。〈バーレイグ〉確認》
《プシュケ・セブンよりファイアフライ。ポイント・レカナックにて敵部隊の進出を確認》
《ファイアフライ、了解》

カドゥナン河道上に配置した守備部隊が次々と上げる報告に、〈レギオン〉指揮官機は淡々と応じる。北方第二方面軍に防衛線維持のための挺進作戦を強い、待ち構えていた罠の回廊。

その最奥のレカナック・ダムにまで、敵挺進部隊が進出したのを確認して命じた。

《プシュケ全機は伏撃部隊の凍結を解除。退路を切断、敵挺進部隊を拘束する》

†

シンの異能は凍結状態の〈レギオン〉を、感知できないのは何度も経験しているからシデンもベルノルトも無音だろうと油断はしない。むしろ〈レギオン〉による伏撃は当然される想定で、潜伏可能な地形を警戒し、また逆手に取る策を練る。

そのはずが、どちらの戦隊も虚をつかれた。

機械仕掛けの亡霊の、嘆きの声が突如として膨れ上がる。紅の葉叢と落ち葉の驟雨が視界を鎖す、晩秋の森のそこここで潜んでいた〈レギオン〉どもが立ちあがる。

だが。

「ちっ……。また光学迷彩か！」

声は聞こえる。だが見えない。レーダーも、能動探知に切りかえてもなんの反応もない。

光学迷彩。電磁波に加え可視光をも散乱し屈折する阻電攪乱型を纏い、目視からもレーダーからも身を隠す高機動型に特有の兵装。

高機動性を追求しすぎて重い火砲を背負えない高機動型は、流体装甲を追加するか、未確認だが無反動砲を背負わぬ限りは投射兵装を持たない。そのはずが何もいない空間で、マズルフラッシュが激烈と閃く。

続いて轟く、鋼板を叩き合わせるような特徴的な衝撃音——戦車砲の砲声。

『戦車砲だと!?　こいつ、高機動型じゃねえ！』

「対戦車砲兵型、いや……！」

即座に飛び退って回避、応射した〈キュクロプス〉の、〈フレキ・ワン〉の戦車砲弾を、不可視の敵機は悠然と弾く。装甲が薄く待ち伏せ専門の対戦車砲兵型（シュティーア）ではない。光学迷彩を展開するのは、その姿同様に蝶（ちょう）のように脆弱（ぜいじゃく）な阻電攪乱型（アインタークスフリーゲ）だ。運悪く着弾箇所にいたものが粉雪のように粉砕され、周囲に群れる銀の翅（はね）が衝撃波に煽（あお）られて大きくなびく。

その下に隠す〈レギオン〉の、鉄色の威容がひととき露（あら）わになる。

鉄杭のような八脚。威圧的な一二〇ミリ滑腔砲（かっこうほう）。戦闘重量五〇トンの車体と六五〇ミリ圧延鋼板相当の強靭（きょうじん）きわまる複合装甲の上に、無数の銀の蝶（ちょう）を群がらせたそれは。

「戦車型（レーヴェ）か――……！」

射界の限られるこの森林の戦闘では、よりにもよってと言うべき。

光学迷彩の向こうからの砲撃をからくも回避して、ツイリは呻（うめ）く。危なかった。今のは。

「オリヴィア大尉がいなかったら、初撃もらってたわね……！」

三秒先までの未来を見とおす、オリヴィアの異能。視界の悪い森林の戦闘を警戒し、『目』を開いていた彼の警告がなかったら。

ツイリとレザーエッジ戦隊、オリヴィアたち教導隊の攻略対象は、スピアヘッド戦隊が挑むカラクィーニャ・ダムと同様に提体下からの攻略を強いられるダムだ。断崖絶壁の祖国で上下動の多い戦闘に慣れた、盟約同盟の教導隊に加わってもらったのが幸いした。

数十メートル上方の天端にずらりと砲口を並べているだろう戦車型を——光学迷彩は瞬く間に砲撃の切れ目を補修し、鉄色の威容は空に溶けて見えない——〈ストレンヴルム〉の中で見据えているらしい。〈アンナマリア〉の光学センサの焦点を外さずオリヴィアが言う。

『伏撃の罠に飛びこんだ、か』

「そのようね。——そりゃあ、向こうも予測はしてたでしょうけど」

「要害の大河を失って、北方第二方面軍は戦局が苦しい。打開のために多少無理にでも挺進部隊を出すと、それは〈レギオン〉の計算のうちでしょうが」

光学迷彩を展開したままの戦車型の猛砲撃に、頭を押さえられてカナンも戦隊の〈レギンレイヴ〉も、随伴の装甲歩兵も伏せたまま動けない。火線の下をどうにか這い戻ってきた鋼色の人影が、後方に寄り集まる〈スカベンジャー〉を手招いて対戦車兵器を下ろさせる。

向こう岸のトーチカに立てこもっているらしい、友軍部隊が無線越しに伝える敵部隊の概数を、役に立たないレーダーの代わりにカナンは手動で入力していく。——戦車型がおよそ、一個大隊規模。それ自体はより数の多い〈レギンレイヴ〉数個戦隊と随伴歩兵で挑む、カナンたちには深刻な脅威ではないのだけれど。

細い銀縁の眼鏡の奥で、その濃藍の双眸がきつく歪む。

「温存していた戦車型の投入は想定内ですが、——それに加えて光学迷彩ですか」

〈キュクロプス〉の八八ミリ散弾砲は戦車型と撃ち合うには相性が悪い。砲撃をほとんど勘でシデンは回避し、代わってミカの〈ブルーベル〉が応射。——またしても弾かれる。

『もう！　また正面を撃たされたってわけ⁉』

光学迷彩を展開していようが散弾の一つ、機銃の一発でも命中させれば倒せた高機動型よりも、ことこの森林の戦場では戦車型の方が光学迷彩を纏うと厄介だ。

速度も運動性能もなるほど、高機動型には劣るがそれ以外の全てで勝る。有効射程は実に七キロにも及ぶ一二〇ミリ戦車砲の長い間合いに、〈レギンレイヴ〉は無論〈ヴァナルガンド〉でも正面装甲以外なら貫通する大火力。速度においても、一二〇ミリ高速徹甲弾の一六五〇メートル毎秒の慮外の初速は、高機動型の最大戦速も軽く置き去りにする。

何より、堅牢きわまるその装甲。

〈ヴァナルガンド〉の一二〇ミリ砲弾でさえ、正面装甲ならば貫徹を許さぬ。まして八八ミリ砲を主砲とする〈レギンレイヴ〉は、戦車型との正面からの撃ち合いなど端から想定していない。装甲の薄い側面か後方、上方に俊足を生かして回りこみ、仕留めるのがその戦法だ。

狙うべき側面や後方が、けれど、光学迷彩に惑わされて狙えない。

射撃の砲口焔や砲声を元に、戦車型自体の位置はわかる。けれど貫徹できない正面と、側面と後方の判別がつかない。応射は虚しく、蝶の羽根の幻影の下の堅牢な正面装甲に弾き飛ばされ、わずかに覗いた鉄色はすぐさま銀の羽撃きに覆われて景色に溶ける。

引きはがすための榴弾砲の対人散弾は、落葉の季節でなお木漏れ日も落ちぬ厚い梢の葉叢に弾かれ、焼夷弾に至っては可燃物だらけの森林に撃ちこめるわけもない。年月を経た大樹群は戦車型が正面以外を、〈レギンレイヴ〉の射線から隠す強固な遮蔽ともなる。

面倒だな、とシデンは舌打ちする。戦車型だけなら、光学迷彩だけなら、森林の戦闘だけならそれぞれは嫌というほど経験ずみだ。いまさら苦戦などしないのだが。

「ミカ、次はあたしが撃つ。横からなら散弾も通るはずだ」

放物線弾道を描き、頭上から飛来する榴弾砲弾とは異なり、地面と平行の低伸弾道を描く〈キュクロプス〉の散弾砲弾なら、重なる枝葉にも邪魔されない。

「撃てそうならそれで撃破、そうじゃねえなら野郎がどっちをどう向いてるか確認してくれ。まずは横っ腹さらさせねえと、正面相手じゃ分が悪い」

カラクィーニャ・ダム周辺に何重にも敷いた警戒線を、上から突破するのが重機工兵型による自走地雷の投射だ。いきなり至近距離に出現する敵機群を、戦車型とやりあうノルトリヒト戦隊とブリジンガメン戦隊にも、森の中で待機する脆弱な工兵にも近づけたくはない。

重機工兵型の注意を引きつけるため提体の下の、遮蔽のない枯れた河床にあえて飛びだしたスピアヘッド戦隊には、だから、無数の自走地雷が繰り返し叩きつけられる。

明らかに戦闘兵種ではない重機工兵型だが、左右の翼で同時にではなく交互に投射することで装塡時間の長さをカバーできるとはすぐに学んだらしい。長大ゆえに大量の自走地雷をしがみつかせる鉄骨の翼が、天を衝くように振りかざされてそのまま真下へと振り抜かれる。見上げるような天端のさらに上方から、人型の群が真っ逆さまに墜落する。

『――これ以上着地させんな、撃て！』

応じてクロード指揮下の第四小隊、機関砲仕様機が主体の火力制圧小隊が砲口を斜め上方へと向けて掃射。すでに周囲にひしめく、無数の自走地雷の相手は他の小隊に任せ、トールが率いる第三小隊の直衛の下で降りくる自走地雷を撃ち落とす。

自身は推進力を持たない自走地雷は、飛翔の軌道をほとんど変えられない。だから空中にいる間は射的の的なのだが、ダムを傷つけないために機関砲の射角も限られる。奮闘も虚しく、弾幕を逃れた自走地雷の一部が獣さながら、四肢を広げて砂利の枯れ河に着地。

加えて。

「クロード！」

鋭く、発したシンの警告と同時に第四小隊が飛び退って退避、直後に河床すれすれを薙ぎ払って、鉄色の影がギロチンの刃のように戦場を通過。――メインブームの先端からワイヤーを最大に繰りだして伸びる、大型起重機の巨大なフック。

メインブームの乗る旋回体を半回転させて側方へと振り抜き、旋回体を反転させることで再び河床へと叩き落とされる。ご、と大気を切り裂くというより押しのける、不吉な低い唸りを上げて、それ自体数トンはあるだろう鋼鉄の塊がわずかに軌道を違えて落ちてくる。

『ちっ』

クロードの〈バンダースナッチ〉がさらに後退、行きすぎたフックのワイヤーを狙うが、河床を過ぎる瞬間はフックの速度が最大に達する。とても命中するものではない。ばかりか射撃の隙を狙って重機工兵型の多目的アームが、本来は高所に伸ばすためだろう伸縮機構を眼下へと伸ばすかたちで突き下ろされて、先端の油圧ペンチの刺突を放つ。

くそっ、と捨て台詞を残して〈バンダースナッチ〉は今度こそ大きく飛びのかされ、入れ替わりにクレナが〈ガンスリンガー〉の照準を重機工兵型に向ける。が、こちらがダムを傷つけたくないことを〈レギオン〉も知っているのだろう。ダム湖の中をどうやってか、後退して提体を楯に身をひそめる。

『ああもう！　ダムがなきゃあんなデカいの、どうにでも狙えるのに！』

『クレナ、次が来るぞ。下がってろ！』

発射速度が速く砲身が過熱しやすい機関砲は、長時間連続しての射撃はできない。翼だけを天端の上に見せつけての再びの自走地雷投射を、第四小隊と交代してライデン指揮下の第二小隊が迎撃。

『自走地雷が増えすぎてるわね。——掃討するわ、全機退避！』

アンジュの〈スノウウィッチ〉がミサイルポッドを天に向けて全弾射出、空中で自爆して降り注いだ対軽装甲弾が自走地雷の大半を叩き伏せる。

ライデンが唸る。

『自走地雷も面倒っちゃ面倒だが。重機工兵型自体もずいぶんやべぇな』

数百トンの重量をフックで吊り上げ、油圧ペンチで破壊する重機の途轍もない大出力と、それ自体が兇器そのものの超重量。フックと油圧ペンチだけでもそれぞれ数トンはあるだろう殴打の、直撃を喰らえば軽装甲の〈レギンレイヴ〉は大破を免れない。

「ああ。……提体の上までよじ登ったところを、突き落とされでもしたらいくら〈レギンレイヴ〉の緩衝系でも保たない。その前に自走地雷の投射だけでも、無力化したいところだけど」

カラクィーニャ・ダム上流。提体に留められた大量の水が揺蕩うダム湖。

峡谷をそのまま転用して長細い、そして深い人造湖だ。堰き止められてはるかに高い位置にまで持ち上げられた水面が、提体の頂上ではなく北の稜線を切り崩して設けられた吐水口を越えてカドゥナン河道へと流れ落ちる。細いとはいえ最大で五百メートルほどの幅がある両岸を古い斜張橋が繋ぎ、平行して走る網場のライン。

上流側に向かって弧を描く提体と、主塔から橋桁へと無数のケーブルを張って竪琴にも似た斜張橋。優美なその二つの巨大建造物の間に、重機工兵型の無骨な巨影は佇む。

ダム湖南岸で戦車型と格闘するベルノルトの目にも、否応なくその威容は映る。いつ自走地雷の投射がこちらに向くとも知れない。注意は怠れないし、重機工兵型はそれだけ巨大だ。フックを吊り下げて振り回される起重機のメインブーム。左右の油圧ペンチ。後方に伸びるサブブームの一対の翼。それはダムの下からもうかがい知れた威容だが、それらを支える分厚い本体、側面から伸びて水中へと下ろされる八本の長い、長い脚。禍々しくも妖艶な、銀の巣の中央に座すジョロウグモを思わせる外見だ。

底が見えないほどに深いダム湖を、けれど歩いて移動する。スピアヘッド戦隊の誰かが向けた照準を避けて後退し、アーチダム特有の薄いコンクリートの提体の遮蔽に身をひそめる。可能な限りダムを傷つけたくない、こちらの意図を察知した動き。――性格の悪い。

「隊長。重機工兵型の兵装は起重機と油圧ペンチ、後ろの翼で他は見当たりやせん。光学センサはクレーン先端の他、本体前方にも複数。天端すれすれから見下ろす位置です。それと脚部の付け根に一対ずつ」

提体下方にいるスピアヘッド戦隊には、重機工兵型の全容も移動を含めた動作も見えない。

この距離ならデータリンクは繫がっているが、ベルノルトとて戦闘中だ。まして〈レギンレイヴ〉の高速戦闘の中、共有したい光景だけを注視していられるはずもない。

戦闘中のシンは不要な応答はせず、ベルノルトも気にせず報告を続ける。

「メインブームとペンチを下に向ける時に前に傾くのを、翼を後ろに目いっぱい下げてバランスとってます。カウンターウェイトを兼ねてるんでしょう。野郎の後方には橋、移動も制限されますが自走地雷がその上に山ほど群がってやがります。ついでに、と……」

後退のついでに重機工兵型は橋に両翼を差しのべ、主塔とケーブルにひしめく自走地雷をよじ登らせて装塡する。ぞろぞろと、這い上った自走地雷どもが翼全体にしがみついたところで再び前進。複数の関節を持つ歩行脚が、大量の水を押し分け、蹴立てて重く動かされる。

一連のその動きにベルノルトは違和感を覚える。

「……短かかねえか？」

目測だが、推定される水深に対して脚部の長さが足りないように見える。水中に沈んだ村か何かの、残る頑丈な建物を足場にしているのか。

『曹長？』

「ああ失礼。……水深と脚の長さがあってねえです。足場が何か、下にあるみたいですね」

『送れるか？』

脚部周りの画像か映像を。略された言葉をベルノルトは正確に察したが、繰り返すが彼も戦闘中だ。即答できずにいると、知覚同調（パラレイド）しにやりとりを聞いていたのだろう、随伴の装甲歩兵が、任せろ、とハンドサインを寄越した。

　人間より一回り大きいだけの装甲歩兵は、それだけ探知もされにくい。湖畔へと這（は）っていった装甲歩兵が面頬（バイザー）下部のカメラの映像を〈アンダーテイカー〉に送信し、シンが沈思する気配。

『……曹長、橋は落とせるか？』

　邪魔くさい自走地雷を、投射前にまとめて沈めたいのだろう。それはわかるのだが。

「報告の続きです。……その橋の後ろに、デカい方の原生海獣（クジラ）がいやがるんですよ」

　広大なダム湖とその向こうのカラクィーニャ河さえも狭苦しげに。陸の獣の何よりも巨大な化物が、橋のすぐ後ろをぐるぐると、明らかに苛立（いらだ）たしげに泳ぎ回っている。

「どうもこっちに来たがってる風ですが、重機工兵型（アラネア）と俺らの戦闘が邪魔で来られねえようです。……一応、陸じゃあ反撃以外はしてこないってのは本当なようっすね」

　シンは舌打ちを堪えたようだ。

『やはり来てるのか。……なら、橋や重機工兵型（アラネア）を間接射撃もできないか』

反撃しかしてこなくとも、攻撃とみなされれば反撃もされる。仰角を最大にとり、放物線弾道で提体を飛びこえさせる曲射が熱線種（フィサラ）に封じられたかたちだ。

「こっちの射界も、ずいぶん制限されちまってます。……原生海獣（クジラ）は〈レギオン〉にも想定外でしょうが、連中の光学迷彩封じ封じと合わせて邪魔極まりねえですね」

†

《迎撃部隊、交戦開始。――光学迷彩への焼夷弾使用は確認できず》

〈レギオン〉は学習する。

対峙する敵勢力の兵器を、戦術を、貪欲に学習しそして対抗手段を構築する。機動打撃群が高機動型に、光学迷彩に対処したように、〈レギオン〉もまた対策を編みだす。

可燃物だらけの森に、焼夷弾を降らせることはできない。無数に重なる森の葉叢は、頭上からの対人散弾程度は防ぐ。

つまり森の中では阻電攪乱型の光学迷彩に、人類は対応できない。

《挺進部隊の拘束を完了。――ファイアフライよりグリルス・ワン。主攻、重機甲部隊の凍結を解除、進撃を開始》

獲物を捕らえた、檻の戸は閉じた。

あとは。

《北方第二戦線、旧ロギニア河防衛線を突破せよ》

獲物の帰るべき巣さえ、蹂躙し焼き払い、――喪わせるまでだ。

†

眼下。

正確には掩蔽(えんぺい)に潜んでレルヒェの〈チャイカ〉が見下ろす、ヒアノー河南岸の光学映像。臨時に構築された通信網を経由して共有された、画素の粗いその光景の中で。

「——まだこちらを罠(わな)にかけているつもりか、馬鹿どもめ」

前衛彫刻のように微動だにせず蹲(うずくま)った姿勢から、唐突に八本の脚部を伸ばして身を起こした重戦車型(ディノザウリア)の一輌(いちりょう)に——今になってようやく、主攻たる重機甲部隊の凍結解除の命を下したらしい〈レギオン〉どもに、ヴィーカは嗤(わら)う。

石畳の敷石(しきいし)のように整然と、そして隙間なく並ぶ凍結状態の重戦車型(ディノザウリア)と戦車型(レーヴェ)の群。戦場を西から東へと切り裂いて滔々(とうとう)と流れるヒアノー河の、その南岸を見渡すかぎりに埋め尽くして集う。

これほどの数の重戦車、一輌(いちりょう)だけでも一〇〇トンにもなる超重量の貨物を、第二次大攻勢からのたった一月(ひとつき)余りでこうも迅速に、しかもあらゆる〈レギオン〉の声を聞く異能を有す死神の目さえ逃れて輸送してのけたからくりは。

「やはり水路輸送だったな。——流量の多い河を手中に収めたなら、それは水路を新設してでも利用するだろうよ」

ヒアノー河を挟んで、北岸。河岸を切り崩して大河の横腹に口を開けているのは、連邦の地図には記載されていない真新しい水路だ。

北の湿地を遥（はる）か彼方（かなた）まで切り開き、霧の向こうから流れくる。おそらくヒアノー河上流で取水し、ここからは見えない後方の自動工場型（ヴァイゼル）を経由、下流のこの位置へと戻る――自動工場型（ヴァイゼル）からここまで、重戦車型（ディノザウリア）を水上輸送するための。

戦場では河は障害物だが、一方で大規模輸送に利用できる。陸上では一輌（いちりょう）を運ぶにも苦労する戦車も、船舶ならば大型のものなら、部隊まるごとだろうと輸送が可能だ。

見下ろすレルヒェが応じる。

『聞けばスピアヘッド戦隊が〈レギオン〉重機と会敵したとか。――戦闘の頻発する競合区域（コンテスト・エリア）に無力な重機などを派遣したのも、吐水口（ゲート）を破壊しての流量維持のためですな』

「上流で流路を変えられれば、頓挫する輸送計画だからな。連邦軍がダムの破壊を行うとは想定できた以上、〈レギオン〉どもも対策を取らないわけにもいかんだろうよ」

ヒアノー河は国防と農地の干拓のため、無数の川の水を集めて流し捨てる人工河川だ。上流のダムを破壊されれば流量の激減は免（まぬが）れない。戦闘で堤体が損傷する可能性を考慮すれば〈レギオン〉もまたダムに兵力と工兵を派遣し、挺進（ていしん）部隊の侵攻に備えねばならない。

そう。

「奴らこそが連邦に強いた、挺進作戦への対策のためにな。こちらに兵力分断を強いたつもりで、自分たちこそが分散配置をする破目になるとは笑わせる」

人類圏の防衛線を圧迫し、戦況打開のために精鋭を挺進部隊として抽出させ、〈レギオン〉支配域にまで釣りだして拘束。同時に重機甲部隊による打撃で防衛線を崩壊せしめる。連合王国の夏の雪の戦場で、〈無慈悲な女王〉が仕掛けた作戦とまるで同じだ。

同じ手を。

「警戒していないわけがないだろう。——ゼレーネに比べれば三流だな、この指揮官機は」

続々と、重戦車型は起動自体はしているらしい。

けれど最外周のごく一部を除いた大半は、まだ立ちあがりさえもしない。単純に、動けないのだ。北部第二戦線を急襲するまでは秘匿すべき、主攻の重機甲部隊。万一にも連邦の偵察に見つからぬためには待機場所は広く取れない。輸送効率も考慮して整然と、きっちりと隙間なく並べられて、重戦車型どもにはその場で立ちあがるためのスペースがない。

本来ならば水路輸送後、小部隊ごとに分けて潜伏させるつもりだったのだろうが——北部第二戦線に現れたシンを警戒して凍結したまま、貨物として並べていたのが裏目に出た。

スイウが言う。

少女の優しい声質ながら潔癖な少年のような、彼女に特有の中性的なその声音も今は獰猛な笑みを帯びている。

獲物を前にした猫科の獣の、無邪気な残忍。

『王子殿下。第四機甲グループの包囲配置は完了したよ。もう食べていいかな』

「ああ」

なるほど重戦車型(ディノザウリア)に湿地帯を歩ませるよりは、時間は低減できたろう。

一方で、輸送路構築に〈レギオン〉どもが費やした労力は膨大だ。数十キロ奥の自動工場型(ヴァイゼル)の下(もと)へと往復する輸送船が、通行可能な幅と深さの水路構築という大工事。一月(ひとつき)前までは人類側の要害であり、ために〈レギオン〉自身が砲弾衛星で破壊したヒアノー河の岸壁の補修も。〈レギオン〉にとっては苦ではなかろうが、決して負担が軽くもあるまい。北部第二戦線突破のため、費やしたその膨大な労力を。苦心して増産し、温存した重機甲部隊を。

「せいぜい徒労に変えてやるといい。――殲滅(せんめつ)しろ」

光学迷彩を纏(まと)った〈レギオン〉は、ダムに加えて挺進(ていしん)部隊の進路周辺にも潜む。移動経路を寸断し、各部隊を孤立させるべくあえて往路の通過は許した彼らが潜伏を解いて立ちあがる。

朽葉(くちば)の積もる秋の森を、けれど音もなく。大樹のわずかな隙間を縫ってひたひたと、不可視の亡霊たちは挺進(ていしん)部隊の移動経路と、警戒線の第一線を構築する装甲歩兵に迫り――……。

「――来たな。一つ覚えの馬鹿どもが」

足元。

圧力を、振動を、音響を、そして張り巡らせたワイヤーがぴんと引かれるのを、検知して即座に信管が作動。

指向性散弾地雷が炸裂。

無数の散弾で前方五〇メートルの範囲を扇状に薙ぎ払う罠が、立て続けに作動する。

装甲歩兵からなる警戒線の第一列。その前方に濃密にばらまかれた地雷の群が、散弾と爆炎、衝撃波の横殴りの嵐を落葉の森に吹き荒ばせる。敵機の撃破よりも警報の役目を優先した、複数種類を取り混ぜての散弾地雷の配置。

電磁波と可視光を捻じ曲げて電子的にも光学的にも透明化する阻電攪乱型の光学迷彩も、〈レギオン〉の巨体そのものを消し去れはしない。踏みしめる圧力が、高性能の緩衝系でも皆無にはできない機甲兵器の歩行の振動と駆動音が、木々の合間に張られて脚先や車体を引っかけるワイヤーが、その接近を待ち伏せる地雷に知らしめる。

炸裂の音響と爆炎が、地雷を踏んだ間抜けとその僚機の居場所を派手に喧伝する。高速の散弾と衝撃波の嵐に、脆弱な阻電攪乱型がまとめて吹き散らされ引きはがされる。

蝶の陰に潜んだ〈レギオン〉たちは、——けれど、万端備えて待ち構えていた装甲歩兵たちのその眼前で、無様にも空しく鉄色の巨影を晒した。

「——連邦だから、どうにかなる荒業ではあるけどな」

偵察部隊は、進軍を終えて警戒線も敷き終えた以上もう役目はないし生身でうろつかれるとぶっちゃけ邪魔だから下がっていろと、装甲歩兵たちに押しこまれた警戒線の内側。

一二・七ミリ重突撃銃の猛烈な咆哮（ほうこう）と、炸裂（さくれつ）する端からまたばらまかれる散弾地雷の轟音（ごうおん）が耳を聾（ろう）する戦闘に、イシュマエルはげんなりする。大国様は贅沢（ぜいたく）というか無茶というか。

指向性散弾地雷は、人間を挽肉（ひきにく）に変える威力を持つ。歩兵戦力の主力が装甲歩兵の連邦だから無造作に大量投入できるだけで、生身の歩兵ばかりの戦場では同士討ちが頻発しかねない。

ざくざくと、重い足音で装甲歩兵の分隊長が駆け寄って知覚同調（パラレイド）越しに警告が飛ぶ。

『伏せてろ船乗り、内側を確認する！』

分隊の装甲歩兵が偵察隊に覆いかぶさって楯（たて）となり、直後に装甲歩兵用の大型手榴弾（しゅりゅうだん）がそこここで投擲（とうてき）、空中で炸裂（さくれつ）。

衝撃波に撒（ま）き散（ち）らされて振りまかれたのは、派手な青色の蛍光塗料だった。

明らかに偵察兵に配慮した非殺傷兵器だ。目を見張ったイシュマエルたちに、装甲歩兵はどうやら面頬（バイザー）の下で笑ったらしかった。

『試験中の、後方輸送路防衛用の対光学迷彩弾だ。生身のお前らがいるならと持ってきたのは正解だったな！』

破片からも偵察隊を庇って塗料の霧を浴びた、無表情なその面頬を見返してイシュマエルはなんだかおかしくなる。それは、そうか。

全体の指揮を執るお貴族様どもがどう思おうが、前線で戦う兵士たちにとっては偵察兵とは大事な『目』であり戦友だ。死なれたら寝覚めが悪いし、まして同士討ちなどまっぴらだ。

それは他国からの避難民の、船団国人の自分たちであっても。

「信用ねえな。あんなデカブツ見逃すほど節穴じゃねえよ」

『さあどうだかな。あんたらの獲物の原生海獣に比べりゃアブラムシみたいなもんなんだろ』

軽口を叩きあって、装甲歩兵の分隊は移動していく。征海氏族の『弟』が苦笑する。

「まあ〈レギオン〉がちまいのはそのとおりですけど。アブラムシって」

電磁砲艦型に『兄』のイシュマエルが夜光虫の名を付けたのは、どうやら棚に上げている。

「アブラムシですよ屑鉄どもなんざ。じゃなきゃバッタとかイナゴとかです」

吐き捨てたのは同じ偵察隊の、ただしこちらは生粋の連邦人の兵士だ。偵察時の小競りあいで消費した弾薬を弾倉に詰め直し、音を立てて装塡する。

「原生海獣やら海やらと違って、敬意なんざ払ってやる相手じゃない。単なる害虫です。散弾ぶちまけて塗料と接着剤まみれにでもして、潰して捨てちまうべき奴らです」

征海氏族にこそ珍しいが、隣接する土地で船団国群にも多く居住していた琥珀種の、麦穂色の双眸が見上げる。〈レギオン〉に奪われたこの大地の、かつての畑の実りの色。

「害虫〈レギオン〉を駆除したら、今度は迷子の原生海獣(クジラ)探しです。——そっちは勝手が摑(つか)めませんし、専門家にお願いしたいところですので」

牛や羊ならともかく、と続けた、元は農村の出らしい偵察兵にイシュマエルは苦笑する。まさかこんな海のない土地にまで来て、関わりあいになるとも思わなかったが。

「そうだな、そいつは船乗りの専門だ。任せてくれ」

作戦域の大半は、機動打撃群には珍しく競合区域(コンテスト・エリア)の中だ。友軍高射砲の射程に収まる。挺進(ていしん)部隊の交戦情報を元に、後方、ロギニア線に展開する高射砲群が射撃を開始。上空に群れ集う阻電攪乱型(アインタークスフリーゲ)を爆焔(ばくえん)で焼き払い、爆轟(ばくごう)で磨(す)り潰(つぶ)して光学迷彩機への補充を妨害する。地上の蝶(ちょう)の群は吹き散らされつつも補充を失い、次第に戦車型(レーヴェ)の姿を覆い隠せなくなっていく。

〈レギオン〉の嘆きを聞く機動打撃群の死神、エイティシックスの戦帝がいなくとも。

この北部第二戦線には、元より彼(か)の戦帝はいなかったのだから。

「光学迷彩機がいるの確認して、その光学迷彩のネタまで割ってくれたんだから充分だ」

装甲歩兵が、砲兵がそれぞれ可能な対策くらい、とっくの昔に自分たちで考えて、意見具申して準備してある。

集団では厄介極まりないが一体一体は脆弱(ぜいじゃく)な、阻電攪乱型(アインタークスフリーゲ)が光学迷彩の肝であったのが幸いだ。基本的な防衛線構築に多少の工夫で、ひ弱な翅(はね)の下の屑鉄(くずてつ)どもを曝いてやれる。

フェルドレスではおよそ及ばぬ身軽さを生かし、装甲歩兵たちは地上のみならず巨木の上にも登攀(とうはん)し展開。機甲兵器の弱点である上方から戦車型(レーヴェ)を、増援として加わる近接猟兵型(グラウヴォルフ)と斥候型(アーマイゼ)を片端から撃ち抜く。障害物だらけの森の中では上方からの突入(トップアタック)を行う対戦車ミサイルはあまり役に立たないが、極めて重い三〇ミリ対戦車ライフルも命中精度の低さを数で補うロケットランチャーの山も、装甲強化外骨格(アーマードスケルトン)の膂力(りょりょく)にかかれば樹上まででも軽々と運べる。

「舐(な)めるなよ、屑鉄(くずてつ)」

何が。

英雄。精鋭部隊。——勇敢で果敢な少年兵だ。

子供に頼りきりになんざ、なるものか。

「みたかエイティシックス(ガキんちょ)ども」

装甲歩兵が構築する防衛線に、さらに退路の維持を担当する大隊の〈レギンレイヴ〉が加わる。軽量の斥候型(アーマイゼ)、近接猟兵型(グラウヴォルフ)は装甲歩兵に任せ、装甲歩兵にはない戦車砲の火力を以(もっ)て、光学迷彩をひきはがされた戦車型(レーヴェ)を狙う。また敵の集結地点を読んだ一部が俊足にまかせて進出し、〈レギオン〉増援部隊の進撃路に横から喰(く)らいついてずたずたに引き裂く。

装甲歩兵の、〈レギンレイヴ〉の迎撃に削り取られ、友軍の増援も到達前に追い散らされて。カドゥナン河道周辺に埋伏していた〈レギオン〉部隊は着実に、その総数を減じていく。

〈キュクロプス〉の散弾砲や〈レギンレイヴ〉の二挺の重機関銃は阻電攪乱型には有効だ。

加えて装甲歩兵の援護も大きい。対人用の散弾地雷は、〈レギンレイヴ〉にも装甲歩兵の〈ウルフヘジン〉にもまず効かない。どうせ放棄する土地なのだからとばかりに遠慮なくばらまかれる地雷を巨体の戦車型は避けきれず、そこここで派手な爆炎を上げ、光学迷彩を引き剝がされている。地雷の炸裂に、戦車型の砲撃に反応して装甲歩兵が掃射、晒けだされた戦車型の横腹や後部を〈レギンレイヴ〉がぶちぬいて撃破、の連携のパターンも決まってきた。

大量に消費した重突撃銃の弾倉を、大量に抱えて〈スカベンジャー〉の元から戻ってきた装甲歩兵が言う。

『あの〈スカベンジャー〉ってのは便利だな、地雷も銃弾もたっぷり積んで持ってこられる』

ファイドなら愛嬌でも振りまいたところだろうが、生憎とそこにいた〈スカベンジャー〉は無愛想なゴミ拾い機の方だ。ともあれシデンは笑って言う。

「おいあたしらじゃねえのかよ」

装甲歩兵が応じる。

荒っぽい口調に野生の馬みたいな精悍な体躯だが、女性だ。からからと高い、澄んだ笑声。

『あんたらはちょろちょろ速すぎて正直邪魔だ。ついでに蜘蛛みてえですげえ不気味』

「ひでえな」

言いながら砲口を微動させ、トリガ。近づく斥候型がまとめて擱座。

至近での砲撃に咄嗟に伏せた――八八ミリ戦車砲の大音響と衝撃波は強烈だ――装甲歩兵が、笑ったまま吐き捨てた。

『訂正。単純にうるせえ』

「ほんとひでえな」

『ノウゼン、王子殿下とスイウが〈レギオン〉主攻を捕らえた。今のとこ一方的に殲滅できてるから、背後を衝かれる心配はしなくていいぜ』

「了解。とはいえ――……」

マルセルを経由しての、第四機甲グループの急襲成功の連絡にシンは一つ息をつく。背後を衝かれる――〈レギオン〉主攻の重機甲部隊にロギニア線を突破されるおそれがなくなったのはいいが、だからといってダム制圧にあまり時間をかけてもいられない。工兵の作業時間もあるし、周辺で戦闘を長引かせ、熱線種の攻撃を誘発でもしたら目も当てられない。

提体の保護に加え、後方に熱線種（フィサラ）がいる以上はダム正面からの砲撃ができない。ノルトリヒト戦隊、ブリジンガメン戦隊は、光学迷彩を施した伏撃の戦車型（レーヴェ）に、対応しつつあるものの未だ戦闘中だ。

一方で両戦隊や装甲歩兵の報告で、重機工兵型（アラネア）についてはずいぶん情報が集まった。移動の速度。多目的アームの自由度と動作範囲。最大に後退した時の提体との距離。

起重機（クレーン）と多目的アームを振るう間の、後部サブブームの挙動。

——投射も下方への攻撃も、これなら封じきれるか。

「スピアヘッド戦隊各機。作戦変更。左右の斜面と提体下から重機工兵型（アラネア）を挟撃する。第二小隊はノルトリヒト、第三、第四小隊はブリジンガメン戦隊に合流、重機工兵型（アラネア）の足止めを」

もう呆（あき）れもしないと言わんばかりの口調で、ライデンが言う。

『まぁたお前、正面から斬りこむつもりかよ』

「熱線種（フィサラ）が後ろにいる以上、それが一番安全だろ。——クレナ、第六小隊は第二小隊と崖上に移動後、指定の位置に展開。マルセル、」

『重機工兵型（アラネア）の足場の解析だよな？　もうやってる』

打てば響くように応答は返る。レーナの直下で、管制官として機動打撃群の戦闘をサポートし、支援要員としての濃密な経験を積んできた彼。

『曹長の推測どおりダム湖に沈んだ村があって、地図は要請して回してもらった。野郎が沈まないで移動できる範囲を、今割りだしてる』
「助かる。——指揮所までの通信網は確立している。完了次第、全機に転送を」
笑みさえ含んで声は返る。当然のように、それこそをどこか誇らしげに。
『おう』

突如、頭上で響き渡った砲声とそれに続く戦闘音に、息を詰めて梢越しのダムを透かし見ていたメレの目に、疾走する白い閃光が映る。——なんだ、あれは。

同じ戦闘の様子を双眼鏡を使い、確認していたオトが双眼鏡を外して眉を寄せる。

「なんか、見たことないフェルドレスだ。真っ白で四つ足で、なんか骸骨みてえな」

その言葉でぴんと来た。

前に、キアヒが羨ましがっていた。最新鋭のフェルドレス。

「〈レギンレイヴ〉だ。エイティシックス。西方方面軍の、精鋭部隊だって噂の」

ああとオトも声を上げた。

「機動打撃群か！　じゃあオレも知ってる！　なんかすごい、英雄だって奴ら！　すげえ！」

目を輝かせるオトに、けれどメレは頷けない。頭上、はるか高みを疾走する首のない骸骨。

なんだろう。英雄というよりも。

すごい、というよりも。

「怖い。……違うな。あいつらは」

きらいだ、と。何故だか、それでいて強く、メレは思った。

重戦車型の、全高四メートル、重量一〇〇トンもの威容。陸戦の覇者たるその姿。

立ちあがれても動きだせない現状では、鉄くずだ。

黎明の濃霧のヒアノー河畔に、火の雨が降る。

背後をヒアノー河に阻まれ、互いの巨体で動けぬままにひしめきあう〈レギオン〉重機甲部隊に、第四機甲グループの砲兵大隊が全力の砲撃を撃ちかける。〈レギンレイヴ〉への搭載のため、砲兵主力の一五五ミリ榴弾砲に比べれば小口径の八八ミリ榴弾だが、装甲の薄い砲塔上面に直撃すれば重戦車型も撃破できる。一面の鉄色の石畳のように、立ちつくして降り注ぐ死を待つ戦車の群を、砲弾の驟雨は容赦なく貫き、爆砕して焼き払う。

猛砲撃のその下を、〈アルカノスト〉の蒼白の群が駆ける。

目指すは重機甲部隊、最前列。そこだけは重戦車型の巨体が立ちあがり、進む空間が前方に確保されているその位置で、横糸を引かれた布がほどけるように一列ずつ、鉄色の巨体が身を起こしては骨の擦れる足音で猛然と驀進を開始している。

「英雄姫殿の薫陶を受けて初の作戦、一月ぶりの我ら〈シリン〉の庭なれば。――狩るべき獲物が多くて幸甚至極」

先頭を駆ける〈チャイカ〉の中、唇を舐めて、レルヒェは笑う。

コクピットの中でだけ浮かべる笑みだ。戦闘のための機械、闘争のための存在としての彼女の本能が、目を見開いて獣のように笑う、餓えたその笑みを浮かべさせる。

重戦車型の一輌が青い光学センサに、レルヒェの小隊を捉える。砲塔が、続いて車体と支える八脚が旋回し、予備動作もなく最高速度で飛びだす理不尽な運動性能で疾走。瞬く間に〈チャイカ〉へと迫る。所詮は間に合わせの、使い捨ての兵器にすぎない〈アルカノスト〉とは比較にもならぬ大火力と堅固な装甲を誇る、〈レギオン〉どもの切り札。

だが。

「これは修練を試す好機。――いざ尋常に、などとは申さぬが」

〈チャイカ〉に重戦車型の注意を引かせて背後、小隊三機が命令一つもないままに散開。それぞれ微妙にタイミングをずらして重戦車型へと飛びかかった。

内部に人間を抱かない〈アルカノスト〉は高機動戦向けのフェルドレスばかりの機動打撃群でも最速、駆る〈シリン〉もまた人間よりも反応速度は速い。その人外の高速を以て、〈アルカノスト〉は重戦車型の二挺の旋回機銃を、主砲と同軸副砲を存分に引きつけてから回避。

――僚機の損耗を前提に敵機に取りつき、押さえつけて撃破する彼女たちの得意戦法は、本国からの補給を失った今では取りえない。

けれど機械仕掛けの死の鳥の本領は、それだけではない。

旋回機銃は二挺、主砲とは同方向しか狙えない同軸副砲。四機の敵に同時には対処できない重戦車型の照準を三機の僚機に向けさせ、すりぬけた最後の一機が接近する。一〇〇トンの重量そのものを兇器に、蹴撃が迎え撃つのを直前で回避。無理な迎撃に脚を止めさせられた巨獣の背後に、また別の〈アルカノスト〉が回りこんで照準レーザーを向ける。即応して振り向けられる旋回機銃に、まったく別方向からガンランチャーの砲弾が叩きつけられる。

死角から獲物の急所を狙い、獲物が対応して生まれた死角をまた別の個体が突く。獲物が弱って動けなくなるまでそれを繰り返す群狼の狩りのように。そして群狼にも人の駆る同じフェルドレスにもあり得ない、あまりにも統制されすぎた精密な連携で。

〈シリン〉は所詮、〈アルカノスト〉の部品だ。量産のため統一規格の工業製品だ。

人造脳内部に流しこまれ、参照する戦闘記憶もまた、全ての〈シリン〉で同一だ。――過去の〈シリン〉の全戦闘データは製造工廠に蓄積され、解析されて導きだされた最適な戦術が整備やバックアップ作業の際に定期的に、現在いる〈シリン〉の全機へと更新される。

全ての〈シリン〉は戦闘においては、別個体ではなく互いに同一の存在だ。

自分自身と連携するのに、言葉も合図も必要ない。

極めて精密な波状攻撃と、そのくせ襲いかかる全機が外見も機動もまるで同一で区別もできない状況に、重戦車型(ディノザウリア)は次第に幻惑される。対する敵機がいったい何機で、何機が眼前にあり何機が後方や側面に回っているのか、その貧弱なセンサ性能では判定しきれなくなる。

そして。

「そら、詰みだ」

眼前、砲の真下にただ一機、パーソナルマークを掲げた〈アルカノスト〉が出現する。〈チャイカ〉。〈シリン〉の中でただ一人、彼女だけの姿と名と記憶を持つレルヒェの乗機。

鎧(よろい)の隙間に短剣をさしこむように至近距離、ターレットリングにガンランチャーを突きつける。砲塔の回転を確保するために装甲できない、数少ない戦車の弱点の一つ。

躊躇(ちゅうちょ)の一つもなく、トリガを引いた。

砲弾が砲口を飛びだし、ほぼ同時に着弾して炸裂(さくれつ)。砲塔内部に爆炎が吹きこみ、弾薬に誘爆して再びの爆発。

吹き飛んだ重戦車型(ディノザウリア)の砲塔が、霧の黎明(れいめい)に高々と舞った。

レカナック・ダムでもまた、光学迷彩を纏(まと)う戦車型(レーヴェ)の制圧は進む。

強靭(きょうじん)なショックアブソーバの恩恵により足音の一つも立てない〈レギオン〉だが、四対の脚が地を蹴れば蹴立てられた泥が舞い上がる。長大な一二〇ミリ砲と五〇トンの車体が風を切るたびに周囲の空気とそれに巻きこまれた霧が派手に動き、装甲に弾（はじ）かれて折れ飛ぶ無数の枝葉がその位置と進路を周囲に知らせる。

つまり。

「多少注意していれば——意外と見えるものですね！」

枯れた下草と折り重なる朽葉（くちば）を蹴立て、降りしきる紅葉の驟雨（しゅうう）を貫いて、カナンの〈カトブレパス〉が霧の揺らぎに飛びかかる。

引き裂かれた霧の切れ目の形状から、貼りつく落ち葉の斑（まだら）から。砲塔と見てとった部位の上部に着地、零距離（ゼロ）から射撃。吹きだした爆焔（ばくえん）に戦車型（レーヴェ）のシルエットが黒々と浮き上がり、無数の銀の蝶（ちょう）が焔（ほのお）の舌を逃れて舞い上がる。

白霧に透けて立ち昇る銀と降りしきる紅（べに）に、紛れてカナンは即座に離脱。応射しようと砲口を巡らせたらしい別の光学迷彩機が、その動きで位置と砲塔の向きを特定されて八八ミリ砲の集中射に晒（さら）される。

『泥に、霧に、落ち葉に枝。火と散弾以外にも弱点だらけだな、カナン！』

「ええ。少なくともこの北部第二戦線では、使い物にならない代物です」

そしてこの戦闘の記録を持ち帰れば、分析することで霧と泥と枝葉だらけのこの秋の北部第二戦線でなくとも。——今は目視で見定めている大気の動きや弾（はじ）かれる枝や泥や砂も、データが集まればいずれシステムで検知し判別できるようになる。

森に潜み、光学迷彩への対策を封じるつもりで、更なる対策の端緒を与えてしまった屑鉄どもに、カナンはコクピットの薄闇のなか酷薄に嗤う。

『解析完了。――送るぞ！』

作戦に際し臨時に構築した、有線と短距離中継機を駆使した通信網を通じて、マルセルの解析した画像が届く。ダム湖に沈んだ建物を伝い移動する、鋼鉄の水蜘蛛の移動範囲予測。

直後、三方に分散したスピアヘッド戦隊が同時に動く。

『さあ、じゃあ行くわよ！』

第一小隊と共に提体下に残る、アンジュ指揮下の第五小隊の二機がミサイルポッドを上方に向け、斉射。一度直上へと上昇してから急降下、河床全体に展開して自爆した対軽装甲ミサイルが、無数の子弾を降り注がせる。――しつこく投射されていた自走地雷を、一息に掃討。

炸裂の火焔を煙幕に、シンは〈アンダーテイカー〉を飛びださせた。

向かうは重機工兵型の巨体を隠す、そそり立つ堤高数十メートルのコンクリート壁。

正面からの砲撃ができないなら。側方からの射撃にも制限がつくなら。――白兵兵装で斬り捨てるか、乗りこんで零距離から撃ち抜くまでだ。

焔が晴れる。重機工兵型の複数の光学センサが、無謀にも単騎で疾走する〈アンダーテイカー〉を認識する。

その光学センサを、塞ぐように。メインブーム先端に、天端すれすれから覗く本体の各部位に、取りつけられた青い無数のレンズの全ての眼前に、戦車砲弾が出現。

時限信管が作動し、その場で自爆。破片と衝撃波がレンズ部位に食らいつき、そうでなくても強烈な爆炎で、重機工兵型の目を再び眩ませる。――対装甲ミサイルの煙幕の下、第一小隊の三機の僚機が〈アンダーテイカー〉の疾走に先んじて、放っていた成形炸薬弾。弾薬を残した第五小隊の一機が警戒する中、撃ちつくした二機がミサイルポッドの交換に向かう。

その間に〈アンダーテイカー〉は、アーチダムの真下へ到達。

自走地雷の投射には死角となるが、左右の多目的アームとメインブームのフックの薙ぎ払いの間合いだ。自走地雷を満載したままの後部サブブームを水面すれすれにまで傾けて伸ばし、フックを吊り下げるメインブームは前傾させて重機工兵型は〈アンダーテイカー〉を迎撃する。旋回体の動作でぶんと、鋼鉄のフックが側方へと振りあげられる。

刹那。

『下げたな馬鹿野郎、――撃て！』

骨の翼にも似た一対の後部ブームの、水面を撫でるほどに下げられた先端。――撃ち下ろした砲弾も削り取った鉄骨の破片も、そのまま真下の水中へと突き進むから重機工兵型以外を傷つける心配のない、熱線種（フィサラ）の反撃を懸念（けねん）せずに重機工兵型（アラネア）を射撃可能な唯一の機会を、正確に狙って集中射が飛ぶ。ブリジンガメン戦隊が掃討した後をたどり、ダム湖北岸へと進出したトールの第三小隊、クロードの第四小隊の一斉射撃。

超重量を吊（つ）り上（あ）げる大型起重機（クレーン）は、転倒しないために後部サブブームにカウンターウェイトを繋（つな）ぐ。そのカウンターウェイトをサブブームで兼ねる重機工兵型（アラネア）は、ダムの上から数十メートル下を覗（のぞ）きこみ、極端な前傾姿勢での薙（な）ぎ払（はら）いと刺突を繰り返す間はそのサブブームを可動域いっぱいに後傾させ、長く低く水面にさしのべねばバランスが取れない。その間は自走地雷の投射もできなければ、左右の岸辺の敵機にサブブームを狙う機会を提供することにもなる。

八八ミリ戦車砲弾、四〇ミリ機関砲弾を集中して叩（たた）きこまれ、非装甲の鉄骨が削れる。中間に位置する関節が砕けてその先の腕木（ジブ）が左右どちらも脱落する。自走地雷がわらわらと、削れ残ったサブブーム基部にしがみついてダム湖への転落を避ける。軽量とはいえ自走地雷は金属製だ。沈めば浮かんでこられない。

前傾姿勢を支えるカウンターウェイトをどちらも失い、転落を嫌って重機工兵型（アラネア）はやむなく攻撃を中断。姿勢を中立に戻し、天端（てんば）上に飛びだすだろう〈アンダーテイカー〉への迎撃態勢を整えるべく、水底の足場をたどって後退する。

ダムに沈んだ村落の建造物群から成る、すでに位置も形状も解析済みの足場を。

二個小隊からなおも砲撃が飛ぶ。重機工兵型（アラネア）が移動しようと脚を伸ばしたその先、さらには前後左右、移動可能な全ての足場の上の水面に、撃ち下ろされた砲弾が斜めに突き刺さる。水中に侵入した砲弾は、弾道が狂い速度も奪われる。深いダム湖にほとんど沈んだ脚部の破壊には至らないが、重機工兵型（アラネア）の脚の基部には一対ずつの光学センサがある。大型重機の巨体の死角をおぎなう光学センサ群を狙われて、重機工兵型（アラネア）は立ち尽くさざるを得なくなる。

『とめたぜシン、――叩（たた）きのめしてやれ！』

「ああ、こちらももう到達する」

弧を描くダムの両端を支える、そこだけ重力ダムのコンクリートの両翼。自重で水圧を支える分厚い提体の、斜めの傾斜を駆け上って〈アンダーテイカー〉がついにダムの天端（てんば）にたどりつく。

横殴りのフックが飛ぶ。勢いのまま飛びだすと見せて一旦後方に身を投げ、天端（てんば）にアンカーをかけてぶら下がることで薙（な）ぎ払（はら）う大鉤（かぎ）を回避した〈アンダーテイカー〉が、数トンにもなる殴打（おうだ）が過ぎたところで今度こそ飛びだす。

上空では、高射砲の猛射が阻電攪乱型（アインタークスフリーゲ）の銀の雲を薙（な）ぎ払（はら）っている。

眼下では、装甲歩兵が兵装を使い分けて光学迷彩を無効化し、戦車型（レーヴェ）をも狩り立てている。

その様子に改めて、シンは悟る。

民主制を選んだ連邦では、市民全員が己の王だ。少なくともこの軍人たちはそう在れるし、そう在ろうとしている。

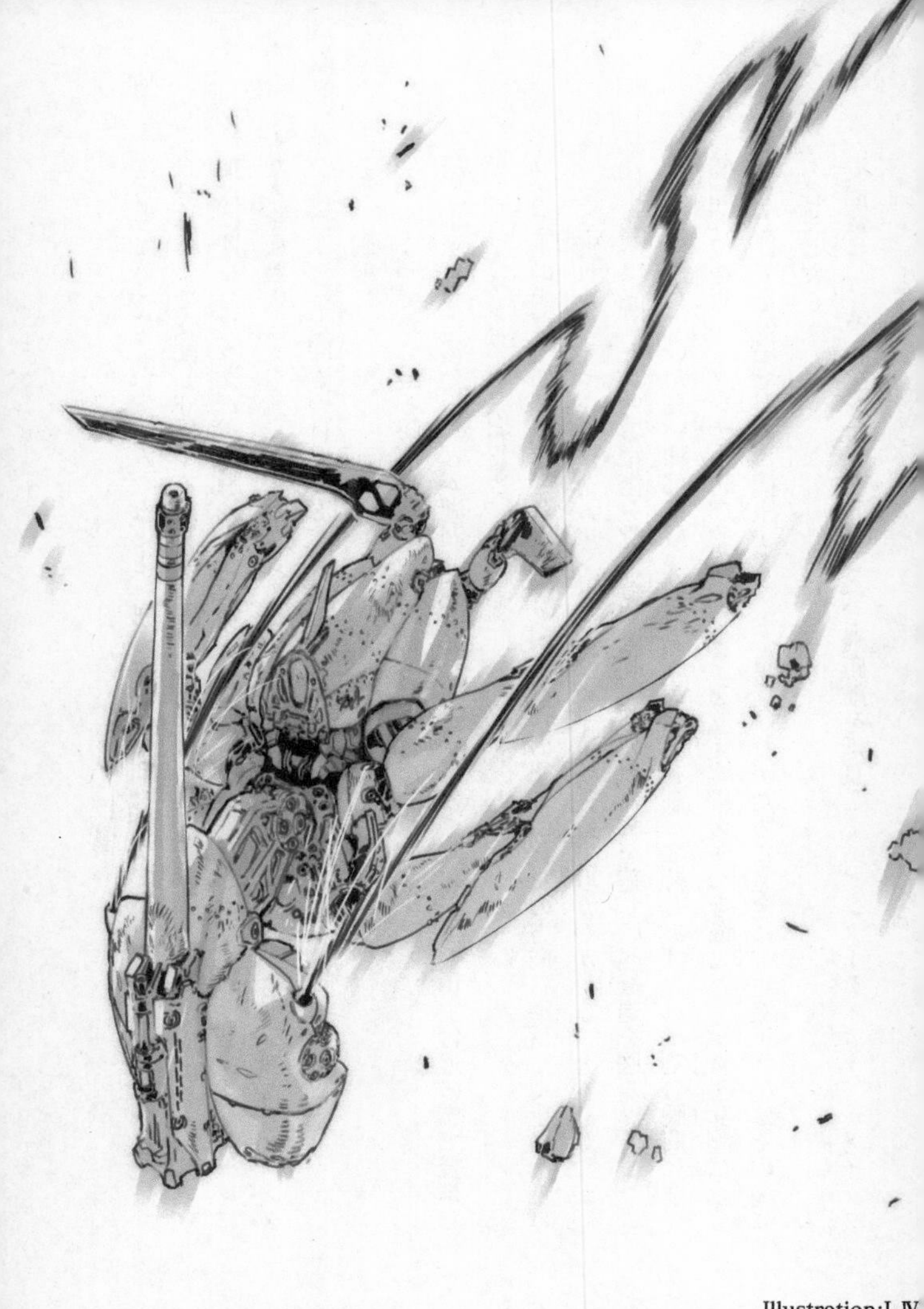

Illustration:I-Ⅳ

どうして守ってくれないんだなどと、彼らは他者に叫ばない。

自分以外まで支配し守護する、英雄など連邦軍には必要ない。

頂点に達したフックが、一瞬制止してから同じ軌道を逆にたどって戻ろうとする。数トンにもなる金属製の巨大な鉤に、重機工兵型は旋回体の回転で更なる速度と角度を加えて〈アンダーテイカー〉へと叩きつけようとする。

その、直前に。

『——止まってから戻る瞬間は、遅いんだから狙えるでしょ』

第二小隊と共に移動し、ダム湖湖畔に潜んだと見せかけて南の斜面を頂上付近にまで登攀した、〈ガンスリンガー〉の狙撃。

ワイヤーの半ばで切り飛ばされたフックが、慣性のまま明後日の方向に墜落して土煙を上げる。泣き別れたワイヤーの下を〈アンダーテイカー〉が通過。取りつかれる、と判断したか、重機工兵型は光学センサの損傷を覚悟で、牽制射撃の嵐に脚を差しのべ後退を図る。

水面下に没していた長い脚部、最後列のそれが水面を割って持ちあげられ、その瞬間に覗いた関節部位を狙ってクレナが再び砲撃。超重量を支える脚の一つを断たれ、重機工兵型は水しぶきを上げてその場で斜めに擱座する。——足掻いたがために完全に、重機工兵型はその場に立ち往生した。

旋回体にワイヤーアンカーを叩きこみ、飛距離を延長して〈アンダーテイカー〉がメインブームにとりつく。自機の損傷も厭わない油圧ペンチの刺突が左右から迫る。

だが、遅い。

そもそもが戦闘用の兵種ではなく極めて重い重機工兵型は、動作自体は自走地雷ほどにも速くなく、反応速度はさらに遅い。アンカーを回収、飛び降りた〈アンダーテイカー〉の頭上で一対の油圧ペンチが己の起重機のブームを貫いて停止。

その自傷を目くらましに、接合部の破損を承知で前方へと振り切られた後部サブブームの残る基部が、しがみつく最後の自走地雷と、接合部からパージしたサブブームの残骸そのものを射出した。

『――ちっ、やっぱりか』

重機工兵型がなんらかの兵装を隠匿していた場合に備え、伏せていたライデンの第二小隊が掃射。自走地雷を片端から叩き落とす。

ただし装甲の薄い〈アンダーテイカー〉を誤射しないよう、四〇ミリ機銃ではなく二挺の重機関銃による掃射だ。鉄骨製の重い構造材は、軽量の重機関銃弾では撃ち落とせないが。

まだ何かあるかもしれないと、考えていたのはシンも同じだ。

〈アンダーテイカー〉を上下に反転、四基のパイルドライバを同時に撃発。

パージしたパイルが宙に吹き飛ぶ。炸裂した装薬が、〈アンダーテイカー〉に下方への猛烈な加速を与える。

誘導装置などあるはずもない構造材は虚（むな）しく宙を貫いて飛び去り、〈アンダーテイカー〉の想定外の挙動に、動作も反応も鈍い重機工兵型（アラネア）はもはや光学センサすら追従できない。再び反転しつつ本体背部に着地、兵装選択を切替（きりかえ）。八八ミリ滑腔砲（かっこうほう）、弾種選択は高速徹甲弾（APFSDS）。

すでに死んだ誰かの、聞き取れない断末魔の絶叫が耳を劈（つんざ）く。

人の声の、けれど人の人格と意思は失った嘆き。記憶を破壊された〈レギオン〉の兵卒、〈牧羊犬〉だ。さすがの〈レギオン〉も、後方の工兵まで〈羊飼い〉にはしていないらしい。

制御系は――眼前。装甲とも言えない貧相な外装パネルの下。

トリガ。

戦車型（レーヴェ）をも一撃で沈黙させる、至近距離からの高速徹甲弾（APFSDS）の貫徹に――知らない誰かの亡霊の嘆きが、ふつりと途絶えた。

熱線種（フィサラ）は至近距離での戦闘にたいそう不快げではあったが、一応は紛れこんだ側だという意識があるのか、ついに攻撃はしてこなかった。

それでもじっと見つめる三つの瞳に居心地の悪さを感じつつ、シンは倒れたメインブームをたどって天端（てんば）に移る。溢（あふ）れた水がざばざばと、派手に破壊された吐水口（ゲート）を――重機工兵型（アラネア）に加え、熱線種（フィサラ）が乗り越えた際に壊したのだろう――越えていたがそれも収まってきた。

ややあってノルトリヒト戦隊が、遅れてブリジンガメン戦隊が戦車型(レーヴェ)の掃討を完了。ついでに戦隊長の二人がはっきり不満げな言葉を寄越す。

『なァんだよ死神ちゃん、あたしらがクモ野郎狩るんじゃなかったのかよ』

『こっちが手こずってたからだってのはわかりますがね隊長。ちっとは年上にも花持たせてくれたらどうですか』

揃(そろ)ってぶぅぶぅ言ってくるから、シンは追加の指示を出す。獲物を横取りしたのは悪かったが、そんなにやる気が余っているなら。

「橋に自走地雷が残ってるだろ、そっちを片付けてくれ。熱線種(フィサラ)の反撃には注意」

重機工兵型(アラネア)の投げ残しの自走地雷である。

やっぱり文句を言いながらも、二個戦隊は斜張橋の両脇に移動する。互いを射線に入れない位置で、回遊する熱線種(フィサラ)が橋から離れた瞬間を見計らって自走地雷を銃撃、反撃を見越して即座に離脱。幸い熱線種(フィサラ)は警戒した様子で一度潜水、顔を出してぐるりと見渡した時には、ブリジンガメン戦隊もノルトリヒト戦隊も森の中まで退避している。

『あっぶね……ほんと怖えな、アレ』

『迷惑だし、迷子連れて早く帰ってくれねえですかね』

反撃がないことを確認して、再度進出し銃撃。ちまちま攻撃していたら、鬱陶しくなったらしい熱線種(フィサラ)が下がってくれたので、派手に掃射して一息に片付ける。

『よしっ……と。終わったぜ、死神ちゃん』

「了解。――制圧完了。工兵隊、進出を。こちらは周辺の警戒に移ります」

『ええ、任せてね！　ダム爆破を見る機会なんてそうないわよ、カメラの用意もＯＫ？』

何やら妙な方向にはりきっている工兵隊長の応答に続き、工兵たちがわらわらとキャットウォークを駆けてダムに取りつく。設計図を元に事前に爆薬の取りつけ位置と必要量とを確認してきたとはいえ、実物を前に確認し直す様子がほとんどないのは設計図がよほど正確に残っていたか、戦闘中の待機の間にある程度測量と計算をし直していたものか。

――爆破の前にはさすがに、熱線種にはダム湖を出てもらわないといけないが。

「イシュマエル大佐。幼体を、見つければ熱線種も移動するはずですよね」

『そのはずだ。今、威嚇音の確認されたあたりに向かってるが……』

がさがさと藪を漕ぐ音を背景に応答が返る。高所で待機するクレナが、あっと声を上げる。

『シン、大佐。見つけたよ。ダムから東に七〇〇、ポイント九八〇付近の湖の中』

〈ガンスリンガー〉の光学センサの映像がデータリンク越しに送られて、ホロウィンドウがポップアップして表示。紅葉の梢の切れ目、赤く染まる湖と泳ぎ回る雪色の人魚。

「……幼体も原生海獣で水棲なんだから、カドゥナン河道かタタツワ新河道をたどったはずだけど。なんでこんな、半端なところに」

『地図によると、カドゥナン河道から東に落ちる支流があるみたい。それが溜まったのがこの湖だって。小さい支流だから幼体は通れたけど熱線種は通れないし気づかなくて、それで行き違いになったんじゃないかな』

同じ映像を、イシュマエル自身は装甲歩兵ではないから表示するホロウィンドウは持たないが、同行する通信兵が情報端末で見せたらしい。頷く気配が伝わってくる。

『音探種の幼体だな。原生海獣の生体ソノブイだ。この大きさなら、超音波出してうるせえってだけだな。危なかねえからそっちは警戒しないでいい』

「幼体と接触したら連絡を。熱線種には……」

どうやって移動を促したらいいのだろうかと、はたと気づいてシンは口を噤み、察してイシュマエルが引き継いだ。

『そのうちまた音探種が鳴くだろ。それか音探種の方が、迎えが来てんのに気づいたらそっち向かうと思うぜ。可能なら熱線種、もうちょっとダム側に近寄らせられねえ？』

「それが一番、早そうですね。工兵の作業が完了して、提体を離れたら機甲グループも一度退避します。向こうもこちら側に来たいようですし、それで近寄ってくれるでしょうから……」

というか先ほどから、いい加減にしろはやく退け邪魔だと言わんばかりに、三つの眼球が無表情にこちらを見ていて、さすがに怖い。

頭上の〈レギンレイヴ〉は、怪物のように巨大な〈レギオン〉をも瞬く間に破壊してしまって、その精強にメレはぞっとなる。

何を、嫌いだと思ったのかがわかった。

あいつらは、自分たちとは違う。偉ぶっている貴族ども、上官どもと同じモノだ。自分たちを馬鹿にする奴ら。なんでもできるくせに何もしてくれない奴ら。

「あいつらは、」

熱線種はどうやら、吐水口を経由してカドゥナン河道に戻りたいようなのだが周辺に〈レギンレイヴ〉がちょろちょろしているせいで近づけなくて、はっきり苛立ちを深めつつある。巨体をダム湖の岸すれすれで旋回させ、付近の〈レギンレイヴ〉めがけて水を蹴立てているのは威嚇だろう。大量の水に脚を取られかけた〈バンダースナッチ〉が慌てて後退するのを見ながら、シンは言う。

「クレナ、念のため降りてくれ。幼体周辺の監視はもういい」

『り、了解』

高所にいて目立つ〈ガンスリンガー〉を、熱線種は指揮官機と思っているらしく何度か睨みすえていて、苛立っている今はもはや威嚇射撃でもしそうな雰囲気だ。ちょっと上ずったクレナの応答に続いて、〈ガンスリンガー〉がそそくさと山頂を離れる。

第二大隊以下の河道周辺の制圧部隊も戦闘を終えつつあるようで、こちらも重機甲部隊との戦闘を終えたらしい。スイウから直接、他の総隊長三人に知覚同調(パラレイド)が繋(つな)がる。

『各位。第四機甲グループは敵重機甲部隊の殲滅(せんめつ)を完了。輸送水路が見えてるから、ついでに砲撃で崩したらあとは撤退するよ』

続けてツイリが言う。

『第二機甲グループ、ダムは全基制圧したわ。爆破準備は進捗中』

『第三機甲グループも同じくです。……それから、』

言いながらカナンは視線と光学センサの焦点をそちらに向ける。カドゥナン河道の大量の水がごうごうと音を立てて急峻(きゅうしゅん)な傾斜を流れ落ち、眼下にヒアノー河を形成する、その断崖の縁に建つ灰色の建造物。カドゥナン観測拠点の名を持つ、無骨なそのトーチカの中から。

そろそろと顔をのぞかせ、歩みでたのはずいぶんと薄汚れた鋼色(はがねいろ)の戦闘服の兵士たちと、それ以上に汚れた恰好(かっこう)の子供たちだった。

「取り残されていたと思(おぼ)しき、連邦軍人と民間人を発見しました。これより回収に入ります」

さすがの鉄面死神も、この報告には驚いたらしい。大きく目を見開く気配。

『民間人？――まさか、船団国群からの避難民の生き残りか？』

「おそらくは」

年長の者でも十を少し越えた程度の子供が二十人ほども、それに教師らしき初老の男性。明らかに兄弟ではない年かさの子供が特に幼い子らの手をひいて、――子供ばかりの避難路を、子供なりの年長者の責任感でそうして越えてきたのだろう。

おそらくは初めて見るのだろう〈レギンレイヴ〉を、目を丸くして見つめる。兵士の一人が少しよろめきつつも、〈カトブレパス〉に歩み寄る。

怪訝そうに〈カトブレパス〉を矯めつ眇めつして、無線のインカムに手を触れた。

『一応確認するが、連邦軍機――だよな？』

「ええ。第八六独立機動打撃群、カナン・ニュード中尉です」

ぴっと兵士は背筋を伸ばした。

『ち、中尉殿。失礼、えと、しました。知らない機体だった、でしたから……』

「第二次大攻勢で、逃げ損ねた部隊ですか？」

ダム破壊作戦のための機動打撃群の――〈レギンレイヴ〉の派遣を、知らないなら。

『あのものすごい、屑鉄どもの砲撃とその後の攻勢ですよね。そうです。撤退命令が出て、けど俺たちの中隊は逃げ遅れて、逃げきれなくてこのトーチカに立てこもって。……あの子らは船団国群からの避難民です。避難民本隊からはぐれたとかで、砲撃が止んで〈レギオン〉どもが南に向かっていなくなって、静かになった頃にここにたどりついて』

「……よく、保護していてくれましたね」

食料は、あるいはこの観測拠点に備蓄があったのだろうが。戦時編成の中隊二百人が立てこもり、いつ来るともわからぬ本隊の助けを待つなら、戦力にならない幼い子供たちにまで分け与えるのはそれなりに覚悟のいることだったろう。

まして自分たちとは関わりのない、他国からの避難民だ。本隊からの孤立下で、見捨てて追いだしたとしても誰に咎められることもない。

見殺しにしてしまっていても――仕方のない状況だったろうに。

小さく、兵士は歯を食いしばった。

そのことを一瞬だけでも、自分は考えたことがあったのだと、悔悟と共に思い出す仕草で。

『……死んだ中隊長が、守ってやれって言ったんです』

一度は、迷ってしまった自分たちに。その迷いを吹き飛ばすように。

『立てこもり方、考えてくれて。戦い方も全部、考えて細かく指示してくれて。怪我してて、助からないってわかってたのに。わかってたから。俺らだけじゃ逃げきれないだろうから、とにかくここで立てこもれって』

従うべき下士官を失い、中隊長さえも失って兵卒ばかりとなってしまう部下たちが、生き残るための術を可能な限り全て授けて、その上で。

『絶対助けは来るから、諦めるなって。最後まで諦めるな、俺を信じろって言ってくれて。あの子らを守る以外、余計なことは考えなくていいからって。……お前たちは誇り高き連邦軍人なんだから、あの子らのヒーローになってやれって。なれるからって。そう言って』

立てこもる自分たちを。〈レギオン〉からの盾となるこのトーチカを。兵士である自分たちが、守るべきか弱い子供たちを。

何度も挫けそうになる、弱い心を。

自分たちの、誇りを。

『中隊長が、死んだのに、死んでからも、まもってくれたんです』

その瞬間、兵士の感情が決壊した。

ぼろぼろと、まだ若いとはいえ大の大人が手放しに涙を流して、兵士は汚れた頰を何度も拳で拭った。

『よかった。諦めないでよかった。来てくれたんだ。本当に来てくれたんだ。隊長は正しかった。裏切らなくてよかった。信じて――よかった』

中隊長を。

助けに来てくれるはずの、連邦軍の仲間を。

人の善性、この世界の善意とでもいうべきものを。

弱くとも、それでも人を信じたいと、人を守りたいと願う自分自身の良心を。

「…………」

『俺らみたいなのでも、守れるんだって——誰かを助けてやれるんだってわかって。俺らみたいな元農奴にだって何か、いいことやすごいことはできるんだって。わかって、』

言葉もなく、どこか痛切な気持ちで見つめてしまう、カナンの前で。

兵士は涙でぐしゃぐしゃになった顔で、泣きながら笑った。

『よかった』

兵士のその告白を、知覚同調越しに聞いて。

「——なんだ、」

トールはなんだか、憑きものが落ちたように感じる。なんだ。

「ちゃんとできるじゃねえか。オレたち」

自分たちエイティシックスも。連邦の他の戦線や部隊も。

任された作戦は、うまくいった。

他の部隊の兵士たちだって、諦めてなんかいない。戦いぬくために、守りぬくために、勝つために彼らなりに工夫して努力して、それを成功させている。

助けを待っていた同じ連邦軍の兵士と、逃げ遅れた子供たちも救えた。人騒がせな原生海獣(クジラ)の幼体さえ、死なせずに見つけてやることが出来た。

何もできない、なんてことはなかった。

第二次大攻勢の、星の落ちたあの夜から背後にまとわりついていた虚無が、視界に暗く幕を張っていた霞(かすみ)が霧散する。ずっとつけずにいたようだった息が、ようやく長く零(こぼ)れた。

『だから言ったろ。トール。気休めじゃねえよ』

「そうだなクロード。悪い。……オレたちは、」

自分も、仲間たちも連邦軍も。

奪われたけれど。

一度敗北は喫したけれど。

それでも、少しずつでも、一つ一つ。取り戻していくことができる自分たちは。

「無力なんかじゃなかった」

焔(ほのお)が、強く。トールの翠(みどり)に金砂(きんさ)を散らした瞳に宿る。

互いの意識を経由する知覚同調(パラレイド)は、顔を合わせて話す程度の感情も伝わる。後方の指揮所のフレデリカから知覚同調が繋がって、何やら興味津々の彼女にシンは片眉を上げる。

「フレデリカ。どうした？」

『シンエイ、その、もうちょっと近くに寄れぬかの。音探種の』

フレデリカはどうやら、〈ガデューカ〉に乗りこんでサブウィンドウの共有映像を覗きこんでいるらしい。後ろでヴィーカがなんか言ってるのが聞こえる。――ローゼンフォルト、見るのは良いが俺の膝に乗るな。そのまま膝に座るな。

つい想像してしまったらしいアンジュが吹きだして声を殺して笑っていて、同じく必死に笑いを堪えているマルセルら管制官の咳払いも何度も聞こえてくる。

彼ら全員にとどめを刺すべく、シンは至極真剣な声を出した。

「若いのにまたずいぶんと大きなお子さんだな、お父さん」

マルセルたちが派手に吹きだして、アンジュが声を上げて笑った。ヴィーカが呻く。

『ノウゼン貴様。誰が父親だ。……ザイシャ、待て。その手帳はなんだ。なぜスケッチを始めるんだ。するな。聞こえているだろう無視をするな。やめろ描くな』

ついでにザイシャにちょっとした反乱を起こされていたりする。ライデンが言う。

「ザイシャ少佐、そのスケッチ後で回せよ」

『ローシャとお呼びくださいませシュガ中尉。……もちろんです。ぜひ機動打撃群全部隊に回覧してくださいませ』

『いい加減にしろ、ヤ……、』

『――隊長！』

ザイシャの長い本名を叫びかけたところで、割りこんで元気よくリトが言った。

『隊長、俺も原生海獣(クジラ)見たいです！　ガンカメラの記録とっといてください！』

応じようとしたら、今度はグレーテが割りこんだ。

ついでに知覚同調(パラレイド)の向こうでフレデリカがひゃっとか声を上げたのは、〈ガデューカ〉から彼女をつまみだして王子殿下を救出してさしあげたかららしい。

『あなたたち。殿下も管制官補佐も。元気が出たのはいいけど作戦中よ。後にしなさい』

「……すみません」『すまんのじゃ』『ごめんなさい』『待て俺もなのか⁉』


工兵隊長から報告が返って、爆薬の設置が完了したと伝わる。

「了解。他のダムの作業が終わったら、撤退フェイズに入ります」

頷(うなず)きつつ、シンは残る〈レギオン〉の動静に耳を澄ませる。カドゥナン河道周辺の〈レギオン〉はあらかた排除し、増援が訪れる気配もない。ロギニア線の本隊と対峙(たいじ)していた集団も、攻勢を中断して支配域へと後退を始めたようだ――主攻である重攻撃部隊を壊滅させられ、戦線突破は不可能と判断したか。

掃討を終えた第四機甲グループが撤退を開始し、第一機甲グループ制圧下のダムは全てが爆破準備を完了。レカナック・ダムで保護した子供と兵士は空荷の〈スカベンジャー〉が乗せて退路を戻っていて、第二機甲グループ、第三機甲グループの進捗も順調だ。全て確認した上でシンはもう一つ、聞くべきことをその隊に問う。

作戦目標であるダムの破壊。その実行前に完了させねばならない、核燃料の回収作業。

「ミアロナ中佐。レディ・ブルーバード連隊の進捗は？」

問いに、ニアム・ミアロナ中佐は静かに応じる。鋼の愛馬たる〈ヴァナルガンド〉の、縦列複座の狭苦しいコクピットの砲手兼車長席で。

「順調だ」

第五章　ブラッディ・メアリィは霧の中

使用済み核燃料が放つ放射線は、いずれも分厚く重い金属で遮蔽が可能だ。完全にではないものの、被曝の可能性は大きく下がる。

だからヘイル・メアリィ連隊の鎮圧にはこれまでも今も、拘束セラミックと重金属の複合装甲に身を鎧う〈ヴァナルガンド〉が投入されている。

同じ機甲兵器を想定敵として一二〇ミリ滑腔砲と一二・七ミリ重機関銃で武装し、戦闘重量五〇トンの超重量を時速一〇〇キロで躍動させる連邦軍の陸戦の要が、無力で脆弱な、生身の歩兵ばかりのヘイル・メアリィ連隊の鎮圧に。

北部第二戦線の晩秋特有の、濃く重くたちこめる白い朝霧の下。鋼の群狼による廃村の制圧は迅速に、無慈悲に進む。

二挺の旋回機銃の掃射が、逃げだす兵士を血煙に変える。崩れた石壁に身を寄せる者たちを戦車砲弾がまとめて瓦礫と血肉の混合物に変える。物陰に隠れて息をひそめる集団を、空中で炸裂する多目的砲弾の散弾の嵐が遮蔽もろとも薙ぎ払う。進退窮まった果てに恐慌にでも陥ったか、喚きながら空手で突進してきた歩兵を鋼鉄の脚が無造作に蹴り払った。

ヘイル・メアリィ連隊の兵士が持つ七・六二ミリアサルトライフルは、装甲歩兵が主力の連邦では後方の輸送部隊や工兵が携える自衛用の武器の扱いだ。機甲兵器としては貧弱もいいところの共和国製〈ジャガーノート〉の装甲でさえ、七・六二ミリ弾如きなら防ぐ。まして堅牢を極めた〈ヴァナルガンド〉の複合装甲が、かすり傷以上の損傷を許すはずもない。

一矢報いるどころかまともに抗う術さえも、ヘイル・メアリィ連隊は持ちあわせない。

迅速に、そして極めて無慈悲に。――虐殺は進む。


あらゆる戦場は、常に霧で覆われている。

どれほど慎重に、念入りに、膨大に情報を収集しても、不確定要素はゼロにならない。敵軍に、政治に、気象と地形に、そしてヘイル・メアリィ連隊のように自軍の兵どもにさえ、想定外の事象は潜む。それらに邪魔されて作戦計画は、ほぼ確実に計画どおりには進捗しない。

だからこそ、ミアロナ中佐の目にはこの戦闘は異常に、そして無惨に映る。

「……休むに似た、愚か者どもが」

『核兵器』を運びだされぬために一兵たりと逃さぬ、入念で執拗な包囲網を敷いた。接近と包囲網構築を悟られぬため、無線の封鎖と掩蔽の利用は徹底させた。

その上で、戦闘中に自爆覚悟で『核兵器』を起爆する者がないよう、戦闘開始と同時に『核兵器』の保管庫を急襲し制圧した。

情報を精査し、偵察を出して慎重に迅速に、地形と目標の配置を確認した上での急襲だ。そうだとしても接近も包囲も偵察も戦闘も、全てが計画どおりに進捗する異常な戦闘だった。抗える策も備えも、意志さえも誰一人として持ちあわせない。頼みの綱の『核兵器』が失われるなり、脆くも瓦解して誰も彼もが逃げ惑うばかり。

……そう、逃げるばかりだ。

最初から、逃げているだけだったのだ。眼前の愚かな、臆病者のニワトリどもは。

国家への、忠誠心ではない。郷土愛や同胞愛のつもりだったのだろうが、そういうわけでもない。ましてや義憤や衷心や、正義などではまったくない。

ただ恐怖に追いたてられ、耐えきれなくなって辺りかまわず走り回った。それがこの騒動のあまりにもくだらない正体だ。自分が恐怖に戦かないために戦線も同胞も祖国さえも危険に晒した、みっともない単なる逃避だ。

己の感情一つも抱えきれない分際なのだと、そんな己の姿さえも直視しようとしなかった。

そんな、愚鈍な、非力な、怠惰な分際で。

「己一人も治められない分際で、何が救えると。何がなせると思ったのだ。おろかものども」

「助けて姫様、助けて！」「死にたくない、姫様ぁ！」「俺たちを守って姫様！　姫様！」

周り中で殺されていく兵の声に耳を塞ぎ、かき消そうと泣き叫んでノエレは逃げ回る。

「私のせいじゃない、私のせいじゃない！　そうじゃなくて皆が、私じゃなくて皆が……！」

みんななんにも考えないで、助けてくれって縋るばかりで。だから私は、私一人だけが必死になって、無理をして、こんなことまでしなきゃならなくなった。

私はこんなこと、本当はしたくなかった！

〈ヴァナルガンド〉に追われ、逃げ惑うリレの目が向く。必死の形相で手を伸ばされる。

「ひめさ、」

次の瞬間には〈ヴァナルガンド〉の脚に、ぺしゃんと踏み潰されて消える。

だから声なんて、聞こえるはずがなかった。顔なんてもう見えるはずがなかった。

そのはずなのに、恨みの声が聞こえる。責める顔が見える。

姫様が、やれって言ったのに。姫様が命令したのに。

姫様が勝手に、こんなことをすると決めて俺たちを私たちを巻きこんだのに。

「……違うわ！」

それは、間違いを正さなければとは思ったけれど。

皆を守ろうと、皆を救おうと、思って行動に移したけれど。

だからってそれが私の責任であるはずがなくて。

私が悪いなんて、そんなはずはなくて！

「皆がうまくできなかったんだもの！　――私のせいじゃないわ！」

核兵器が作れなかったのも。部下も仲間もみんなみんな死んでいくのも。

だって私は間違っていないのだから、私は正しいのだから、全部うまくいく素晴らしい解決策が私のために、用意されていないはずがないのだから。

世界はそんなにも、無慈悲なわけはないのだから。

見つからなかったのは、できなかったのは、だから、私のせいじゃない。

「私のせいじゃないわ！　私は悪くない、私は何も悪くないの！」

「――そうね」

抱きとめられた。見返した先で、微笑んだのはニンハだった。

「そう、あなたはなんにも悪くないわ。――もう大丈夫よ。私が全部、守ってあげるから」

あ、と息を呑んだ。

その瞬間たしかに、直前までの悲嘆も恐怖も、涙を流すことさえもノエレは忘れた。

助けて、でも。救って、でも。守って、でもなくて。

守ってあげる。――守ってくれる？

「もう何も、考えなくていいの。何も決めなくていいの。そういうのから全部、私が守ってあげるから。だって私だけはわかるもの。重たかったわよね、姫様なんて。もう、大丈夫だから」

それは。

重荷を、ずっと心のどこかで重く感じていた郷士の娘の役割を、帝国貴族の責務を、姫様なんて称号を、私に課されたあらゆるものを。手放せるのならそれは。

なんて。素晴らしい――……。

そして。

旋回した〈ヴァナルガンド〉の機銃の掃射が、二人の娘を諸共に粉砕した。

核兵器は大半が最初に制圧された倉庫の中で、キアヒが抱えたバケツがもう最後だ。

こみあげる吐き気と入らない力に悩まされつつ、キアヒは殺戮（さつりく）の合間をふらふらと歩む。

核兵器のバケツは妙に重く、怪我（けが）もしていないのに体は酷（ひど）くしんどくて、けれどふつふつとたぎる怒りが足を止めさせない。

原生海獣（クジラ）なんか見つからない。仲間もみんな死んでしまった。

連邦軍のせいで。貴族どものせいで。

姫様のせいで。

きり、とキアヒは歯を軋らせる。

姫様が、間違えたせいで。姫様が俺たちを騙したせいで。

「おかしいと、最初から俺は思ってたんだ」

連邦が、貴族どもが、姫様が俺たちを。俺を騙したんだ。

「……俺は騙されたんだ」

騙されたんだ。被害者だ。だから。

「その復讐をするんだ」

惨めなネズミのように物陰に潜み、〈ヴァナルガンド〉の目を逃れて這いずり回った。とにかくあのデカブツを、出し抜ける場所へ。

狭い場所に入りこめば追ってはこられないと、気がついて目の前の、石造りの建物にもぐりこんだ。——狭い石造りの、壁に覆われた空間で起爆させては放射性物質を撒き散らす役にさえ立たないと、そんな事実には思い至りもしなかった。

とにかく抱えた核兵器を、切り札だと未だキアヒは信じる古ぼけたバケツを爆破して、絶望的なこの盤面をせめて台無しにしてやることしか考えられなかった。

同じ条件で起爆したけれど車輛一台を吹き飛ばす程度でしかなかった『核兵器』の低威力を考えてもみない。思い返そうともしない、その思考。

とにかくこれを、起爆するんだ。何もかも全部壊してやるんだ。

復讐だ。

復讐なのだからこれは正当な怒りで、だから絶対にうまくいくはずなのだ。

バケツの蓋を、きっちり貼ったダクトテープをはがして開け、得体のしれない不気味な無数の金属粒の上から、プラスチック爆薬をありったけ詰めこんだ。信管をさしこみ、起爆装置のコードを引きながら立ちあがる。吐き気がこみあげた。ついに耐えかねてどっと嘔吐した。

……あいつらも最初は、こんな風に吐いた。

燃料棒をこじ開けた後。最初の核兵器を爆発させて、それが失敗した後。みるみる弱って、変わり果てて、死んでいった仲間たち。

まるで呪いだと、キアヒは思う。

撃たれたわけでもない。火に触れたわけでもない。それなのに腫れあがって、髪が抜けて肌が崩れて、血反吐と内臓を吐いて死んでいった奴ら。核燃料を扱った後に、扱った全員が。

多分あれは、本当に呪いか何かだったのだろう。

悪いようなものは、何も見えなかった。音も匂いも何もなかった。それなのに触れたら死ぬのだからつまりそれは呪いだ。触れてはいけないものだったのだ。

姫様はそれを、知っていて黙っていたのだ。

帝国はそれを、知っていて俺たちの村に作ったんだ。

撒き散らしてやる。

口元を拭い、立ちあがった。そこでようやく、ここが礼拝堂だと気がついた。

祭壇の向こう、夜明けの、霧越しの淡い陽光にまるで天国の光のように輝くステンドグラスの、たおやかな女性の慈悲深い微笑が視界に映る。

透明な、輝くあおい美しい衣装の。

領主夫人、メアリ・ラズリア。村に原発なんか作りやがった張本人。ざまをみろ。

青いドレスがお綺麗な聖母様。見ていてくれよ。

踵を返した。

鋼色の全身鎧の人影と向けられた重突撃銃の銃口と、目が合った。

「……は、」

どこかで鋭く、銃声が轟いた。

それが聞こえるくらい、〈ヴァナルガンド〉の激烈な砲号も耳を聾する足音も、甲高いパワーパックの唸りも、いつのまにか消え失せていた。

朝霧の薄闇の、不気味な静寂をヨノを抱えてミルハは這いずる。立ちあがるには片足が吹き飛ばされてなくなっていて、泥を掻くにも右腕の先の、千切れかけた掌がひどく邪魔だ。

まだしも無事な左腕で抱えたヨノの体が正直重くて、何度も血で滑るからそのたび抱え直さないといけないのが、鬱陶しくて面倒だ。

鬱陶しくて面倒で、弱っちくて臆病で。それでも妹みたいな、面倒でも鬱陶しくても守ってやらなければならない、弱くて臆病だから何からも守ってやりたい妹みたいな彼女。

どうしてさっきから、いつもみたいに泣いたり怖がったりしないんだろう。

びしゃ、と汚れた顔に泥がはねた。

顔を上げると眼前に、鋼色(はがねいろ)の影が杭(くい)の如(ごと)き脚をうちおろしたところだった。――連邦の、帝国の貴族どもが駆る機械仕掛(じか)けの魔物。〈ヴァナルガンド〉。

ノエレと同じ帝国北部辺境の貴族訛(なま)りの女声が、外部スピーカー越しに冷厳(れいげん)と断じた。

『貴様で最後だ、鳥頭の地べた掻き(ニワトリ)。――そのぼろきれは、友人か？　能無し風情(ふぜい)が、愚者の分際もわきまえず余計な真似(まね)をしたせいで、無駄に仲間を死なせたな』

かぁっとミルハは激昂(げっこう)する。

ぼろきれ。ヨノが。

……ああ。そんなことはわかっている。

さっきからずっと、泣きも怖がりもしない。何度抱え直しても自分からは動いてくれない。

当たり前だ、あたまがないんだから。

口も目も頭ごと、失(な)くしてしまったんだからそれは涙も声も出せるはずがない。

そうなったのは。

ヨノをこんな姿にしてしまったのは、お前たちが。

お前たち士官が。上官が。連邦が。


「自分で考えろって、言ったからじゃないか！」


できないのにそれを、許してもくれずに。

「そんなこと俺は、俺たちは望んでなかったのにあんたらがやれって言ったからじゃないか！　あんたらが言ったとおり自分で考えて行動したら、今度は身の程をわきまえて余計なことはするな、か！　――それなら最初から、能なしは何もするなって言ってくれよ！」

言いながら、ミルハにはわかっている。ニワトリの身の程、能なしという言葉。

連邦ではそれは、言えない言葉だ。

自由と平等の国では言えない言葉だ。

……いや。本当はそうじゃなくて。

「……言いたくないから、」

自由と平等と正義の国で、そう言ってしまうのは正しくないから。

正しくないものにこいつらは、なりたくないから。本当は正しさなんか自分にはないとわかっているくせに、正しくないと思われるのが嫌だから。

「悪者になりたくないから言わなかったんじゃないか！　――卑怯者！」

「――そうだな」

同時にミアロナ中佐はトリガを引いた。機銃の掃射が造反者の最後の一人を消し飛ばした。

血煙を見おろしたまま、ミアロナ中佐はひとりごちる。パワーパックの大音響に邪魔されるから、同じコクピット内の操縦士相手でも機内無線越しでなければ言葉は届かない、狭く孤独な〈ヴァナルガンド〉の砲手兼車長席で。

「そうだな。正義の国は卑怯だ」

思考しろ、は、思考さえしていればいいということではない。

行動しろ、は、行動さえすればどんな内容でも咎められない、ということではない。

その区別もつかない者には、それは卑怯な振舞だろう。

己の行いからは逃れられないとも知らず、無様にも泣いて逃げ回ったノエレ・ロヒにも。

遅いにも程のある判断で投降し、また射線に割りこんだニンハ・レカフにも。

閉鎖空間で放射性汚染弾を起爆しようとした、何一つ学びも考えもしなかった兵卒にも。

身にすぎる自由と平等を、正義の名の下に投げ与えた連邦市民どもの振舞は。

「教育を得ても学ぶつもりがない、余暇を得ても思索するつもりがない、自由を得ても判断するつもりがない羊に、権利だけを投げ与えた結果がこの様だ。思考を放棄し判断を委ね、ただひたすらに主に従う羊で在りたい者どもにまで、自由と平等を押しつけるからこうなるのだ」

自由の、平等の、その苛烈を考えもしないで。

あるいは己はそれを背負えるのだからと、無責任に。

なるほど支配者の資質を持つ者には――己が己の主となり得る者には、それは自由も平等も甘美だろう。命令は受けず強制もされず、望むままに己の生を定める自由を享受し、……そして平等の名の下に、他人の生の責任は負わない。

支配者の強さを持ちながら、己の人生さえ負えぬ弱き羊を、その強さで守ってはやらない。

民主制の自由と平等の下では、市民は一人一人、己自身の王なのだからと嘯いて。己一人の王にも成れぬ者のことは、それもお前たち自身の責任なのだと放りだす。同じ市民と言いながら、己は望んだ自由を享受しながら、その同じ市民が求める安楽は決して与えてやらない。

それを無責任だと、ミアロナ中佐は思う。

かつてのギアーデ帝国において民草を支配し、その支配に伴う責務として思索と判断、領民全員の命運の責任を一身に背負ってきた、帝国貴族の一員としてミアロナ中佐は思う。

己の強さを己一人で享受し、羊の弱さは理解すらもしようとしない、市民どもの傲慢を。

「自由や平等など、……残酷なだけだ。群の羊でありたかった者どもには」

外部スピーカーも機内無線も、今はスイッチを放しているから。

愚かで弱い、愛する羊たちを打ち殺さざるを得なかった大領主の姫の嘆きを誰も聞かない。

『――重たかったわよね、姫様なんて。もう、大丈夫だから』

ニンハのその言葉に、ノエレが何か応じようとした言葉は聞こえなかった。

重い凄まじい銃声がノエレもニンハも、本隊側の無線機自体を轢き潰してしまったからだ。

「えっ、」

ノイズを吐いて無線機が沈黙する。メレはその場に立ち尽くす。

機動打撃群の戦闘がすっかり終わったところで、ようやく自分の役目を思いだして。慌てて姫様に原生海獣発見の報告を入れようとして。

応じたのは、生き残った仲間たちが、姫様が、虐殺されていく地獄絵図だった。

「そんな、……そんな！」

繋ぎ直しても、もう繋がらない。キアヒもミルハもリレもヨノも、誰の声も応じない。

オトが言う。愕然と。

「全滅？　みんな……オレたち以外みんな、殺されちまったのか……⁉」

呆然とメレは膝をつく。キアヒ。ミルハ。リレ。ヨノ。大勢の仲間たち。

姫様。

じわじわと哀しみが、そして怒りがこみあげてきた。

姫様を殺した敵への。姫様を救わなかった原生海獣への。そして自分自身への。

姫様の気持ちに、本当は気づいていた。

でも、姫様はお姫様だから、身分違いだから。元農奴の、平民の、なんにもできない自分なんかにはあんな美しい姫君は相応しくないから、ずっと気づかないふりをしていた。

応じていればよかった。こんなことになるなら。

最後となってしまった昨日のあの夜に、口づけの一つもしてさしあげればよかったんだ。

樹々の狭間、眩しく目障りな陽光が弾ける。

ダムから純白の、〈レギンレイヴ〉がいつのまにか降りていて、その装甲が弾く光だ。巡らせた紅い光学センサがこちらを向く。遠く、無数の樹々に隠れるメレにもオトにも、悲嘆に立ち尽くすヘイル・メアリィ連隊の最後の生き残りの誰にも気づかずに、そのまま過ぎる。

コクピットのプロセッサーが、光学センサの操作を視線追従に設定していることなどメレは知らない。

ただ操縦士の無関心によるものだと、その動作を解釈して。自分が気づいているのだから当然むこうだってこちらを認識しているだろうに、それなのに無関心に目を逸らしたのだと思って、メレは瞬間、総毛立つような屈辱と激昂を覚えた。

俺が、こんなに悲しいのに。俺の大事な姫様が死んだというのに。

どうしてお前は、一緒に悲しまない。嘆かない。憤(いきどお)らない。

どうして俺たちの哀(かな)しさを、苦痛を、惨(みじ)めさを、お前たちはいつもわかってくれない。

お前たちは。お前たちは。お前たちは。


「お前たちは、強いくせに」


俺たちと違って、強いくせに。

なんでもできるくせに。なんでも選んで、決めて進んでいけるくらい強いくせに。どうして俺たちを守って、助けて、導いてくれなかったんだ。姫様を救ってくれなかったんだ。

お前たちは強いんだから。それができるくらい強いんだから、当然、それをしてくれなきゃいけないはずじゃないか。

決めることや選ぶことや考えることや、そんな面倒で、難しくて、怖くてできない全部から俺たちを守って、導いて、救って。俺たちのことも姫様のことも、何もかも全部お前たちが救ってくれればよかったんじゃないか。

それなのにお前たちは、姫様を。

無能にも。無責任にも。怠慢にも傲慢にも残忍にも。

「お前たちが、見捨てたんだ。——おまえたちがわるいんだ！」

傷ついた獣にも似た、咆哮と共に。

赤く染まる葉叢の下から突然、飛びだした人影にクレナが真っ先に気づく。

注視に反応してポップアップしたズーム画像の、人影が纏う色彩は鋼色の連邦の戦闘服だ。

——自走地雷⁉　……じゃない！

自走地雷ならば存在しない顔はまだ若い青年のそれ、シンの異能が捉える〈レギオン〉の嘆きも今や遠い。つまり青年は、自走地雷ではありえない。

人間。連邦軍人だ。連邦の戦場に馴染んだクレナの目に、咄嗟にそれは友軍と映る。

けれど、それならその敵意はなんだ。殺意はなんだ。可能な限り攻撃は避けろと、通達されている原生海獣の幼体に何故、そんな敵意と殺意で近づく。

その手に抱えた、銃爪に指を置いたアサルトライフルは。

「っ、ヘイル・メアリィ！　——シン！」

総毛立って叫んだ。クレナの位置は、まだ遠い。ここからでは間に合わない！

「生き残りがまだいる！　幼体が撃たれる！」

叫んで飛びだしたメレに、引きずられるようにオトが、仲間たちが激発する。メレの絶叫と激情をそのままなぞって叫んで飛びだす。そうだ。そうだあいつらが悪い。仲間の仇（かたき）だ。あいつらのせいだ。何もかも全部あいつらが悪いんだ。

だから、原生海獣（クジラ）さえ殺せば。

原生海獣（クジラ）さえ殺せば、あとはもう一匹の原生海獣（クジラ）がみんな壊してくれる。忌々（いまいま）しい〈レギオン〉も、連邦も上官も貴族どもも、仲間を見捨てたこいつらも。自分たちが憎み嫌ったあらゆるものを、何もかも全て壊してくれる。

壊れてしまえ。

「おまえたちのせいだ」

メレは叫ぶ。それともオトかもしれない。仲間の誰かかも。もう互いに区別もつかない。同じいろをした悲憤と激昂（げっこう）が互いを染めあって、全員の激情をいよいよ煽（あお）り立（た）てる。

「お前たちのせいだ。何もかもお前たちが悪いんだ！」

「俺たちにはできないんだ、できないんだからしょうがないじゃないか。それをお前たちが無能だ怠慢だって切り捨てたから！　何度も何度も踏みにじったから！」

「辛（つら）かったのに。苦しかったのに。ずっとずっと悔しくて惨（みじ）めだったのに。それを全然わかっても、わかろうとしてもくれなかったから！　だからお前たちが悪いんだ！」

「お前たちが俺たちを、一度だって守っても助けてもくれなかったから!」

叫ぶ。走る。憤りを露わにし、絶叫を怒号を唱和する。

仲間全員で。

仲間の全員が、同じことを考えて、同じ感情を抱いて、同じ言葉を叫んで、同じ方向へと走る高揚。群れ全体が思考も感情も判断も行動も共有する、一匹のおおきな生き物になる快楽。

みんなとひとつになる安寧。

なんと、それは心地よいことだろう。

なんと、それは安心なことだろう。

メレは、彼と一体となったヘイル・メアリィ連隊の最後の生き残りたちは、その快楽に陶然となる。自由など、正義など、意志など個人など、この一体感の前には何の価値もない。

ああ。

ずっと。こうしていたかったのだ。ずっとこうなりたかったのだ。

この素晴らしき境地に。強大で、偉大な、——大いなる群に。

その強大さの象徴、自分たちの偉大さの具現、指先一つで簡単に、何もかもを壊させてくれる強大で偉大な暴力の化身たる銃を構えた。

狙う先には美しい、儚い、硝子細工の人魚。

こんな美しいものだって、尊く何物にも代えがたいものだって、自分たちは壊してしまえる。

か弱く愚かで何もできない、自分たちが壊してしまえる。

力を合わせて。みんなのちからで。

すてきだ。

ざまをみろ。

その時。

熱線種（フィサラ）に移動を促すため、〈アンダーテイカー〉をダムの天端（てんば）から下流の河床へと、降ろしていたのが幸いした。

高機動戦闘に特化した〈レギンレイヴ〉の最大戦速での疾走からの、強烈に大地を踏みしめる制動で、重く地響きさえ立てて〈アンダーテイカー〉は着地する。ヘイル・メアリィ連隊の生き残りと音探種（レウカ）の間に立ちはだかる位置。背後の音探種（レウカ）をその総身で庇（かば）う位置で。

無数の赤い、朱（あか）い、紅（あか）い、赫（あか）い、紅葉の雨が音もなく降りしきる。明けたばかりの朝の森。

透明な陽光と落葉の時雨のただ中で、シンは最後の反逆者たちに対峙（たいじ）する。

〈レギンレイヴ〉の装甲は、アサルトライフルの銃弾程度には貫通されない。

爆薬の類（たぐい）も、隠し持てる程度の量なら密着されなければ破断はされまい。

それでも、足を止めないなら——これ以上接近されたなら、撃つしかない。

機甲兵器たる〈レギンレイヴ〉に、人を殺さずにすむ兵装はない。戦車の堅牢な装甲をも破壊するための、八八ミリ滑腔砲、高周波ブレード、対装甲パイルドライバ。装甲の薄い兵種にしか効果はないが、人間相手には威力過剰な一二・七ミリ重機関銃。兵装ではないワイヤーアンカー、脚部の何げない一蹴りでさえ、一〇トン強の機体重量自体が人間には兇器だ。

足を止めないなら、殺すしかない。

トリガに指をかけた。システムが照準レーザーを照射、自動で戦車砲を微動させた。

不可視のレーザーの熱に、八八ミリ砲の暗い闇を秘めた威圧的な砲口に、兵士たちが怯む。そのまま足を止めてくれと、ほとんど祈るようなシンの思いとは裏腹――全員の恐怖は一瞬にして、そして奇妙なことに一斉に、等しく強烈な憤怒に塗り替えられた。

違う顔なのに、同じかお。

全員違う人間であるはずなのに、なぜか見分けもつかないその表情。

ぞっとシンは戦慄する。何がそれほど恐ろしいのかも、わからないまま心底から恐怖した。

同時に悟った。威嚇では、止められない。

撃つしかない。

腹を括った。強ばる指を、叱咤して力を込めた。

トリガを引く。瞬間。

それよりも一瞬はやく駆けつけた装甲歩兵隊が、偵察部隊が、携える銃を掃射した。
なんのためらいもなく。

装甲歩兵が携行する一二・七ミリ重突撃銃は、強化外骨格（エクサスケルトン）の補助により辛（かろ）うじて一人で運用できるようにしているだけで、元々は車輌（しゃりょう）や航空機に搭載して運用する口径だ。本来なら歩兵一人が、発揮するような火力ではない。

その重突撃銃のフルオート射撃の弾幕を、加えて対軽装甲用のフルサイズの七・六二ミリライフル弾の射撃をも、横ざまからまともに喰（く）らったのだ。

青年は、後に続いた兵士たちは、次の瞬間消えてしまった。

悪鬼そのものの形相のまま、突然横殴りの衝撃に吹き飛ばされて、光学スクリーンの画面外に消える。血煙と火を噴くような憎悪（ぞうお）の眼差（まなざ）しだけをシンの網膜に焼きつかせて、それ以外には何もこの世に残すことなく、弾（はじ）けて引き裂かれて消えてしまう。

一瞬シンは呆然（ぼうぜん）となる。

唐突な。そして無慈悲で唐突な戦場の死を見慣れた彼の目にもあまりに無惨（むざん）で無様と映る、それは死だった。

　憎悪でさえも。

　死ぬまで、本当に死の瞬間まで己を支配したほどの、激烈な憎悪を以てしてさえも。

　何も。

　どこか呆然と巡らせた、視線の先。立っていたイシュマエルが飄々と言った。

　フルオート射撃の熱に陽炎だつ、七・六二ミリアサルトライフルを肩に担いで。

「言ったろ大尉。助けられなかった奴は、お前さんの責任じゃねえって」

「……大佐」

「ましてや全然なんの関わりもない、手前ェの馬鹿さを振りかざして今の今までバカやらかしてた奴らが、なんで助けてくれなかったなんて台詞なんざ偉そうに吐けて、そんでお前さんが助けてやらなきゃならねえんだよ。いくらなんでも、甘ったれんなって話だ」


　キャノピを開けたままの〈ガデューカ〉の傍ら、フレデリカが身を震わせたのに気づいてヴィーカは目を眇める。胃の痙攣を堪えて、それを悟られまいと押し殺した動き。

　血赤の双眸は彼女の異能の発動を示して仄輝いていて、何を見たのかは聞くまでもない。

「――見捨てろと言ったろ、お飾り」

　無力なお飾りでしかない彼女には、救えない者どもなど。

独りよがりの願望を振り回して振り回されて、勝手に死んだ。同情は無論、死に様を見届けてやる必要さえない愚か者どもなど。

フレデリカは横目にこちらを見上げた。

「嫌じゃ。そもそもそなたに命じられる筋合いなどないわ、鎖蛇め」

向き直る。フレデリカはまっすぐに、蛇の王子を睨み上げる。

「なるほどわらわが裏切れぬのはわらわの良心じゃ。そしてわらわが今、守りきれるのも良心だけじゃ。たしかに今は、誰も守れぬ。誰も救えぬ。だからといって見捨てると決めれば、その時には良心さえも守りきれぬ。なれば今は、」

炯々と光る、その、流れたばかりの鮮血の色の、燃えたつ焔の色の瞳。

「目を逸らさぬが、わらわのすべきことじゃ。いずれそなたやシンエイのように、守り救う力を得た時には誰も取りこぼすことのないよう、転落の様も破滅のかたちも見届けるのが今のわらわの戦いじゃ。口を出される筋合いはないわ」

ヴィーカはわずかに、目を細める。

薄い、不快程度の厭悪に。

「良心、か。……そんなもの、持っていても邪魔なだけだ」

綺麗なだけでなんの力も現実には持たない、人にとっては枷でしかない空虚な規範など。

「知らぬわ」

けれどフレデリカは吐き捨てる。

焔の色の双眸を爛々と燃やして。

「いつかそなたは言うたの。王にはなれずとも、王侯として振舞う。そう在りたいと思っていると。王にならずとも王侯たらんとしておると。そう――それは見習おうぞ。わらわは誰ぞに与えられる王冠ではなく、わらわの振舞と覚悟において、わらわ自身の王となろうぞ」

その言い回しにヴィーカは違和感を覚える。己自身の王。それは別に、エイティシックスたちも同じだ。それはいい。だが。

誰に与えられる、王冠でもなく？

一拍おいて、気がついた。さしもの蛇の王子も一瞬、愕然となった。

眼前の、この娘は。帝国貴族の血筋などではなく――……

見据えて低く、フレデリカは言う。

「なるほどほんに、動揺が顔色にも挙動にも出ぬのだの。――それも、見習わねばならんの」

「卿――……」

「わらわの事情に、興味はないのであろ」

切りつけるように言う。ヴィーカは小さく嘆息した。

「……まあ、たしかにそうだが」

傀儡扱いが長すぎて領地も持たない元女帝など、保護しても益がないどころか害毒だ。いくら大国の連合王国といえど、大陸最大の超大国たる連邦と真っ向から対立したくはないし、旧帝国の大貴族の、千年かけてまだ続く馬鹿げた対立に巻きこまれるのもまっぴらだ。

ただし。

「今の俺としては、そうも言いきれないとは思わなかったか？」

〈レギオン〉全機を停止可能な、帝国の鷲の王家の血――祖国の苦境を、打破できる鍵の一つを前にした連合王国の王族が。

フレデリカはそれでも、今度は動じなかった。

「条件が揃わぬまま動くほど、イディナロークの紫晶は軽挙ではなかろ」

ふん、とヴィーカは鼻を鳴らす。そこまで理解しているならいい。

「他に、誰が知っている？　ミリーゼは……ないか。ノウゼンは知っているな？」

「……そうじゃ」

後でシンの背中に、毛虫でも入れてやろうとヴィーカは思う。迂闊に余人に明かせる情報ではないし、そうでなくとも他人の事情を口にしない、その誠実さは信用に値するものだが。

なんかムカついたので。

「なら、これまでどおりにあれと協同するだけだ。言うとおり俺では手札が足りん」

命令者であるフレデリカだけでなく、その命令を発信する司令拠点の捜索と制圧。異国である連邦に鎖されて祖国に戻る術もなく、指揮下には一個連隊しか持たぬヴィーカには捜索にも制圧にも手が足りない。シンとの——機動打撃群との、連邦軍との協同は必須だ。

彼の保護者である、連邦暫定大統領エルンストとの。

頷くフレデリカの、アデルアドラー帝室の火焔色の双眸を見返して告げた。玉座を逐われ、けれど王侯の矜持を捨てぬ。互いに王とはならぬ王族の、一角獣の王家の帝王紫の瞳で。

「これまで以上に身は厭え。——それこそ誰をも、守るとやらのために」


イシュマエルが言ったとおり、ダムの天端から熱線種が頭をのぞかせた途端、音探種はきゅいきゅいと高音の鳴き声を上げてカドゥナン河道への支流を戻り始めた。

熱線種も応じてダムから河道へと移動し——巨体に再び乗り越えられたコンクリート製の吐水口の残骸が、無惨にも全壊したがもうこれは仕方ない——二頭の原生海獣はついに、紅葉の錦のカドゥナン河道で合流する。

感動の再会、とは、散々に振り回されたシンにはまったくこれっぽっちも思えなかった。

他のプロセッサーも装甲歩兵もそれは同じで、さあもうこれで帰ってくれよとか言いたげな雰囲気で遠巻きに見守る。ファイドだけがそっと二頭の傍の岸辺に歩み寄って、ぴぴ、と友好的に電子音を鳴らした。

原生海獣たちは反応すらしなかった。

「ぴ……」

ちょっぴり、傷ついたらしい。

しおしおと肩（機体前半分）を落としたファイドの後ろ姿を見つつ、それはそうだろうとシンは思う。こんなわずかな時間で異種族間交流なんぞが成立してしまっては、千年原生海獣と戦い続けたイシュマエルたち征海氏族の立つ瀬がない。

実際、哀愁を漂わせるファイドをイシュマエルはきっぱり呆れた目で見つめていて、そんなイシュマエルを視界の端に入れたらしい熱線種が今度はものすごい勢いで振り返った。

長い首を限界まで下げて、噛みつかんばかりにイシュマエルを睨み据える。ここが陸上でなかったら——人類の領域内でなかったら、問答無用で熱線でも吐いていそうな雰囲気だ。

「……もしかして、覚えてんのかてめぇ」

征海氏族の、特徴的な刺青を。潮と日に灼けて褪せた金髪を。染みついて消えない潮の香りと混じりあう、これまで殺しあってきた仇敵の匂いを。

ふ、とイシュマエルの顔にこちらもまた凶暴な、それでいてどこか親しげな笑みが浮かぶ。

「なんだよ。じろじろ見てんじゃねえよこの野郎。ぶっとばすぞちびすけ」

嬉しいんだかキレてるんだかわからない。もしかしたら両方かもしれない。

こちらは無関心に音探種が、カドゥナン河道を北へと泳ぎ下る。長い首を思いきり捻ってまでイシュマエルを睨みつけながら熱線種がその後に続く。

原生海獣が河道を通過する、手は出すな、と、河道に連なるダムを制圧する各部隊に管制官たちから指示が飛んだ。

†

北方第二方面軍の反逆者は全員が死亡し、残る核燃料も回収された。

北部第二戦線の危機が回避されたとのその報を、受けてエルンストは長く息を吐く。

残念だ、と。

どこかで思ってしまう心を、エルンストは止められないし止める気もない。

——閣下は理想を守ることなど、どうでもいいのではありませんか？

「……そうだよ」

独りごちた。大統領官邸の、空虚なばかりの執務室で。

「どうでもいいんだよ、何もかも——だって怖いものなんか僕にはもう、何もないんだから」

大切なものが　ないのだから。

失いたくない、守らねばならないものが、自分にはもう何一つも残っていないのだから。

彼女が信じ、そしてそのとおりにはならなかった、人のあるべき理想でさえも。

それでも彼女が信じた理想なのだからと、これまで守り続けてきた。誰も見捨てず、誰をも救う、優しさと正義に満ちた世界。穢すなら人も国も世界も、滅びてしまえと心底思って。

けれどそれさえ、本当はもうどうでもいい。

「彼女はもう——いないんだから」

†

ヒアノー河から撤退してきた第四機甲グループが帰路を守るリトたちと合流し、合わせて最北まで進出していた第三機甲グループが撤退を開始。殿軍が充分に離れたところで、レカナック・ダムが爆破される。

轟音と共にアーチダム特有の、薄いコンクリートの提体が崩落。堰き止めていたレカナック河の膨大な水を本来の下流へと解き放つ。

続けて隣接するミオカ・ダム、ニウセイ・ダムが、撤退してきた戦隊の通過と周辺の制圧部隊の後退を確認して爆破。撤退する友軍を糸を巻き取るように回収しながら、カドゥナン河道を遡るかたちで二三基のダム全てを破壊する。

最後にロギニア河を上流で堰き止めるロギニア・ダムが爆破され、合わせてタタツワ旧河道と新河道の間の水門が鎖される。ヒアノー河を形成する全ての水が、ロギニア防衛線の干上がった河床に、干拓されたウォミサム盆地に流れこむ。

陸戦の覇者たる〈レギオン〉を、けれど強固に阻む大河川ロギニアと泥濘の盆地が、百余年の時を越えて北方第二方面軍の前に現出した。

†

回収した幼体を伴い、熱線種は人類が軍港ズィノリと呼ぶ、北の海への河口に到達する。遠巻きにこちらを監視する、金属製の敵性存在は向こうからは攻撃をしてこないから意に介さない。それよりも沖合、待ち受ける己の群の歌声に意識を向けた。

幼体の音探種が、さっそく冷えた海水に滑りこむ。長く引く外套膜と装甲鱗との間に水を吸いこみ、噴射しての高速移動で群へと向かう。

追って、熱線種も海中へと身を沈めた。泳ぎ向かう。群れの下へ。身に馴染んだ、遥か北の冴え凍る海へ。

瑠璃色をした闇の中、ふと記憶が熱線種の脳を掠める。

幼体を回収した水たまりにいた、ひ弱な二足歩行の群。凶暴な彼ららしく二足歩行同士で殺しあっていたその中に。

聞き覚えのない、聞き取れない、――けれど自分たちにもたしかに届く響きで鳴いていた個体がいたのは、一体なんだったのだろうか。

†

連邦軍の数ある訓練基地の一つに所属する、銀髪銀瞳のヘンリ・ノトゥ中尉は義勇兵として連邦軍への参加を志望した元共和国軍人で、つまり共和国人だ。

共和国軍人としては珍しく真面目(まじめ)に勤務していたのが評価され、階級は元の尉官のまま。招集された予備役の、同じ訓練を受けている連邦軍人からは遠巻きにされているが、共和国がエイティシックスにしたことを思えば当然だと思っているので気にならない。時々陰口が聞こえるだけで嫌がらせをされるでもない分、連邦軍は規律正しいんだなと思うくらいだ。

その同僚の一人が、共用スペースの電話ブースの前で手招きをしているのに、怪訝(けげん)にヘンリは自分を指さす。

私用の電話はこのブースからなら許可されているけれど、ヘンリには用がない。父とは義勇兵に志願する際に充分に別れを惜しんできたから、たった一月(ひとつき)余りで言葉を交わす必要もない。

そのはずなのに同僚は言う。

「そう、中尉。ヘンリ・ノトゥ中尉。お前に電話。弟から」

「えっ、」

駆け寄ったら、同僚の表情は今までと違う。なんだか気まずいような。

悪いことをしたとでも思っているような。

「中尉の弟、エイティシックスなのか」

ぎくりとヘンリは身を固くする。家族を、見捨てたと言われるのだろうか。

ヘンリが義母と、弟を。クロードを見捨てたのはそのとおりなのだけれど。

「……ああ」

「そうか。そいつは……きつかったろうな」

思いもかけない言葉だった。思わずヘンリは同僚の長身を見上げる。

ヘンリと同じか一つ二つ上くらいの、まだ若い予備役の同僚。

「中尉の年なら、強制収容が始まった時は十七歳とかだろ。自分ならなんでもできるって思ってて、ほんとはまだできないことばっかりの年だ。そいつは……きつかったろうなって」

「………」

「だから、顔向けできないとかじゃないんだから弟のことも避けないでやれよ。電話かけてくるなら話すつもりはあるんだろ。だったらその機会、奪ってやるなよ」

「……ありがとう」

というか一度奪ったから、クロードはあんなに怒ったのだろう。

怒ったけれどそれでもまた、話をする機会をくれるのなら。

『……兄貴？』

「クロードか」

距離を測りかねている、という声だった。

ヘンリを自隊のハンドラーだとしか見ていなかった時には、むしろ遠慮会釈もなかった。兄だとわかってからはそうなってしまうというのが、隔ててしまった時間と関係を痛感させる。

——兄ちゃん。

かつてのようにはきっと二度と、クロードは自分を呼ばない。

『そろそろ訓練課程終わるって聞いたから。その前にって、思ってよ……』

「うん。……ありがとう」

前線に配備されたらおそらくは、もうこんな風に気軽には、電話なんて受けられまい。

「今どうしてるんだ」

つとめて平静な声を出した。クロードの属する機動打撃群もどこかの戦線に出ているらしいとは聞いていたが、電話が来たということは本拠基地に戻っているのだろう。

『ん。月見てる』

「月？」

『そういう祭があるんだって。シン……ええと、うちの戦隊長が、八六区でやりそびれてたのを二年越しにやるんだって言ってよ。変な草飾って、なんか知らない菓子とか食ってる』

ブースとは逆側の窓の外、ちょうど出ている月を見やった。

クロードが今、見ている月と同じ月。

「そうか。……それはいいな」

月見にはたしかこれが必要だったなと、リュストカマー基地の演習場周辺から抜いてきた穂の長い草。数本ずつ束ねたそれをあちこちにさした食堂で、シンはまだ療養所にいるレーナと知覚同調を繋いで、共に同じ月を見る。

月餅なるものは、ミチヒが主導して近いものを作った。お団子なる茹でた生地を供えるとシンは聞いていたので、小麦粉を練ったもので用意してもらって。さらにはふかした芋を供える説が極東黒種の隊員たちから出てきて、じゃがいもとさつまいものどちらが正解かわからなかったのでとりあえず両方を用意した。

おそらく何か、もしかしたら全部間違っているのだろうが、まあ、気分だ。

二年前の八六区で、月見をしようと最初に言いだしたクジョーは月のウサギがどうこうと言っていたなと思いだしたライデンが、林檎でウサギを作りだした結果テーブルの一角で何故か林檎ウサギ作り教室が開かれていたりするし。

芋はどちらも、ふかしただけは嫌だと給養班がごねて、バターをのせて焼いたりタルトになったりしている。バター焼きの方が回ってきたので一つもらって、フォークをさしたところで半月型に切ってあると気づいて同じ形の月を見やった。

会話の内容は残念ながら、無風流にも北部第二戦線での騒動の話だ。

面白くもない内容だが、作戦の様子をレーナが聞きたがったのだから仕方ない。核兵器製造の無茶さに困惑し、場当たり的なヘイル・メアリィ連隊の行動に眉をひそめ、放射性物質飛散爆弾（ダーティ・ボム）の使用に言葉を失い、ついには原生海獣（クジラ）が闖入（ちんにゅう）までする大迷走に頭を抱えて、最終的にレーナが絞りだした言葉が。

『その。……いろいろ大変だったんですね……』

「作戦自体は、そうでもないはずだったんだけど」

とにかく作戦とは本来無関係の、周辺状況の混迷の極めっぷりが。

バター焼きの最後の一片を口に入れて、呑（の）みこんでからシンは続ける。

「一応、良かったこともないわけじゃなくて。……回収輸送型（タウゼントフュスラー）は、擱座（かくざ）機や砲弾片の回収に加えて占領地の除染もするように設定されてると、今回の件で確認できたんだ。だから起爆された汚い爆弾（ダーティ・ボム）の影響は、最小限ですみそうだ」

ほっとレーナは息をついた。

『それは――それだけでも、良かったです』

「ああ。……それと、ちょっと反省することもあって」

『？　なんです？』

「ヘイル・メアリィ連隊の首魁は、元々は自分が煽動したこととはいえ、エスカレートする隊員の要求、というか期待に応えようとした結果、暴走を止められなくなったらしい」

そう、ニンハが証言したと、シンは聞いている。

帝国では都市一つを所領に持つ郷士の家系で、その街出身の兵士から主君と、姫と崇められていたのだという首魁。

おそらくは彼女自身、領民を率いる長、心正しき姫君たらんと自負し、そのように振舞った――その末路。

「下にいる奴らは、求めて従うばかりじゃない。支えるつもりで、いないといけない。そうでないと上に立つ者を、上へ上へと追い上げた挙句に潰してしまう。おれたちは、」

おれたちエイティシックスの女王陛下に。

「レーナに負担をかけていなかったかなって――思って」

月見の話を聞いた管理人が、作り方を教えてくれたスイートポテト。窓の外の月とは違って満月のような円形に作ったそれを、夕食のデザート代わりに療養仲間と食べつつレーナはおかしくなる。

それを、よりにもよってシンが、言うのだろうか。

東部戦線の、首のない死神。

王どころではない。救いの神であり続けたあなたが。

「心配はいりません。……あなたたちは、従うのではなく支えてくれた。求めるのではなく信じてくれた」

女王陛下。

その呼び名は敬意だけれど。信頼だけれど。崇拝でもないしましてや強迫でもない。

「それに、全然頼られないのも辛いんですよ？　知ってるでしょう、また泣いちゃいますよ、わたし」

シンは苦笑した。

連合王国でのレーナとのひと悶着を、彼も思いだしたらしい。

『……そうだった』

「でしょう」

微笑んで、レーナは告げる。知らず、満ち足りて誇らしく、緩む口元。

「気にしなくても、今までも充分支えてもらってます。なんならもうちょっと、シンは甘えてくれてもいいくらいです。この前の深刻なわたし不足の時みたいに」

『へえ。言質はとった、と思っていいかな』

冗談めかしてシンが応じる。そんなこと言っていいのかと、悪戯を企む子供みたいに。

それからうって変わって真摯に言った。

真摯な、少し性急なくらいの、その声音の熱。

『レーナが足りない。早く会いたい。傍にいたい』

ふふ、とレーナは笑う。

休息は充分に、取らせてもらって、だからこそ。

休息をとって頭の中を一杯にしていた虚無感や罪悪感や、出口のない懊悩が解消されて。本当なら将来の夢とか明日の楽しい予定とか、知覚同調の向こうの恋人でいっぱいにするべき心の空間がすっかり空いたから。

「ええ。わたしも、あなたが足りない」

電話を終えてクロードが帰ってきて、遠くその横顔を見ていたアンジュがふと問うた。

「ダスティン君は、お母様には電話してるの？　心配してると思うわよ」

「それは、そうなんだけど……」

この年頃の少年としては、あまり母親におせっかいを焼かれたくもないのである。

ただ。

「ずるくっていいって、アンジュが言ってくれて。……助かったよ」

そうでなければ帝国出身で、共和国では有力者というわけでもない母は、避難が間に合わなかったかもしれなかった。

助けられなかったかもしれなかった。

アンジュが笑う。

「そんなことくらい」

それから少し考えて、視線をダスティンから外して続けた。

「……私のためにも、少しくらいはずるくいてね」

ん、と見返した。空色の双眸はこちらを見なかった。

「ダスティン君は潔癖だから、ずるは嫌いなのはわかってるから。だから私のためってことにして、少しくらいはずるくいて。帰ってこられなくなる前に、立ち止まって帰ってきてね」

伏せた、わずかに戦く瞳が思い返している、彼女を置いて帰ってこなかった誰か。

帰ってきてほしかったのに帰ってこなかった、大切な誰か。

同じ傷を決して、負わせたくないと思うから。

「……君が嫌わないでいてくれる程度に」

嫌われるほどの卑怯者にはならないけれど、君に傷をもう負わせないために。

「それと、それならアンジュも、俺のせいにしていいからずるくいてくれよ。帰ってこないなんて、アンジュだってなしだからな」

「あら、私はずいぶん、ずるいつもりよ？　甘えていいっていうから甘えてるもの」

「甘えるのはずるじゃないだろ」

悪戯(いたずら)っぽい笑みで、ことんと肩に小さな頭を預けてくるのを抱き寄せた。くすくすと耳をくすぐる、一月(ひとつき)ぶりの響きの甘さに自然と、ダスティンにも幸福な笑みが浮かぶ。

ただ独りでも王たる者に、己自身の王たる者に、自分はなるとフレデリカは決めた。

王者たるものは、暗い顔をするべきではない。

自分のことで手一杯では、誰のことも助けられない。

なので。

「まずはわらわ自身を、わらわは労(いた)わってやらねばの」

力強く、呟(つぶや)いて。

「――待たせたな坊主(ぼうず)ども！　焼きたてカボチャパイのご降臨だ！」

「うむ、待っておったぞ！　わらわも一つ欲しいのじゃ！」

給養班長の中尉がパイの大皿を置いた途端にわっと群がる、食べ盛りの少年少女どもの群にフレデリカは果敢に突撃する。

別れ際に満面の笑みでミアロナ中佐と、そんな中佐にはっきり苦笑した部下の青年が山ほど寄越した、原子力発電やら核兵器やらについての書籍類は。

「あたしにゃさっぱりわからなかったなぁ」

内容はともかく、美しさとやらが。

まあ、いろいろ試食してみろとミアロナ中佐も言ってたのだし、残念ながらシデンにとってはさほど口に合わなかったというだけだ。

最終的に何かしら、楽しめるものが見つかればあの中佐はそれも喜んでくれる気がするし。

資料自体は自習室に置いたところ、ちょこちょこ回し読みされていてそのうち一人二人は全部読んで次が欲しいと教員に頼んでいるらしいので、中佐の苦労も浮かばれるだろう。

「美しさ、ねえ」

その言葉はなんとなく、ぴんとくるのだが。

薄い雲に隠れた、だからこそ周囲の雲をあでやかに染める月に、なんとなく手を伸ばした。

大国の王子のヴィーカだが、身の回りのことは大体自分でできるし自分でやる。

というのは知っていたが、まさか林檎の皮を均一な薄いリボン状に剝けるとまでは思ってもみなくて、ついでに林檎ウサギを作ってみたがるとも思っていなくて、器用にウサギの耳の細工をしているヴィーカをライデンは横目で見やる。

あとまさか、前線の兵員は大抵自前のものを持っているとはいえ、工具やらナイフやらを一つにまとめたマルチツールを彼も持ち歩いているとも。

「レルヒェは林檎ウサギ、作らないの？」

「ああその、リトどの。それがしには果実の細工はさすがに無理ですな……」

「そこまで器用には作っていないからな。お前たちとてそこの〈スカベンジャー〉に、林檎を剝けとは言わないだろう」

開け放した窓の外、風流にも月を見上げていたファイドがいそいそと寄ってくる。

面白がったミチヒが果物ナイフを渡してやって、……〈ジャガーノート〉の運搬から雪かきまでこなす器用なファイドにも、できないことはあったらしい。何度つまみ上げようとしてもうまくいかずにとり落としている。

しゅんと肩を落とすファイドと、光学センサのあたりに手を添えてシンパシーなど示しているレルヒェを見つつ、ライデンは言う。

「ヴィーカ。できんのはわかったから何個も剝こうとすんな。誰が喰うんだよそれ」

ふっと帝王紫の双眸が向いた。意外そうに。

「なんだよ」

「いや。たしかにそう呼べと言ったのは俺だが。……珍しい呼び方をするなと思ってな」

さりさりと林檎を剝きつつライデンは言う。

「なんつうか。重てぇのかなって思ってよ。王子様って呼ばれんのも」

誰も彼もを救わねばならず、救えないならその責を負う。王子であるからと負う覚悟を定めているだけの、途方もないその重責。

自分がフレデリカに言った言葉だ。

そして共和国の市民どもが、ヘイル・メアリィ連隊の生き残りが叫んだ言葉。自分たちを助けろ。守れ。救え。縋りつき、ひたすらに要求し、つき従いながら追い立てて、崖へと彼らを導いた領主の娘を、そのまま諸共に突き落とした羊の群。

その王でいるのは。

己一人の、ではない。数多の、無数の、つき従いながら追い立てる羊たちの主であるのは。

「俺はあんたの臣下じゃねえ。……王子様って言って従っていいわけじゃねえ奴からまで、王子様呼ばわりされる筋合いはねえって。思ってんのかなって思ってよ」

それが忠誠も崇拝も含まない、あだ名代わりの呼び名だったとしても。

ヴィーカは少し、首を傾けた。

「重いとは思ったこともないが……」

身分とは、生まれついて持つものという点で手足や耳目と同じだ。

手足を重いと、人が思わないように。ヴィーカは王侯の身分を、重いと感じたことはない。ない、けれど。

フ、とヴィーカは、面白がるように笑う。

「……そうだな。卿は俺の臣下ではない。どうせ敬意など払うつもりもないのなら、名で呼ばれる方が好みだ」

やりとりにその場の、他の連中が顔を見合わせた。真っ先にクレナが頷いた。

「それじゃ、あたしたちもこれからはヴィーカって呼ぶね」

「よろしくなのです、ヴィーカ」

「ていうかヴィーカもその、卿っていうのやめようよ。あとそろそろ名前で呼んでよ」

「ハイ！　長いからいっそヴィって呼ぶのどうよ！」

調子に乗ってトールが挙手した。ヴィーカは美しく微笑んだ。

「物理的に首を飛ばされたいのか、貴様」

「……やめろ七歳児。冗談だ」

「は、それがしも冗談です。本当に冗談ですので、怯えないでくだされジャバウォック殿」

一月ぶりにゼレーネの納骨堂を訪れて、ヤトライは眉を上げる。

「ひどい様だな、ゼレーネ・ビルケンバウム」

〈レギオン〉であるゼレーネには、彼女の意思とは無関係に情報漏洩を遮る仕組みが備わっているらしいことは、連邦軍情報部隊もヤトライも把握している。

その仕組みとやらが、彼女の自作自演でないか確かめる術がないことも。

だから全て話させろと、ヤトライは情報部員に命じた。ゼレーネが話そうとすることを。そして連邦が、確認したい全てを質問し回答させることで。

回答不能とゼレーネが言うなら、それもまた一つの情報だ。〈レギオン〉は何を、回答禁止と設定されているか。屑鉄どもは何を隠したいのか。積み上げればそれも、手掛かりとなる。

無論、本来〈レギオン〉の機能では不可能な人語での会話を長時間、そして連日強いられたゼレーネには、大きな負荷がかかったが。

拘束コンテナの中、ゼレーネはもはや皮肉の一つも言わない。電子音声がけだるげに問う。

《何用か》

「なに、少々の褒美だ。詳細は伏せるが、貴様が語った禁則事項の強固さに一つ傍証が得られた。苦労の甲斐あって貴様の信用は砂粒程度は回復したと、それは伝えてやろうかとな」

北部第二戦線での騒動から、それだけは得られた推測である。

〈レギオン〉は核燃料を積極的に奪取しようとしなかった。――〈レギオン〉に課された禁則事項(プロテクト)の、少なくとも核の使用に関するそれは、それなりに強固かつ厳密であったらしい。

核兵器は無論、放射性汚染弾(ダーティ・ボム)も禁じられている。もしくは原子炉と劣化ウラン弾芯、劣化ウラン封入装甲だけが例外として許可されている。自動機械の暴走を懸念(けねん)して生物兵器の定義を偏執的なまでに厳重にした結果、帝室派の兵士と協同できなくなった笑い話と同じ厳密さで。〈レギオン〉とは兵卒と下士官、下級士官を代替する存在で、それら雑兵に戦略兵器は与えない。核に加えて弾道ミサイル等(など)の戦略兵器の禁止も、これなら厳重なものと推測していいか。

「もう一つ。――ああ、これはただの興味だ。答えたくなければ答えなくて構わん」

拘束コンテナの上、誰が作ったものか紙箱に顔を書いた妙な人形の中から視線が向く。今のゼレーネの、外部への唯一の目である安物のカメラを、しんと見返してヤトライは問う。

「貴様の『玉座』には、溶岩湖へ続く通路が作られていた」

連合王国、竜牙大山(りゅうがたいざん)拠点の最奥(さいおう)に設けられたゼレーネの――〈レギオン〉指揮官機〈無慈悲な女王〉の玉座。指揮官機が常駐するには不自然な、その空間とそこから伸びる通路は。

「地下に向かう、逃走路にもならない道をあえて造ったのは――自害のためだな。高機動型(フォニクス)が誰にも倒されず、誰も貴様を訪れなかった時のための」

人類が〈レギオン〉停止の鍵を得られず、敗北へと向かう未来に至った時の。

ヤトライはわずかに首を傾ける。千年に亘(わた)り帝国を守護し、帝国を支配した武人の血統の一員として、同じ武門の出の、死にぞこないの亡霊に。

「今すぐに、というわけにはいかんが。これ以上生き恥を晒したくないというなら処分してやるぞ。帝国武門、ビルケンバウムの──最後の娘」

死にぞこなった恥辱に、今も沈む同じ武人の血統への──ささやかな慈悲として。

問いに、ゼレーネは応じる。強く。

《──いいえ》

初めて聞かせた、人としてのゼレーネの口調にヤトライが片眉を上げるのを、見据えつつ続ける。なるほど死は、希望が失われた時にはと考えていたけれど。機械仕掛けの亡霊にすぎぬこの身には、死とは迎えるべき結末なのだけれど。

《いいえ。わたくしは死なない。まだ死は選ばない。──シンエイ・ノウゼン、ヴィークトル・イディナローク。あの子たちがまだ、諦めていないなら》

彼らがまだ、どこかで今も戦っているのなら。その作戦に、勝利に、彼女の持つ情報が必要となる可能性が残っている限りは。

彼らの戦いの果てを、見届けるまでは。

《わたくしもまだ、死ぬわけにはいかないわ》

外出許可を申請したら、出るには出たが私服でとの条件でなおかつ憲兵が二人もついてきた。

まあ共和国軍人だものねとアネットは思ったが、そうではなくて危険だからだと。

言われたとおり私服でザンクト・イェデル市街に出て、街頭のニュースを見たらわかった。

「……報道、されたのね」

〈盗聴器〉の報道が、ついにされたのだ。

この盗聴が〈レギオン〉への情報漏洩(ろうえい)の元だ。報道もまた〈レギオン〉が傍受している可能性もある以上、軍は検挙直後に馬鹿正直に報道はさせない。だから実際の検挙よりもずいぶん遅れて、関連する日付も巧妙に伏せているが、嘘(うそ)はついていない。共和国によるエイティシックスの子供の利用と、連邦への背信行為と。

「なるほどねぇ。それで」

さっきから周囲の視線が妙にちくちく痛いのかと、アネットは思う。多民族国家の連邦には白系種(アルバ)の住民も多い。私服のアネットを共和国軍人だとは見分けられないはずなのだが、つまり共和国人でなくとも白系種(アルバ)全体の評判がとばっちりで下がっているのだろう。

やあねえ白髪頭(ヴァイスハーリヒ)よ、と、白系種(アルバ)の銀髪を侮蔑する単語が街角の人ごみから聞こえよがしに届いて、憲兵がそっと視線と言葉を遮るように動いた。

「すみません。少佐は我々にご協力くださっている立場ですのに、同胞がこんな」

「ひょっとして、街中(まちなか)だけじゃなくて白系種(アルバ)の兵士も、みんなこんな目で見られてるの？」

基本的には軍基地内で過ごす軍人たちが、白系種(アルバ)への視線を知っているなら。

憲兵は苦りきった顔をした。

「恥ずかしながら、そのとおりです」

「同胞にもそうですし、共和国からの義勇兵など端(ハナ)から裏切り者扱いするありさまでして

……」

報道ははっきりと共和国を非難する論調で、雑踏の声もつられて糾弾の色を帯びる。これだから白髪頭(ヴァイスハーリヒ)は。臆病者の白系種(アルバ)は。助けられたくせに、救われたくせに裏切り者の共和国は。

だからエイティシックスの子供たちに、復讐(ふくしゅう)なんかされたんだ。

そんな声さえ聞こえてしまって、そしてたしなめる声は続かない。共和国への復讐(ふくしゅう)のために子供たちこそが〈レギオン〉に内通したのだと、それほどひどいことを共和国のクソ野郎どもにされたんだろうと、義憤めいて語る誰かの声が雑踏に紛れて遠ざかっていく。

共和国がクソ野郎なのは、同感だけれど。

思って小さく、アネットはため息をついた。

紙コップにかわいい猫の絵を描いたキャラメルコーヒーが、無性にもう一度飲みたかった。

「セオお前、お前も〈盗聴器〉だったりしないよな。疑似神経結晶素子（レイドデバイス）埋めこまれてるとか」

「もうないよ、連邦きた時取ったから。痕見る？」

「あ……悪い。本当に埋めこまれてたとは思わなかった……」

笑えない冗談を振ってきた同僚に、可笑（おか）しくもないが怒るほどのことでもないのでけろりと応じたら、大変申し訳なさそうな顔をされた。

ごめんなと真摯に頭を下げる彼に、いいよと首を振ってみせてから、セオは会話の間、遠ざけていた携帯端末を耳元に戻す。作戦に従事している間の個人の携帯端末の使用は機密保護の観点からよろしくないが、今は自由時間でこの基地は後方の教育部隊の基地だ。会話内容には一定の注意が必要だが、通話だけで咎（とが）められることはない。

『……お兄さん？』

「ああ、ごめん。なんでもないよ。……ミエルは、どう？　そっちの暮らしとか」

問うた相手はザンクト・イエデルからは遠い西部辺境の属領の、共和国人の避難先の一つで暮らす少年、かつてのセオの戦隊長の忘れ形見のミエル・ルナルだ。

そう、狐（ルナル）。

だから戦隊長のパーソナルマークは狐（きつね）だったんだなと、今更ながらに気づいたセオである。

ついでに戦隊長の名前はシルヴァンで続けると森の狐（シルヴァン・ルナル）、その子供が蜂蜜色の狐（ミエル・ルナル）で、狐（きつね）に何か思い入れのある一族らしい。

『偉い人たちのいる街ではいろいろ、なんかあったらしいけど。僕のいる街は平気。施設長さんも他の連邦の兵隊さんたちも優しくしてくれてるよ。あと、』

「ん？」

『ご飯がすごく、美味しくて』

ミエル少年はしみじみとため息をついた。

『本物のお肉とかお魚って、美味しいんだね。卵も牛乳もジャムもケーキも』

思わずセオは笑みを零す。それはよかった。

「いろいろ落ち着いたら、釣りとか連れてってあげるよ。ケーキとかジャム作るのも」

『うん！』

元気いっぱいに、おそらく電話の向こうで身を乗りだす勢いで頷いて。

不意にミエルは声を落とした。

『あの、……お兄さんの方は、大丈夫？』

「僕？　なんで？」

『怖い人たちが増えてるでしょ。なんだっけ……なんか、長くて変な名前の人たち』

なんだそれは。

『この前の大攻勢も、共和国が負けたのは全部お兄さんたちが……エイティシックスが悪いんだって。エイティシックスがちゃんと戦わなかったからだって、集まって騒いだりしてて』

「……ああ」

洗濯洗剤か。

元の名前はセオも覚えていない。純白を取り戻すだのとスローガンを掲げているから、そこだけ切りとってシンが洗濯洗剤と呼び始めて、それですっかり定着した連中。

「そいつらはそこにしか……共和国人のとこにしかいないから。首都のこっちは大丈夫だよ」

『あ。そうか』

「ていうか、増えてるの？」

第二次大攻勢で市民の支持を失って、すっかり勢力が衰えたと聞いたのだが。

『最初にそう言い始めた、偉い人たちは戻ってきてないみたい。ていうか、まだ悪口言われてる。けどエイティシックスが戦わなかったせいで共和国が陥ちたんだって、だから今度こそエイティシックスを、代わりに戦わせるべきだって言う人はすごく増えてて』

エイティシックスを取り返せも、共和国を救えもしなかった統率者は無能と切り捨て。けれど敗戦の責、従軍の負担をエイティシックスに押しつける言は都合よく引き継いで。

誰の統率も制御もないままに、末端だけが膨れ上がる。

『連邦に来て、大人の人がおおぜい兵隊に行くようになって。その家族の人たちとか、兵隊に行きたくない人とかがそれを嫌がってるらしくて。……毎日あちこちで騒いでるんだ』

連邦に避難した共和国人は西部辺境の生産属領モニトズオートの、本来の住民は避難した幾つかの街に分散され、政府機能は避寒の保養地ラカ・ミファカ市に置かれている。

市街中心部のひときわ大きなホテルを政府施設に割り当て、残るホテルと郊外の貸別荘に高官と将官と元貴族の白銀種(セレナ)。避難先というには実に優雅な彼らの仮住まいは、けれど〈盗聴器〉関係者の検挙からこちら、微妙な緊張が漂う。

〈盗聴器〉を運用する末端の下級軍人だけでなく、指示者の高官にまで連邦の検挙の手が伸びたためだ。それからも新たに誰かが関係者と目される度に連邦の憲兵が訪れるものだから、閑雅な生活に慣れた上流階級はどうにも気が休まらない。

洗濯洗剤の首魁(しゅかい)、プリムヴェール女史もまた、憲兵の来訪を警戒する一人だ。〈盗聴器〉の運用にはプリムヴェールは関わっていないが、検挙の発端の中佐は同志だ。失墜した彼女に割り当てられた一際(ひときわ)小さな貸別荘にも、いずれ憲兵は訪れるだろう。

「……なんですって、」

けれどその日、プリムヴェールが蒼褪(あおざ)めたのは憲兵の来訪のためではなかった。

連邦の報道番組は、このラカ・ミファカ市でも放送されている。それを見て事態に気づいた同志が知らせてきた内容。行方(ゆくえ)不明のエイティシックスの少女の、顔写真のいずれもが。

「〈仔鹿(アクタイオン)〉が生き残っていて……それが逃げたですって……？」

連邦軍の、特に兵卒には最低限の教育しか受けていない者がまだ多く、核兵器についての詳細な知識も彼らは持ち合わせない。北部第二戦線・第三七機甲師団戦区での騒動は、曖昧な伝聞をさらに不正確に受容するかたちで北部戦線全体に、さらには他の戦線にも広がる。

核兵器なる危険物で、北部第二戦線が滅びかけたのを機動打撃群が止めた。

船団国人が原生海獣(クジラ)なる怪獣を呼んで、核兵器から北部第二戦線を守った。

核兵器で〈レギオン〉は倒せるのに、裏切り者が隠匿していた。

核兵器という超兵器で連邦軍は勝利できるはずだったのに、原生海獣(クジラ)が邪魔をした。

核兵器を持って〈レギオン〉に協力した裏切り者を、機動打撃群が倒した。

なんだかよくわからないが機動打撃群、エイティシックスはやはり精鋭部隊で英雄ですごいんだなと、錯綜(さくそう)が過ぎてほとんど原型も留(とど)めていない与太話を、兵士たちは適当に聞き流す。

「――英雄だって、いうなら」

濁流のロギニア河とその向こうの一面の泥濘(でいねい)に、装甲歩兵ヴィヨフ・カトーは愕然(がくぜん)と呟(つぶや)く。

北部第二戦線の戦場は、後退したとはいえ未だかつての戦闘属領に収まる。兵卒、下士官の多くの元属領民たちには故郷というわけではない。それでもなお、機動打撃群がもたらしたこの結末は、兵士たちには酷く衝撃的だった。

こんな泥の海では、麦なんか作れない。牛も羊も豚も飼えない。

属領民の多くは、農民の出だ。だからこそ、元に戻すにもどれほどかかるかわからないほどに、水と泥に破壊されつくした耕地のこの有様は一際無惨に映る。

ヴィヨフは歯噛みする。こんなのは、解決ではない。成功でもなければ勝利でもない。

こんなものは自分が期待していた未来、救済などでは断じてない！

「何してるんだ、機動打撃群は」

英雄なのに。精鋭なのに。北部第二戦線を、ヴィヨフを救ってくれるはずだったのに！

「なんにもしてくれなかった——救ってくれるのが英雄の役目なのに！　役立たず！」

唐突に。

目の前で死んだ、ほんの少しだけ年上の青年たちの形相と絶叫が、何故か泡のように脳裏に浮かび上がって、シンは秘かに息を詰める。

蘇る。まだ記憶に新しい、シンにとってはまったく理不尽な、それでいて酷く痛切に響いた叫び。銃弾に打ち砕かれる瞬間の、あの青年たち。

同じ顔を、していた。

それぞれに違う顔のはずなのに、違う人間であるのに、あの時彼らは全員が、見わけもつかぬほどに同じ顔をしていた。

違う人間でありながらその違いさえも、個の枠さえも放棄するかのように、互いに同化しあうかのように、同じ言葉に、思考に、感情に染まった、あの同じ顔の群。

恐ろしいと、あの時思った。

己の王になれない者、恐怖一つ、抱えきれない者。

それほど無力な者でも、他人を責めることはできる。

できない。決められない。そう言いながら、それでも誰かのせいにすることはできる。

何かを踏みつけにすることはできる。

〈羊飼い〉と化したエイティシックスとも違う。憎悪(ぞうお)を以(もっ)てすらも何一つ、叶(かな)えられないほどに無力な者たちでも。

それが酷(ひど)く、恐ろしいと——何故(なぜ)だか強く、シンは思った。

ふ、とシンが考えに沈む気配を聡(さと)く感じて、レーナはまばたく。

「シン？　どうかしましたか？」

『え、』

「今、何か気にしたでしょう」

『ああ……』

少し考えて、シンは結局首を振ったらしい。

『いや、気にしなくていい。おれもまだ、よくわかってないから』

「それならいいですが……」

なんだろう。思いつつもレーナは、話を元に戻す。なんだか気になる、不安か怖れにも似た沈黙だったけれど、シン自身もわかっていないものを追及しても仕方ない。

今のシンならわからないまま目を逸らすことも、一人で抱えこんでしまうこともないと知っているのだし。

「ハロウィン。今年は参加できなくて寂しかったので、来年もぜったいやりますからね。つきあってください」

『それは……まあいいけど。今年はシーツのおばけだらけだったし、本格的なのをやりたがってる奴らも多いから』

北部第二戦線への壮行会代わりの数日遅れのハロウィンパーティーは、一個旅団分の仮装など取り寄せている余裕がこの戦況下の輸送ラインにはなかったので、私服と手近な材料で工夫せざるを得なかったのである。具体的にはシーツのおばけと、縫い跡だけ顔に書いた怪物とハンカチ耳の狼男といつもより化粧が濃いだけの魔女が大発生したのだとか。

レーナは少し考えた。シーツのおばけは、安直なのはともかく穴を開けられないのだから。

「前、見えたんですか？」

『見えなかったみたいだ。だから早々に、怪物か狼男か魔女に転職してたな』

手間がかからない割に目立った例では、ミチヒを含めた極東黒種の数名が紙の札を額に張って極東の屍霊とやらに扮したのが、一際冴えていたのだとか。あと額に『幽霊』と単語を書いただけで真顔でうろついてみせた強者のマルセル。

「シンは、なんの恰好をしたんですか？」

『……眼帯で片目を塞がれて、槍だって言ってモップを持たされた』

どこぞの神話の主神にして戦神、死の神に見立てたらしい。

「恰好いいですね！」

『考えたリトにも、ライデンにもアンジュにもクレナにも笑われたけど。……顔に直接カボチャを描いたリトと迷彩ドーランゾンビのライデンはともかく、アンジュは青っぽい化粧で雪の女王で、クレナは赤い口紅で吸血姫、だ。それで人の変な恰好を笑うのはずるくないか』

げんなりとぼやいている。よっぽど嫌だったらしい。

「そうですけど。せっかくなら可愛い恰好をしたいですから」

『レーナは何を着たいんだ？　来年は』

んー、と、レーナは考える。シーツのおばけは、レーナも願い下げだから。

「……フレデリカの好きな魔法少女とか？」

『それはありなのか？　お化けの仮装じゃなくてただの仮装になるような気がするけど』

「大別したら魔女なので、ありなんじゃないですか」

『あれ、妖精じゃないのか……』

どっちでもいいんじゃないかとレーナは思う。

それより。

「シンは、来年は狼男とかどうですか？　ハンカチじゃなくてちゃんとした耳の」

『……それはライデンだろ？　人狼（ヴェアヴォルフ）なんだから』

「犬耳つけたところが見たいです。それでシンの犬耳をモフモフしたいです。しっぽも」

ついでにティピーみたいな黒猫の耳としっぽも似合いそうだし、狼男がライデンというならセオの狐（きつね）の耳としっぽもいいだろう。それで全部、モフモフしてみたい。

うきうきとレーナは提案したのだが、生憎（あいにく）とたいへん嫌そうな声が返る。

『えぇ……』

八六区でさえも聞いたことのない、心底嫌そうな恋人のその声に、レーナは思わずふきだしてしまった。

終章　メアリィ・ジェーンの悪夢へようこそ、親愛なる鹿狩人

共和国残存勢力から傍受した情報では、機動打撃群はこの西部戦線に再び、配置されるはずだった。

けれど実際には、遠い北部第二戦線に機動打撃群は現れて、欺瞞情報を流されたとノゥ・フェイスは悟る。傍受対象の共和国人の通信網がいつから連邦軍に乗っ取られ、すり替わられていたのかは今も不明だ。敵ながら見事な手腕だと、判断せざるを得ない。

ただ。

……それならそれで、連邦は別の火種を抱えることになる。

冷徹に、ノゥ・フェイスは思う。

通信網は潰れたのではなく、連邦軍によって乗っ取られた。そうである以上、共和国の裏切りを連邦が認識したのは確実だ。

それこそが、火種だ。

感情も生命も持たない〈レギオン〉は、倦まず、厭わず、そして怖れない。戦いも死も。あ

らゆるものを。

けれどままならない感情を有し、死すべき生命を抱える人間は。

†

チトリの、ブーツと体の汚れは彼女の家のあった属領から首都のここまで、ほとんどを歩いてきたかららしい。小遣いにと養父母からこれまで与えられた現金はそれなりにあるにもかかわらず、そして鉄道路線も長距離バスも首都まで通っているにもかかわらず、暮らしていた街を離れるために貨物列車に忍びこんだ以外は、ほとんどの道程を歩きづめて。

公共交通機関は、利用できない。なるべくなら近寄ることさえ避けて進みたい。

人の多く、集まる場所は。――人のいるところは。

その理由を聞いて。

ユートは己に課された義務である、連邦軍への報告を諦めた。

これは、報告できない。

報告するべきだとわかっているが、……それでは彼女が連邦軍に捕らえられる。おそらく二度と、外には出られない。

彼女にはもう、時間がないというのに。

腹を括った。共に戦ったことは一度もなくともそれでも同胞で、共感を抱いてしまう心は抑えがたくて、どちらかを選べと言われたならばこちらをこそ裏切りたくはないエイティシックスの彼女のために、連邦軍を裏切ることを。

彼女たちの旅路に、同行することを。

「ユート、本当にいいの？　私たち〈仔鹿〉は――……」

「ああ。……人を、可能な限り避けたいんだろう。それなら少なくとも、食料の調達役が連邦を出るまでは要る。その後も、〈レギオン〉支配域を進むなら道案内が必要だ」

アマリにだけは事情を話した。同行すると彼女も言いはったが説得して納得させた。連邦軍に報告をする役が要る。それは連邦に最低限でも恩を返すために絶対にしなくてはならない。自分たちがザンクト・イェデルを離れた頃合いを見計らって伝えてくれと。

外出を装って病棟を抜け出し、厚手のコートと歩くための靴と、最低限必要な全てを買ってチトリと彼女の仲間の潜伏先へと向かう。軍のコートは、性能はいいがあまりにも目立つ。入隊時に作ったクレジットカードも、足がつくからこの後はもう使えない。

それでも手持ちの現金と、アマリが融通してくれた分で充分だ。冬の野宿にも徒歩行軍にも八六区で慣れている。

傍ら、歩くチトリは肩をすぼませて小さくなっている。

「ごめんなさい。まきこんで」

「構わない。……同じ願いを、何度も聞いたけど叶えてやれなかったから」

かつてユートが、大勢のエイティシックスが閉じこめられていた八六区の戦場で。五年後には必ず死ぬと定められ、その五年も待たずに次々と仲間は死んでいく、あの地獄の戦場で。多くの者が死に際に願い、――誰一人として叶えられなかったささやかな願い。

思い出す。それと同じチトリの、〈仔鹿〉たちの願い。

「帰り道を、教えてほしいの。共和国への――私たちの生まれた故郷への」

そしてもう一つ。チトリが問うたその名前。

「それと、これはもしかして知ってたら、だけど。共和国人で、生き残った人の中に」

「ダスティン・イェーガーって男の人が、もしかして、いなかった？」

あとがき

いつもありがとうございます。こんにちは、安里アサトです。お待たせしました！『86―エイティシックス―』Ep.12『ホーリィ・ブルー・ブレット』お送りします！

前巻Ep.11を最後に、担当編集清瀬様、土屋様が退職なさいました。

『86』一巻から五年間、作品作りについて沢山のことを教えていただきました。お二人が退職したことを後悔するような――一緒に作りたかった、と思ってくださるようなものすごい作品を作るべく、これからも精進していきたいと思います。見てろよ！

本当にありがとうございました。

いつもの注釈。

・ヘイル・メアリィ

アメフトにおける一か八かのロングパスのことです。アメフト面白いからみんなも見よう。

・原生海獣再登場

もう出ないとか書いておきながら、ちゃっかりまた出た原生海獣。

実はＥｐ．８を書き終わった後に、土屋さんから「Ⅰ－Ⅳさんがあとがき読んで、原生海獣はもう出ないと知ってもったいながってましたよ」と伺いまして。それなら出そう！　と軽い気持ちでＥｐ．12プロットに追加した次第です（そして原稿書くにあたり頭を抱える）。

正体についてもちょっと触れてみましたが、あれ以上はもう書かないです。今度こそ本当。だって本編とは別の話になっちゃうし。

最後に謝辞です。

担当編集、田端様。『86』史上最大のページ数を記録した初稿に、お互い真っ青になった日がまったく懐かしくないです（すみません）。今見てもぞっとする、予定の倍のページ数を誇る第二章の恐怖……。

今巻からの新担当、西村様。いきなり地獄のページ削り大会に巻きこんでしまってすみませんでした……。次巻ではきっと素敵な悲鳴をあげさせてみせます。

しらび様。描いていただいたシン・ライデン・セオのハロウィンイラストがあまりに素敵だったので、本編でもハロウィン捻じこみました！

Ⅰ－Ⅳ様。そんなわけでＥｐ．12の新・原生海獣（人魚風・ただし全長三メートル）はⅠ－Ⅳ様に捧げます。たぶんお刺身にするとおいしいです。

吉原様。山﨑様。コミカライズありがとうございました。どうぞお大事になさってください。

染宮様。特典小説『魔法少女レジーナ☆レーナ』、今も表紙を見返してはニヨニヨしてます。特に白い歯をきらめかせるレイ兄さんとげんなりシン……！

シンジョウ様。『フラグメンタル・ネオテニー』完結ありがとうございました。イスカのエピソード追加がとてもうれしい！

石井監督。アニメお疲れさまでした。監督にアニメ化をご担当いただいたのは素晴らしい体験です。また、お名前を元ネタにした都市名を出させていただいています。だいぶ前になってしまいましたが、ご快諾ありがとうございます！

そして今回も、おつきあいいただきました読者の皆様。

次巻のタイトルはもう決まっています。このためにダスティンの名前を設定しました。ようやく彼の話です。というわけでEp.13『ディア・ハンター』を、どうぞお楽しみに！

あ、あと前に『86』は十三巻完結ですって言ったことがあるんですが、すみません、十三巻じゃ終わりません！　もっと続きます！

それでは、紅葉が時雨降る霧の戦場に。おそろしくも美しき青をめぐる戦闘に。あなたをひととき、お連れすることができますように。

あとがき執筆中BGM：神々の詩（姫神）

●安里アサト著作リスト

「86―エイティシックス―Ep.1～12」（電撃文庫）
「86―エイティシックス―Ep.12
ねんどろいどヴラディレーナ・ミリーゼ　ブラッディレジーナVer.付き特装版」（同）

本書に対するご意見、ご感想をお寄せください。

ファンレターあて先
〒102-8177　東京都千代田区富士見2-13-3
電撃文庫編集部
「安里アサト先生」係
「しらび先生」係
「I－IV先生」係

本書は書き下ろしです。

電撃文庫

86—エイティシックス—Ep.12

—ホーリィ・ブルー・ブレット—

安里アサト

2023年2月10日　初版発行
2023年5月5日　再版発行

発行者　山下直久
発行　株式会社KADOKAWA
〒102-8177　東京都千代田区富士見2-13-3
0570-002-301（ナビダイヤル）
装丁者　荻窪裕司（META＋MANIERA）
印刷　株式会社KADOKAWA
製本　株式会社KADOKAWA

●お問い合わせ
https://www.kadokawa.co.jp/（「お問い合わせ」へお進みください）
※内容によっては、お答えできない場合があります。
※サポートは日本国内のみとさせていただきます。
※ Japanese text only

※定価はカバーに表示してあります。

ISBN978-4-04-914396-6　C0193　Printed in Japan

電撃文庫　https://dengekibunko.jp/

電撃文庫創刊に際して

文庫は、我が国にとどまらず、世界の書籍の流れのなかで〝小さな巨人〟としての地位を築いてきた。古今東西の名著を、廉価で手に入りやすい形で提供してきたからこそ、人は文庫を自分の師として、また青春の想い出として、語りついできたのである。

その源を、文化的にはドイツのレクラム文庫に求めるにせよ、規模の上でイギリスのペンギンブックスに求めるにせよ、いま文庫は知識人の層の多様化に従って、ますますその意義を大きくしていると言ってよい。

文庫出版の意味するものは、激動の現代のみならず将来にわたって、大きくなることはあっても、小さくなることはないだろう。

「電撃文庫」は、そのように多様化した対象に応え、歴史に耐えうる作品を収録するのはもちろん、新しい世紀を迎えるにあたって、既成の枠をこえる新鮮で強烈なアイ・オープナーたりたい。

その特異さ故に、この存在は、かつて文庫がはじめて出版世界に登場したときと、同じ戸惑いを読書人に与えるかもしれない。

しかし、〈Changing Times,Changing Publishing〉時代は変わって、出版も変わる。時を重ねるなかで、精神の糧として、心の一隅を占めるものとして、次なる文化の担い手の若者たちに確かな評価を得られると信じて、ここに「電撃文庫」を出版する。

1993年6月10日
角川歴彦

レプリカだって、恋をする。
Even a replica falls in love
榛名丼
［イラスト］raemz
16歳、夏。はじめての、青春。
愛川素直という少女の
身代わりとして働く
分身体、それが私。
本体のために生きるのが
使命……なのに、
恋をしてしまったんだ。
海沿いの街で
巻き起こる
ちょっぴり不思議な
青春ラブストーリー。
応募総数
4,128作品の
頂点
第29回
電撃小説大賞
大賞
受賞作
電撃文庫

dating arrairs
クセつよ異種族で行列ができる結婚相談所
〜看板ネコ娘はカワイイだけじゃ務まらない〜
五月雨きょうすけ
ill. 猫屋敷ぷしお
見習い秘書係のネコ娘、今日も頑張っています！
第29回 電撃小説大賞 受賞作
電撃文庫
特設サイトをcheck!!
STORY
訪れるのはワケあり相談者ばかり？
異種族同士の婚活って大変なんです！
ドタバタ婚活ファンタジー、はじまります!!
電撃文庫